Diogenes Taschenbuch 24679

detebe

KENNETH BONERT, geboren 1972 in Johannesburg, wo er auch aufwuchs, bis er 17-jährig mit den Eltern nach Kanada emigrierte. Er studierte Journalistik an der Ryerson University in Toronto, wo er heute als Reporter und Schriftsteller lebt. Sein erster Roman, *Der Löwensucher,* gewann 2013 den National Jewish Book Award und den Edward Lewis Wallant Award und war auf der Shortlist für den Governor General's Award. 2019 erschien sein zweiter Roman, *Der Anfang einer Zukunft.*

Kenneth Bonert
Toronto

Was uns durch die Nacht trägt

Aus dem kanadischen Englisch von
Stefanie Schäfer

Diogenes

Veröffentlicht als Diogenes Taschenbuch, 2023
Alle deutschen Rechte vorbehalten
Copyright © 2021
Diogenes Verlag AG Zürich
www.diogenes.ch
20/23/852/1
ISBN 978 3 257 24679 7

Inhalt

Familienangelegenheiten

Sie hatte das Cellospiel als einen der vielen Wege der »Bewältigung« oder »Heilung« begonnen – was diese abstrakten, verschwommenen Begriffe in der Zeit nach der Katastrophe auch immer zu bedeuten hatten – und genau wie alle anderen (Aquarellmalen, Segeln, Curling, Gruppentherapie) in einem Dunstschleier der Erschöpfung wieder aufgegeben, überwältigt vom inneren Malaria-Dschungel ihres unendlichen Schmerzes. Sie hatte versucht, sich solche Pfade ins Nirgendwo freizuschlagen, doch schon bald waren sie wieder überwuchert, als hätte es sie nie gegeben.

Mit dem Cello war es jedoch insofern etwas anderes, als sie das sperrige Instrument behielt (sie hätte besser eins mieten sollen). Es machte sich im Garderobenschrank breit wie ein lebendiges Wesen und beäugte sie von dort aus griesgrämig ob der Vernachlässigung wie unter einem staubigen, stets vorwurfsvoll hochgezogenen Augenlid hervor. In jenem Winter hatte sie seine stumme Anklage satt, nahm es heraus, reinigte und stimmte es. Sie redete sich ein, sie mache das nur, um es endlich zu verkaufen, aber dann setzte sie sich hin und begann zu spielen.

Irgendwo im Strom der verlorenen Zeit, in dem jene Musizierenden schwimmen, die Geist und Körper ganz auf das Instrument konzentrieren, klopfte draußen jemand gegen die große Eichentür. Im Nachhinein sah sie darin einen wundersamen mystischen Zufall, ein Zusammentreffen der Umstände, dass sie das Cello im Augenblick des Klopfens zwischen ihren weit gespreizten Oberschenkeln hatte und den glatten, lackierten Körper in der klassischen, uralten Haltung einer Frau hielt, die das Fleisch und den Samen eines Geliebten tief in ihren Schoß aufnahm.

Frisch: Nicht nur war er jung, höchstens Mitte zwanzig, sondern auch die Art und Weise, wie sein rasiertes, blasses Gesicht seine rosige Jugend verströmte und wie der Tag hinter ihm im eisigen Winterglanz knisterte – der tief aquamarinblaue, wolkenlose Toronto-Himmel und die sanften Hügel der Schneewälle glitzerten und dampften im goldenen Sonnenlicht. Sonntagmorgen, menschenleere Straßen. »Ja? Kann ich Ihnen helfen?« – sofort bedauerte sie ihren Tonfall, zu übereifrig, wie sie fand, zu abschreckend, während sie sah, wie die Röte seine rundlichen Wangen überzog wie Nesselausschlag. Er drehte an den Enden seines Schals und sagte: »Entschuldigung. Ich wollte nur. Entschuldigung, aber ich habe mich gefragt … es ist, ähm, der Wohnungsmarkt ist momentan so angespannt, und ich dachte, ich kam zufällig hier vorbei, und ich dachte, ich hätte mal ein ›Zu vermieten‹-Schild auf Ihrer Veranda gesehen? Ist schon eine Weile her, ich weiß …«

»Mehr als eine Weile«, erwiderte sie. Sie wusste, wann. Über die Inseln der Jahreszeiten hinweg, in einem schwülen Sommer voller Schweiß, Erschöpfung und unerträglicher Aussichtslosigkeit. Das Summen der Klimaanlagen auf der Straße und das Sirren der Mücken in ihrem Ohr, wenn sie sich auf klammen Laken wälzte und drehte und vergeblich um den Schlaf rang, der nicht kommen wollte. Ein Jahr. Es musste gut über ein Jahr her sein.

»Entschuldigung«, sagte er erneut und schaute zu Boden, wo er von einem Fuß auf den anderen trat. »Ich wollte nicht … wollte nicht stören …«

Sie bemerkte, dass sie an ihm vorbeistarrte, und wandte den Blick wieder auf sein glattes, leuchtendes Gesicht mit den rosigen Wangen. Sein blondes Haar war an den Seiten kurz geschnitten, oben fiel es jedoch lang und glatt herunter, was sie an einen Welpen erinnerte, der unsicher auf zitternden Beinen steht. Sie war fast größer als er. »Macht nichts«, sagte sie. »Sie haben recht, da war ein Schild. Hier.« Sie deutete auf die Verandascheibe.

Sie hatte damals gedacht … was hatte sie gedacht? Hatte sie überhaupt gedacht? In dem Durcheinander der Katastrophe gab es keine Logik, lächerliche Vorstellungen hatten sich ohne irgendeinen Zusammenhang in ihrem Kopf niedergelassen und ein Eigenleben geführt wie ein wildes Rudel von Störenfrieden. Eine davon war, einen Untermieter ins Haus zu holen. Als ob sie das Geld bräuchte. Die Ausgleichsregelungen hatten ihr ein hypothekenfreies Haus beschert, und sie hatte auch noch was auf der hohen Kante. Nein, ihr Gehalt reichte für ihre und Warrens Ausgaben aus.

Sie hatte damals nicht erkannt, dass der Gedanke an einen Untermieter womöglich daher rührte, dass ein Teil von ihr vor kurzem amputiert worden war und die frische Wunde des Verlustes in stummem Schmerz nach Linderung durch die Anwesenheit eines anderen Mannes im Haus schrie. Ein Dritter, um das zerbrochene Dreieck wieder zu vervollständigen. Kaum war es ihr klargeworden, hatte sie das Schild wieder abgenommen.

Zu vermieten. Sie erinnerte sich daran, wie sie es bei Canadian Tire gekauft hatte. Rot und schwarz. Ja, sie hatte es an die Scheibe der verglasten Veranda gehängt. Hatte sie das wirklich getan? Waren das ihre Hände gewesen oder die von jemand anderem? Hatte sie es Warren machen lassen? Schwer zu sagen, welche Erinnerungen real und welche eingebildet waren, wenn das Gehirn nicht mehr richtig funktionierte, halb gelähmt vom Schock der Ereignisse, als ob es vom Gift einer eindringenden Kreatur verseucht worden wäre, die man Stress oder Angst nannte oder mit einem anderen erfundenen Wort bezeichnete, um die Realität mit einem hübschen Klangpaket zu beschönigen. Damals hatte sie auch Tabletten genommen. Sie hatte diese chemische Verseuchung gebraucht, denn das war noch bevor sie das Wahre Wissen entdeckt hatte …

»Sie ist schon weg, oder?«, fragte er, und sie stellte fest, dass sie mehrmals den Kopf schüttelte, aber ihr Gesicht musste etwas anderes ausgedrückt haben, denn er fragte: »Nicht?«

»Ich habe mich dann entschlossen, doch nicht zu vermieten.«

»Oh«, sagte er. »Okay. Ich verstehe. Darf ich fragen, ob es im Souterrain war?« Er lächelte. »Dann wäre ich nicht so enttäuscht.«

»Ach? Und warum?«

»Ich will nicht mehr in einem Keller leben«, antwortete er. »Ich habe die Nase gestrichen voll von Kellern.«

Das Lächeln und die verdrehten Augen waren eher eine

bewusste Geste als ein echter Ausdruck von Heiterkeit, und er präsentierte sie mit großem Selbstvertrauen, wie eine Fahne des Übermuts über der Verwundbarkeit, die sie darunter erahnte. Sie fand das unerwartet rührend und sagte: »Im Souterrain gibt es ein Zimmer mit Bad.« Dann fügte sie wahrheitsgemäß hinzu (aber warum nur?): »Und es gibt noch eine Wohnung – im dritten Stock.«

Schnell fragte er: »Welche Einheit wollten Sie vermieten?« Eine gebildete Ausdrucksweise, eine Prise Intelligenz und sprachliche Gewandtheit als Ergänzung zum weichen Welpenhaar und zu den strahlend weißen Zähnen.

»Wusste ich selbst nicht so genau«, antwortete sie. »Irgendeine. Beide.«

»Aber dann haben Sie sich dagegen entschieden«, sagte er, zuckte mit den Schultern und drehte seine Handflächen nach oben. »Schade.« Er blickte geradewegs nach oben, dorthin, wo die durchscheinenden Eiszapfen wie eine Reihe tropfender Reißzähne von der Dachtraufe hingen. »Tolles altes Haus.« Er deutete nach rechts. »Die U-Bahn ist gleich um die Ecke. Schöne Geschäfte. Coole Bars. Ich mag die Gegend.«

»Sind Sie Student?«, fragte sie.

Er stieß einen abfälligen Laut aus und schüttelte den Kopf.

So begann es. Sie hätte ihn die gefegte Treppe hinuntergehen und wieder in der klaren Frische verschwinden lassen können, aus der er erschienen war wie Schneestaub, hätte sich hinter ihre dicke Eichentür zurückziehen und das Cello zwischen ihre gespreizten Knie sinken lassen können. Aber sein körperliches Schulterzucken schien in ihr ein mentales ausgelöst zu haben, ein Gefühl von: warum nicht?, und so holte sie diesen jungen Fremden ins Haus und zeigte ihm beide potentiellen »Einheiten«, wie er sie nannte, zuerst das Souterrainzimmer gegenüber der Waschküche mit eigenem Bad, und dann stiegen sie gemeinsam die knarrende Treppe in den dritten Stock hinauf, ein Weg, den sie seit Ewigkeiten nicht mehr zurückgelegt hatte – seit der Katastrophe. Ihre Hand zitterte auf dem Geländer.

Es war fast schockierend, einzutreten und eher das Gefühl eines sich öffnenden Raumes zu verspüren als die vertraute düstere Beklemmung, die erstickende Atmosphäre von kränklicher Wärme und medizinischem Geruch, und nach etwas anderem, süßlich Fauligem, unverkennbar der von (oh, das wusste sie, und wie sie das wusste) verwesendem Fleisch. Verfaulend, während das Herz weiter schlug.

Er fragte sie, ob es ihr gutginge, ob ihr durch das Treppensteigen schwindelig geworden sei oder so. »Nein«, sagte sie. »Es geht mir gut. Gehen Sie rein. Schauen wir uns mal um.«

Sie war sich immer noch nicht sicher, warum sie das tat, denn diese Wohnung wollte sie nie wirklich vermieten – oder? –, aber sie schlüpfte ganz mühelos in die Rolle der Immobilienmaklerin, die einen potentiellen Kunden durch die Räumlichkeiten führte. In der Kochnische stand ein neuer Kühlschrank (nicht angeschlossen), und in den Schubladen befanden sich sogar Kochutensilien, Töpfe und Pfannen, im Hängeschrank stand Geschirr. Sie erinnerte sich erst daran, dass all das noch hier war, als sie es sah und berührte – Instrumente vergeblicher Ernährung, denen sie nicht mehr hatte nahekommen können, nachdem es vorbei war. Es erschreckte sie, dass sie etwas so vollständig vergessen konnte. Welche anderen Bestandteile ihres alten Lebens waren für sie verloren?

Das Apartment bestand aus einem langgestreckten offenen Raum unter freiliegenden Dachbalken. »Im Sommer kann es hier oben sehr heiß werden«, erklärte sie. »Es gibt keine Klimaanlage, aber wenn man alle Fenster öffnet und die Deckenventilatoren einschaltet, ist es luftig und angenehm.« Schwüle wie giftige Suppe. Den ganzen Sommer über hatte sie keine Luft bekommen. Die lebhaften Farben draußen im Garten, drinnen das triste Grau – die Arzneifläschchen, der Kittel der Krankenschwester, die Laken und das fahle Fleisch. Andere schwitzten, aber ihm wurde nie richtig warm, sogar unter zusätzlichen Decken zitterte er. Seine Stimme, die im Delirium wegdriftete – er redete vom Thermostat und einem zerbrochenen Fenster, sein sehr kanadischer Alptraum, auf einen herannahenden Winter nicht vorbereitet zu sein. Sie erzählte ihm von dem Park draußen, wenn sie vom Joggen zurückkam, von den üppigen Blumenbeeten, von den gründelnden Gänsen im Teich, von den wundersam verdrehten Zedernbäumen am Ufer. Doch er murmelte etwas von Eisstürmen, gefrierendem Graupel – sein persönlicher Winter, eine schwarze, eisige Jahreszeit, die gekommen war, um ihm die Wärme seines Blutes für immer zu stehlen.

Die Süd-Fenster, hohe, spitz zulaufende Dreiecke, gemahnten fast an eine Kirche, und sie zog die Jalousien hoch, um dem jungen Fremden die Schiebetüren zu zeigen, die sich zu einem Balkon öffneten – eine kleine Holzkiste, die über dem Garten thronte und einen Blick über die Dächer hinweg auf den fernen See bot. Gemeinsam schauten sie hinaus über den Schnee auf dem Balkon, und er lehnte sich am Türrahmen nach vorne und sagte, was die Leute immer sagten: »Wow! Wirklich schön hier oben.«

Der Himmel Ontarios war so weit und tief wie ein umgekehrtes, gefrorenes Meer, in das der spitze Finger des CN-Towers im Osten stach, umgeben von dichten Hecken plastikgelber und blutergussblauer Wohntürme. Toronto: flach und breit und fade. Blasser Rauch stand fast unbeweglich über den Schornsteinen am Horizont; die Abgase verzogen sich durch die Winterkälte nur im Schneckentempo. Die Sonne schien hell auf die nackten Ahornbäume hinter dem Schuppen im Garten unten.

Zurück in der Wohnung, zeigte sie ihm das Badezimmer. Der Duschkopf stand in seltsamem Winkel vom steil abfallenden Dach über der Wanne ab. (»Zum Glück bin ich nicht groß«, sagte er, und wieder fragte sie sich, warum sie als Verkäuferin für etwas auftrat, das sie nicht verkaufen wollte.) Sie vermied es, den Arzneischrank und die Toilette anzusehen – sie ließen zu viele schlimme Erinnerungen aufblitzen.

Sie öffnete die Schlafzimmertür, trat aber nicht hindurch und beobachtete, wie er über den knarrenden Hartholzboden schritt. »Schön groß«, sagte er. »Und viel Stauraum, wie ich sehe.«

Durch die Fenster der Dachgaube blickte man auf die Straße, von der er gekommen war, sowie auf die Veranden gegenüber. Er stand vor dem begehbaren Kleiderschrank. Sie starrte in die Ecke, in der das Bett gestanden hatte. Dort drüben der Stuhl für die Krankenschwester. Der fahrbare

Infusionsständer mit den baumelnden Beuteln mit Morphium und anderen klaren Flüssigkeiten und seinem unaufhörlichen Zwitschern hatte dort gestanden, an dieser Stelle. Sie war sich sicher. Ziemlich sicher.

Wieder fragte er, ob es ihr gutgehe. Sie stellte fest, dass sie sich entfernt hatte und auf dem Geländer mit Blick auf die kurze Treppe hinunter zur Tür saß, die Arme verschränkt und in sich zusammengesunken.

Diesmal sagte sie nicht, dass es ihr gutginge. Sie sagte: »Wir sollten jetzt lieber gehen.«

Die Betäubung durch die Arbeit – darauf hatte sie sich immer verlassen können. Welche Gefühle, Erinnerungen und Beklemmungen von dem Besuch des potentiellen Mieters am Sonntagvormittag auch aufgewühlt worden waren (Gespenster, hätte sie gedacht, wenn sie an diese nicht mit einer Gewissheit geglaubt hätte, die die Verwendung des Wortes als Metapher ausschloss; es wäre ihr als eine Art leichtfertiger Blasphemie erschienen, die nur die Ahnungslosen in den Mund nahmen, die in das Wahre Wissen nicht eingeweiht waren), so wurden sie am Montag und Dienstag, Mittwoch und Donnerstag unter dem Druck ihrer Tätigkeit als Einkäuferin für eine Mode-Einzelhandelskette, die sich auf Bekleidung für Frauen im reifen Alter spezialisiert hatte, schnell begraben. Ihre Arbeitstage verbrachte sie wie immer vor dem Bildschirm am Schreibtisch mit Blick auf den Dundas Square (eine armselige Miniaturkopie des New Yorker Times Square, Sinnbild sowohl für Torontos kriecherischen Minderwertigkeitskomplex, die Hassliebe der Unterlegenen, als auch für den real existierenden Kultur-

Kolonialismus der mächtigen USA) den ganzen Tag flackerte ein riesiger Fernsehbildschirm an der Seite eines Gebäudes. Die Kaffeetassen im Büro wurden klebrig, die Blumen welkten in den Töpfen, und die Telefone ergossen ihr stummgeschaltetes Meckern unaufhörlich über die Büroeinheiten und die grauen Quadrate des Industrieteppichs; das Plastikgeklapper der Tastaturen wie ein konstanter Atem im Hintergrund.

Taubheit. Jeder bei der Arbeit ist müde, die Haut spannt sich über die Wangenknochen. Die Arbeitswelt ist die Zombie-Welt. Man wusste die Schönheit von Kindheit und Jugend nicht zu schätzen, bis man an diesen Ort gelangte. Kränklich blass unter den Quadraten der Natriumdampflampen. Oder bis man so weit war, eben diese Zombie-Tristesse als die Droge zu begrüßen, die sie war.

Die meiste Zeit saß sie mit Headset am Computer, zugleich online und am Telefon, und verhandelte in dieser Haltung mit Lieferanten auf anderen Kontinenten, gewöhnlich in Entwicklungsländern, bis sie am ganzen Körper stocksteif war. Termindruck und adrenalinpushende Risiko-Momente machten es gnädigerweise unmöglich, an etwas anderes zu denken. Kein Platz für irgendwelchen Spuk.

Als am Freitag das Telefon klingelte, stieg ihr schon die Röte über den Nacken, bevor sie den Hörer abnahm – sie wusste genau, wer es war. Dann hörte sie die Stimme und sah im Geist das frische Gesicht unter dem blonden Welpenhaarschopf vor sich. Der Zufall mit dem Cello und seinem Auftauchen (aber es gibt keine Zufälle in dieser Welt, sie glaubte es, sie wusste es, *sie fühlte, dass in Wahrheit* der Zufall nur die Oberfläche der tiefer verborgenen Wirklichkeit ist, welcher der menschlichen Wahrnehmung verborgen bleibt) war, wie dieser noch stärkere Moment der Vorahnung, ein Schimmer der tieferen Wahrheit, der die Textur des Alltags durchdrang.

Er entschuldigte sich sofort dafür, dass er sie bei der Arbeit angerufen hatte, dass er sie »nervte«, aber es sei dringend, die Wohnungsknappheit in Toronto sei wirklich extrem. Es gebe nur Kellerräume, und die Mietpreise, die verlangt wurden, seien »einfach astronomisch«. (Die Immobilienpreise schossen ebenfalls raketenartig in die Höhe, wie jeder wusste; getrieben von magersüchtigen Zinssätzen und dem Zustrom ausländischen Kapitals und wohlhabender Einwanderer in die Stabilitäts-Utopie Kanadas inmitten einer chaotischen Welt.)

Sie habe erwähnt, wo sie arbeite, und er hoffe, es mache ihr nichts aus, dass er »die Initiative ergriff« und es noch einmal versuchte, um zu hören, ob sie es sich noch einmal überlegen würde; er habe sich richtig in diese leere Wohnung »verliebt«, und er würde ein »ausgezeichneter, ausgezeichneter Mieter« sein, sehr ordentlich und ruhig. Er sei bereit, ihr zusätzlich zur ersten und letzten sechs volle Monatsmieten im Voraus zu zahlen. Er könne sich ... (und hier zögerte er zum ersten Mal, seine Zuversicht wankte) ... zwölf- oder sogar ... fünfzehnhundert im Monat leisten.

Sie musste unwillkürlich lächeln. Es ging ihr nicht um das Geld – und doch wusste sie, dass die Wohnung auf dem heutigen Markt locker zweitausend oder mehr einbringen konnte.

Sie bat ihn, einen Moment zu warten, saß still da und

lauschte seinem Atem und fernen Klängen von Musik im Hintergrund. Das Gerede über Geld hatte in ihr eine Saite des Mitleids zum Schwingen gebracht. Mitleid mit der Leere im dritten Stock, dem Hohlraum in ihrem eigenen Leben. Mitleid für die Verzweiflung, die sie unter der Munterkeit dieser jungen Stimme spürte. Mitleid: eine Kerze im schwarzen Sturm um uns herum, dem scheinbar gefühllosen Gesicht der Natur. Die Kälte draußen, die immer versucht, in unser Leben einzudringen, es uns zu nehmen. Dieses Universum ist eine Prüfung. Wirst du die Flamme, die Wärme bewahren?

Das Mitleid ging mit den Botschaften einher, die sie aus der tieferen Wirklichkeit erhalten hatte, mit dem Cello-Zufall und dem Wissen um den Ruf, der sie zur Aufmerksamkeit mahnte. Das Wort »Engel« geht auf das hebräische Wort für »Bote« oder auch »Botschaft« zurück. Von oben. Dieser junge Mann hielt etwas für sie bereit.

»Sie haben mir noch gar nicht erzählt, was Sie beruflich machen«, sagte sie ins Telefon und stellte fest, dass seine Fähigkeit, so lange schweigend zu warten, sie beeindruckt hatte.

»Ich bin Maler«, sagte er. »Und zwar nicht im Sinn von Anstreicher.«

Warren erzählte sie davon, während sie abends das Essen zubereitete, was für sie zu einem Ritual geworden war. Die Heftigkeit seiner Reaktion traf sie unvorbereitet. Er wandte abrupt sein ernstes, schmales Gesicht ab, nahm sein Glas Milch, das er immer nach dem Essen trank, und ließ sie allein am Tisch sitzen. Er brauchte das Wort nicht aussprechen. Verräterin. Sie konnte ihm nicht hinterhergehen, denn was hätte sie auf seinen Vorwurf erwidern können, wenn ein Teil von ihr selbst so dachte?

Der Erste dieses eisigen Monats fiel auf einen trostlosen, dunklen Samstag. Der Mieter traf nicht mit einem Laster oder Lieferwagen ein, sondern lediglich mit einem verrosteten alten Chrysler, den ein Freund fuhr. Auf dem Dach war eine Matratze festgezurrt, deren herabhängende Ränder unter einer flatternden Plastikplane sichtbar waren. Sie saß auf der Couch und tat so, als würde sie lesen, während das alte Haus von dem dumpfen Dröhnen und dem gedämpften Schleifen der Möbel erbebte, die die Eichentreppe hinaufgeschleppt wurden. Es gab einen Seiteneingang, den er als seinen eigenen benutzen konnte. Als sie seltsame hölzerne Klopfgeräusche hörte, wagte sie es, die Tür zu öffnen, die »ihre« Etage (das instinktive Bewusstsein für Raum, Territorium und Besitz hatte sich bereits verschoben) mit dem Treppenhaus verband. Er ging gerade unbeholfen mit einer zusammengeklappten Staffelei unter dem Arm die Stufen hoch. Ein Maler, nicht im Sinn von Anstreicher – was malte er wohl? Immer noch neugierig, zog sie sich zurück, ohne dass er sie gesehen hatte.

Erst der Tumult, dann die Ruhe. Zuerst der rauschende Wasserfall und dann die ungetrübte Stille des Sees; zuerst Blitz und Donner, dann der stetige Regen. Auch unter den Menschen ereignet sich der Energieausbruch jedes Mal an dem Punkt, an dem sie einander begegnen und die Beziehungen definiert werden. Anschließend verebbt er in einer flachen Ebene kontinuierlicher Stabilität, etwa wenn sich zwei Gruppen von Frauen treffen und ihre hohen, vogelähnlichen Schreie ausstoßen, ihre Arme wie Flügel flattern lassen, ihre gespitzten Münder wie Schnäbel in die Gesichter der anderen picken, dann aber bald in einen ruhigeren, konstanten Sprechrhythmus verfallen, den sie über Stunden hinweg durchhalten können …

Zugegebenermaßen empfand sie einen Stich – von was? Enttäuschung? –, als in den Tagen nach dem anfänglichen Wirbel, dem Schock des Neuen, ein fortgesetztes Schweigen folgte, gerahmt von der angespannten unterschwelligen Gewissheit, dass sich nun ein anderer Mensch über ihr aufhielt, unterbrochen von dem diskreten Knarren, das sein Gewicht durch das gealterte Holz des Hauses sandte. Weder hörte er laute Musik, noch empfing er Besucher. Er benutzte die Treppe unregelmäßig und schien die meiste Zeit zu Hause zu sein. Sie erwartete, dass ihr das alles allmählich gleichgültig werden würde, aber das geschah nicht. Die langen Phasen absoluter Stille oben wirkten wie ein Vakuum, das Bilder von ihm aus ihrer Phantasie hervorzauberte, wie er in dem hellen offenen Raum bei der Arbeit war. Diese selbst erdachten Bilder hatten etwas Romantisches – was könnte romantischer sein als ein Maler in einem Dachgeschoss, der die einsame Reise des Künstlers durch die langen einsamen Minuten eines jeden Tages unternimmt?

Doch als sie ihn schließlich bei der Arbeit zu Gesicht bekam, wurde sie von der prosaischen, beinahe schmuddeligen Banalität der Szene enttäuscht. Die Gelegenheit dazu bot sich, als sie am Wochenende einmal einen Dachdecker in die Wohnung lassen musste, damit er einen Blick auf den Zustand des Schiefers über dem Balkon auf dieser Seite des Hauses werfen konnte. Sie klopften, hörten aber keine Antwort, und daher benutzte sie ihren Schlüssel, um sich Einlass zu verschaffen. Sie hatte sich einen sauberen Raum mit einer breiten Leinwand auf der Staffelei vorgestellt, die er am Tag seines Einzugs die Treppe hinaufgeschleppt hatte, davor den Künstler mit Palette in der Armbeuge im strahlenden Licht, das durch die großen Fenster hereinfiel. Stattdessen fand sie ein Durcheinander aus verstreuter Kleidung, Socken und Unterwäsche vor, und in der Küche stand schmutziges Geschirr herum. Abgenutzte Möbel, wie sie die Leute zum Mitnehmen auf den Bürgersteig stellen, entweihten diesen heiligen Raum; einige waren mit Tüchern bedeckt, entweder, um sie zu verhüllen, oder weil sie zu schmutzig waren.

Der »Künstler« selbst kauerte vor einem klapprigen Schreibtisch in einer hinteren Ecke, und man sah sofort die weißen Kabel, die ihm aus den Ohren hingen und die heutzutage bei Einzelpersonen in der Öffentlichkeit zur Standardausrüstung gehören. Sie waren an einen Laptop angeschlossen: Seine Finger huschten über die Tasten, als leiste er ganz normale Büroarbeit. Zwar lag ein Stapel weißer Papiere herum, auf denen Skizzen zu sein schienen, und weitere Blätter waren unter dem Schreibtisch und um seine Füße herum verstreut, aber sie sah keinerlei Anzeichen von Farbe oder einer Staffelei.

Entweihung.

Das tat ihr tatsächlich in der Seele weh, während sie und der Dachdecker sich durch die Unordnung auf dem Dielenboden einen Weg in Richtung seines gebogenen Rückens bahnten. Als wäre das Grab mit Dung überhäuft worden, als wäre darauf gespuckt worden! Ich will ihn raushaben, raus!

Er erschrak, als der Schatten des Dachdeckers über ihn fiel, fuhr herum, sah sie, zuckte zusammen und riss mit derselben Bewegung die Ohrstöpsel heraus. Im Schreckmoment spiegelt das Gesicht eines Menschen am ehrlichsten seine Psyche wider, denn es bleibt keine Zeit, eine Maske zu konstruieren. Für einen Augenblick sah sie das verzerrte Gesicht eines kleinen Jungen, der gleich anfangen würde zu weinen, die Mundwinkel nach unten gezogen, die Augen aufgerissen, die Stirn gerunzelt. Dann stand er auf, und seine Gesichtszüge versteinerten.

»Entschuldigung«, sagte sie. »Wir haben geklopft, aber niemand hat reagiert.«

Seine Augen huschten zum Dachdecker und zurück, und dieser, ein gedrungener, herzlicher Mann mit dem Singsang der kanadischen Seeprovinzen, sagte fröhlich: »Will nur mal eben einen Blick auf die Schindeln werfen«, entriegelte pfeifend die Schiebetür, trat hinaus auf den Balkon, schob mit den Stiefeln den hohen Schnee beiseite und ließ einen Zug frische Winterluft in die Wärme des chaotischen Zimmers. Sie nutzte die Gelegenheit, sich an ihrem Mieter vorbeizudrängen, die Tür zuzuschieben und sich unter vier Augen an ihn zu wenden, um sich erneut zu entschuldigen. Doch er kam ihr mit zitternder, leiser und erstickter Stimme zuvor: »*Sie müssen mir vorher Bescheid geben.*«

»Wir haben angeklopft …«

»Das spielt keine Rolle«, sagte er, sah sie nicht an und ließ den Blick stattdessen über den vollgemüllten Boden schweifen. »Sie müssen mir mindestens vierundzwanzig

Stunden vorher Bescheid geben.« Er schwieg. »Laut Vertrag.«

Das Wort fiel mit einem stählernen Gewicht zwischen sie, und sie sahen sich über seinen lautlosen Aufprall hinweg an. Jetzt verzog sie das Gesicht, und ihr inneres Kind kam jammernd zum Vorschein. Er war kein Familienmitglied oder Gast in ihrem Haus – er war ein Mieter. Mit Rechten, die ihm der Staat gewährte und die von der ganzen Kraft seiner ehernen Autorität geschützt wurden. Man musste schon sehr naiv sein, um sich zur Vermieterin aufzuschwingen, ohne sich vorher mit seinen Rechten und Pflichten vertraut zu machen. Wieder einmal zeigte sich ihre Unfähigkeit, auch nur die geringsten häuslichen Aufgaben zu übernehmen, und sie stotterte: »Ich ... Ich wusste nicht, dass wir ... dass wir so ... förmlich sein müssen ... diese Handwerker, man weiß nie, wann mal einer Zeit hat ... und dann kommen sie nicht, wann sie sollen, und ich muss mir extra freinehmen. Aber ich bin ... Es tut mir leid, wenn Sie das Gefühl haben, dass ...«

»Schon gut«, sagte er, winkte ab und drehte sich weg. Aber er murmelte noch: »Mir wäre nur ...«

»Wie bitte?«

»Ach, ich weiß nicht, mir wäre es eben lieber gewesen, wenn ich es vorher gewusst hätte. Dann hätte ich aufgeräumt ...«

Eilig versicherte sie ihm, das mache doch nichts, die Wohnung sei vollkommen in Ordnung. Die Lüge sprudelte mit der ganzen Fröhlichkeit der kanadischen Pseudo-Aufrichtigkeit heraus, Höflichkeitslügen, die so selbstverständlich fallen wie die Schneeflocken vom fahlen Winterhimmel.

Am nächsten Tag bei der Arbeit googelte sie ihn zum ersten Mal und fand zu ihrer Enttäuschung nur wenige Informationen – keine Website, keine Accounts in den sozialen Netzwerken. Er wurde nur hier und da erwähnt – etwa in einem College-Absolventen-Newsletter, bei einem Hockeyteam –, doch daraus erfuhr sie kaum mehr, als sie bereits wusste. Ein Maler, der keine Bilder produziert, ist überhaupt kein Maler. Ich habe mir einen völlig Fremden ins Haus geholt! In einer Art Panik las sie im Residential Tenancies Act, dem kanadischen Mietgesetz, nach, und stellte fest, wie unwissend sie war, denn in ihrer Provinz Ontario war das Gesetz ganz auf Seiten des Mieters, und sie sah mit Schrecken, dass er nicht nur recht hatte, was die Notwendigkeit einer (schriftlichen) Vorankündigung vor einem Besuch jeglicher Art betraf, sondern dass es als schwerwiegende Verletzung der Mieterrechte angesehen wurde, dies nicht zu tun. Sie hatte nicht gewusst, dass es für sie praktisch unmöglich war, einem Mieter zu kündigen – selbst wenn er keine Miete mehr zahlte. Sie geriet in helle Panik. Sie hatte die Miete für diesen Monat noch nicht erhalten (sie hatte nicht auf den sechs Monaten im Voraus bestanden, die er ihr damals am Telefon angeboten hatte, sondern nur auf zwei). Es könnte Monate, vielleicht Jahre dauern, bis ein Urteil gefällt wurde, damit er ausziehen musste, und in der Zwischenzeit … In den Internetforen wimmelte es von Horrorgeschichten über Vermieter, deren Eigentum missbraucht und denen das Leben von skrupellosen Mietern schwer gemacht wurde.

Der Schatten der Erinnerung in den Räumen über ihr war ihr wundester Punkt gewesen – die menschliche Sterblichkeit, immer nah, stets verdrängt, ignoriert –, beladen mit dem Gewicht eines sterbenden Mannes, den sie einen so großen Teil ihres Erwachsenenlebens lang geliebt hatte, dessen Anwesenheit einst so tiefe Spuren in ihrem Wesen hinterlassen hatte, dass es schien, als wären sie eins gewesen.

Jetzt hauste im Stockwerk über ihr eine andere Angst, die nicht im Geringsten gelindert wurde, als er am Ende des Monats an »ihre« Tür klopfte – die Tür zur Treppe im Flur –, an einem Donnerstagabend, während sie und Warren in der Küche Nudeln kochten und der Dampf die Fenster über der Spüle beschlug. Der Mieter stand lächelnd in seinem verblichenen blauen Wintermantel da und reichte ihr einen unverschlossenen Umschlag. Sie öffnete ihn, sah darin Geldscheine und war sich nicht sicher, was sie damit machen sollte. Sie erinnerte sich an alle Websites, auf denen es hieß, man solle bloß kein Bargeld von einem Mieter annehmen. »Lassen Sie sich vordatierte Schecks schicken«, wurde geraten. Bargeld könnte ein Zeichen für illegale Aktivitäten sein. Er verlangte eine Quittung.

»Ich … habe keine«, sagte sie. »Tut mir leid. Ich habe keinen Quittungsblock.«

Er zuckte mit den Achseln und erwiderte, sie könne ihm die Quittung ja unter der Tür durchschieben; dann ging er die knarrende Treppe hinauf, bevor ihr eine Erwiderung einfiel, und ließ sie mit dem Geld in der Hand und ihrer Martha-Stewart-Schürze um die Taille zurück. Am nächsten Tag ging sie bei Staples vorbei, kaufte einen Quittungsblock, füllte eine Quittung ordnungsgemäß aus und unterschrieb sie. Als sie hinaufging, um sie unter seiner Tür durchzuschieben, blieb sie einen Moment davor stehen, holte tief Luft und klopfte an. Diesmal hatte er wohl keine Stöpsel in den Ohren, denn sie hörte prompt seine Schritte und dann schwang die Tür auf.

»Ich bringe Ihnen Ihre Quittung.«

»Danke.«

Sie zwang sich, gar nicht erst zu versuchen, an seiner Schulter vorbei und die Treppe hinauf zu blicken, um den Zustand des Zimmers zu kontrollieren, und sagte: »Sie zahlen also lieber bar?«

Er nickte. »Ja, das funktioniert bei mir besser. Das ist doch kein Problem für Sie, oder?«

»Nein«, log sie sofort. »Es ist nur … es wäre einfacher für Sie, ich meine – mit Schecks. Sie müssten nicht jeden Monat vorbeikommen und mir das Geld geben.«

Er lächelte. »Aber mir ist es so lieber«, sagte er. »Es ist irgendwie altmodisch. An jedem Ersten des Monats Bargeld in der Hand.« Er schwieg. »Ich finde, die Leute begegnen sich heutzutage viel zu wenig persönlich. Alles geht online.«

»Okay«, war alles, was sie sagte, und sie gab sich geschlagen und ging wieder nach unten. In dieser Nacht fand sie keinen Schlaf; die unsichtbaren Fäden der Angst sanken durch die Decke herab, um an ihrem Körper zu zerren, als wäre sie eine Marionette und er die kapriziöse Hand, die sie zum Zappeln und Drehen brachte. Gegen Mitternacht hörte sie ein leises Knarren und wusste, dass er über ihr umherlief. Sie stellte sich vor, wie er ins Badezimmer mit dem schrägen Dach und dem extragroßen Medizinschrank ging, den sie hatte anbringen lassen. Dadurch stiegen automatisch Bilder von Rory in ihr auf, auf dem großen elek-

trisch verstellbaren Bett ausgestreckt, das sie für ihn gekauft hatten, die Augäpfel tief in den knochigen Höhlen
versunken. Sein Körper hatte in seinen fiebrigen Kämpfen
sogar die mageren Fettreserven des Gesichts aufgezehrt, so
dass sie den beunruhigenden Eindruck hatte, sein Gehirn
selbst schrumpfe jetzt, und vielleicht war das am Ende auch
der Fall gewesen.

Sie lag wach und wartete darauf, dass der Fremde wieder
zu Bett ging, wurde aber von noch lauterem Knarren überrascht, diesmal von der Treppe her. Er ging hinunter und
dann durch die äußere Seitentür hinaus. Sie hörte, wie sie
sich öffnete und schloss. Sie lag noch sehr viel länger wach,
noch um fünf Uhr morgens, als er im Dunkeln zurückkehrte und knarrend die Treppe wieder hinaufstieg.

Irgendein innerer Kern ihres Gehirns reagierte nun auf
seine Ausflüge am frühen Morgen, auf seine Bewegungen
auf der Treppe, die sie zuvor verschlafen hatte. Sie erwachte
unweigerlich sowohl bei seinem Aufbruch als auch bei
seiner Rückkehr. Warren beendete jedes Abendessen mit
einem Glas Milch, in das mehrere Esslöffel Muskelaufbau-
pulver eingerührt waren. Er war schmal für seine dreizehn
Jahre, ein schüchterner Junge, der die Angewohnheit hatte,
nervös auf seiner Unterlippe zu kauen. Er fragte sie, ob
er nach unten in den Kellerraum ziehen dürfe. Es war ihr
nicht recht, aber sie fand keinen triftigen Grund, ihn davon
abzuhalten. Sein Zimmer lag neben ihrem, und sie wusste,
dass auch er das Rumoren und Knarren des Fremden im
Obergeschoss hören konnte, und er sagte, dass es ihn
störe. Inzwischen kannte sie das Muster der nächtlichen
Exkursionen ihres Mieters: Jeden Donnerstag-, Freitag-

und Samstagabend verließ er gegen Viertel nach zwölf das Haus und kam gegen halb sechs Uhr zurück. Sie hätte ihn gerne danach gefragt und überlegte, wie sie das wohl bei der Entgegennahme des Bargeldumschlags am Ersten jedes Monats beiläufig tun könnte, doch immer, wenn er direkt vor ihr stand, brachte sie es nicht über sich, lächelte nur und reichte ihm die Quittung.

Das Bargeld in der Hand.

Irgendwie altmodisch, hatte er gesagt. Lieber nicht online. Menschlicher Kontakt statt unpersönliches Internet. Doch eben dieses Internet warnte sie davor, Bargeld anzunehmen, da es auf illegale Aktivitäten hinwies. Ein junger Mann, der nachts unerklärliche Dinge trieb. Ein Drogenhändler: gar nicht abwegig.

Wenn es an der Tür zum Flur neben der Küche klopfte, war das für Warren der Startschuss, nach unten in sein neues Zimmer zu eilen – er wollte nicht dabei sein, wenn der Fremde, der auf der Todesetage lebte, auftauchte. Bald schon entschuldigte er sich früh an jedem Monatsersten, lange bevor sich der Mieter ankündigte. Sie dagegen wartete voller Anspannung auf sein Klopfen. Die Quittung lag dann bereits ordentlich ausgefüllt neben dem Basilikumtopf auf der Fensterbank bei dem Regal mit den dicken Kochbüchern, gegenüber der glänzenden Spüle mit den darüberhängenden Utensilien, die sie stets makellos sauber hielt (was für ein Kontrast zum Zustand der Küche oben!).

In diesem Monat ertappte sie sich dabei, wie sie das Geschirr vor seinem üblichen Klopfen wegräumte, eine Kanne Pfefferminztee zubereitete und einen Teller mit Butterkuchen hinstellte. Und als das Klopfen ertönte, faltete sie ihre

Schürze, legte sie weg, warf einen Blick in den Spiegel und strich sich vor dem Öffnen eine verirrte Locke hinters Ohr. Mit seinem Lächeln und seinem Umschlag mit Bargeld stand er vor ihr. Diesmal war er aus der Wohnung oben gekommen und nicht wie sonst von draußen. »Kommen Sie herein«, sagte sie. »Und setzen Sie sich.« Sie ging weg, bevor er die Chance hatte, ihr Angebot abzulehnen.

Sie setzte sich an den Tisch und sah zu, wie er zur Küchentür hereinkam, ein junger Mann mit zaghaftem Lächeln und dichtem blondem Haar. Man kann niemanden dazu zwingen, etwas von sich preiszugeben, aber welcher Kanadier würde schon an Gewaltanwendung denken, wenn Freundlichkeit so viel effektiver und eleganter Zugang verschafft und neugieriges Schnüffeln ermöglicht? »Trinken Sie eine Tasse Pfefferminztee mit mir? Ich koche ihn aus frischen Blättern.«

Sie sah ihn zögern. »Bitte. Ziehen Sie Ihren Mantel aus.« Ein weiterer kanadischer Imperativ – die Unhöflichkeit, den Mantel anzulassen, wäre zu krass gewesen, als dass er sich widersetzen konnte, und er zog ihn aus und hängte ihn über die Stuhllehne, wobei seine Augen zu dem Butterkuchen huschten. Sie forderte ihn auf, ihn zu probieren, ein altes Familienrezept, allerdings mit Rosinen. Wieder zögerte er, und sie schob ihm den Teller zu. »Und, wie läuft es bei Ihnen da oben?«

Und so begannen die Gespräche, zunächst förmlich bei diesem ersten Besuch und ziemlich steif, so dass sie ihn unmöglich nach seinen nächtlichen Touren fragen konnte. Nicht einmal höflich-distanziert verbrämt (obwohl sie es mit der Frage versuchte, ob er gerne hier in der Gegend

Konzerte besuche? Es gebe mindestens zwei gute Konzert-säle die Straße hinauf und in vielen Kneipen Live-Musik), aber andererseits hatte die Förmlichkeit auch ihre Vorteile, da sie dazu beitrug, die Mietzahlung mit dem Ritual einer Plauderei bei Tee und Kuchen zu verknüpfen. Wie bei einem sich wiederholenden Theaterstück hob sich der Vorhang jedes Mal zur gleichen Stunde, kurz nachdem Warren sich entschuldigt hatte, um sich in seinen Keller zurückzuziehen. Der Pfefferminztee sowie die Süßspeise des Monats kamen auf den sauberen Tisch, das Radio wurde leise auf 96,3 – den Klassiksender – eingestellt, die Schürze gefaltet und weggelegt. Er saß ihr immer gegenüber, das Bündel Bargeld im Umschlag dezent auf die Anrichte gelegt, wo die unterschriebene Quittung auf ihn wartete. Ein Handel quasi. Dies war der Vorwand. Bargeld für Wohnraum. Aber das Gespräch beim Tee war eine andere Form der Bezahlung – seine Gesellschaft für eine Frau, die sehr lange nicht mehr allein einem Mann gegenübergesessen hatte, jedenfalls nicht ohne Zeugen. Vor allem nicht seit der Katastrophe vor über einem Jahr.

Die Katastrophe – dieses Geheimnis trug sie wie ein heimliches Giftschlamm-Reservoir in sich. Genau so wie sein Geheimnis des nächtlichen Verschwindens offenbar in ihm steckte. Doch statt über ihre Geheimnisse sprachen sie über aktuelle Ereignisse – den jüngsten verrückten Tweet des amerikanischen Präsidenten, den dramatischen Fall eines lokalen Fernseh-Promis, der Frauen sexuell belästigt haben sollte –, aber jedes Mal kamen sie wie magisch angezogen auf die großen philosophischen Theorien über die Natur des Lebens zurück. Er war Atheist und Materialist, und während er sämtliche Gründe für seine festen Überzeugungen aufzählte, lächelte sie nur und schüttelte den Kopf, als hörte sie einem Kind zu, das die Existenz einer schwebenden Zauberstadt beschrieb. »Natürlich glauben Sie das«, sagte sie. »Weil Sie jung sind.«

Dann wurde er erregt, gestikulierte, schilderte erneut seine Ansichten und prangerte ihre Vorstellungen als schlichtweg kindisch an. Denn inzwischen hatte sie begonnen, ein wenig des Wahren Wissens zu teilen, oberflächliche Einblicke, mit denen sie hoffte, sein tiefes Interesse zu wecken. Sie sprach über die Verbindungen zwischen dem Universum und dem Individuum, über das, was die alte Maxime »Wie oben, so unten« bedeutete, die erklärte, wie jede Zelle im Körper von einem Planeten repliziert wurde, der in der Leere dort draußen schwebte, wobei das Universum der Körper des Gottes / der Göttin selbst war, weshalb die Heilige Schrift den Menschen als nach seinem / ihrem Bild geschaffen bezeichnete, als einen Mikrokosmos des großen Göttlichen. Eines Abends breitete sie die Tarotkarten aus, damit er in ihre kühlen Gesichter blicken konnte, und erklärte ihm, dass es nicht die Karten seien, die irgendetwas verkündeten. Sie seien lediglich Hilfsmittel, die die Kundigen benutzten, um ihre Energien zu bündeln. Er fragte: »Seit wann beschäftigen Sie sich mit diesem ganzen Zeug?«

Die Antwort auf diese Frage kannte sie natürlich, obwohl sie die Unterlippe schürzte, den Kopf schüttelte und behauptete, sie wisse es nicht, könne sich nicht erinnern, habe es immer schon getan.

»Das überrascht mich.«

»Was?«

»Dass Sie sich dafür interessieren – ich meine, seit Ewigkeiten. Ich kann mir nicht vorstellen, dass Sie schon als Kind Ihr Horoskop gelesen haben.« Es war eine kluge und genaue Beobachtung, und sie überdeckte ihr Unbehagen, indem sie zurückschoss.

»Ich wundere mich über Sie«, sagte sie, »dass Sie sich als Maler, als Künstler, nicht mehr dafür interessieren. In der Kunst geht es doch schließlich darum, über das Materielle hinauszublicken.«

Er lehnte sich zurück und verschränkte die Arme. »Nein. Ganz im Gegenteil. Es geht darum, sich der Wahrheit zu stellen.«

»Welcher Wahrheit?«

»Wissenschaft ist Wahrheit, richtig? Ich meine die Realität. Das, was wir messen können.«

»Unser Wissen wandelt sich«, entgegnete sie. »Die Wissenschaft hat noch viel zu entdecken. Unsere Vorstellungen davon, was Realität ist, ändern sich ständig.«

»Das ist kein Grund, an all diese Dinge zu glauben.« Mit einer verächtlichen Handbewegung, als wische er sie weg, fuhr er über die Karten.

Wie schon x-mal bei diesen ritualisierten Tee-Diskussionen an jedem Monatsersten hätte sie erwidern können, dass es doch inzwischen einen allgemeinen Konsens gebe – trotz der wissenschaftlichen Methode, die Dinge aufzuschlüsseln und in winzige Einzelteile aufzubrechen, die isoliert analysiert werden können –, dass alles im Innersten miteinander verbunden sei. Alles ist eins, ein System. Der Umweltschutz. Ökologie. Chaostheorie. Das scheinbar intelligente, geheimnisvoll kommunikative Verhalten subatomarer Teilchen in der Quantentheorie. Veränderte man hier eine winzige Variable, so kräuselte und verschob sich das gesamte Universum. Spirituelle Disziplinen behaupteten genau dies – die Einheit von allem – seit unzähligen Jahrhunderten. Stattdessen sagte sie nur: »Zeigen Sie es mir.«

»Was soll ich Ihnen zeigen?«

»Was Sie malen. Zeigen Sie mir eine Ihrer Arbeiten. Ihre Realität.«

Er warf ihr einen Blick zu, als hätte er sie durchschaut. Sie war sich sicher, dass er glaubte, sie habe ihn gegoogelt und im Internet nichts gefunden – dort, wo der Ruf einer Person für immer umher geisterte und von jedem schamlos begafft werden konnte. Unser geistiger Schatten im digitalen Reich. Für sie ein weiterer offensichtlicher Beweis für die Verbindung zwischen allen Dingen. Das leblose Silizium erlangte Bewusstsein. Die Menschheit war nur der Anfang.

Er stand auf und entschuldigte sich. Nicht gerade abrupt, aber er durchbrach damit ihr vertrautes Muster, und sie spürte, wie ihr Hitze in die Brust stieg, und sie stotterte ein wenig, als er seinen Mantel nahm und sich zur Tür wandte. Sein Rückzug löste eine ängstliche Spannung in ihr aus, die sich dehnte wie eine Gummifolie, die unter zunehmender Spannung immer dünner wurde, und sie spulte in Gedanken immer wieder ab, was sie gesagt hatte, hätte sagen sollen. Aber es war doch nichts gewesen, oder? Nur ein Gespräch mit einem Untermieter, das war alles. Obwohl sich ihr Sohn in seiner Höhle direkt unter ihr befand, ging sie auf den knarrenden Bodendielen hin und her, wienerte ihre Küche und dachte unaufhörlich an die Worte zwischen ihr und dem blonden Maler, die nicht ausgesprochen worden waren. Waren es Schuldgefühle? Es beunruhigte sie, was auch immer es war. Das Schweigen, das auf das Schließen der Tür folgte, erschien ihr ungerecht. Sie hatte keinen Fehler gemacht.

In ihrem alltäglichen Ritual unterschied sie sich von neunundneunzig Prozent ihrer Bürokolleginnen und -kollegen, die sich nach der Arbeit zu Hause vor diesen kalten, allgegenwärtig flackernden Kamin, den Fernsehbildschirm, fallen ließen. Nein. Sie hatte das in den schlechten Zeiten versucht und dabei gelernt, die dunkle Schwere zu hassen, die das Fernsehen in ihr hinterließ, eine verzögert beginnende Depression, die auf einen wartete, nachdem man den Abschaltknopf gedrückt hatte und der Bildschirm wieder schwarz geworden war … Das Wahre Wissen hatte sie gerettet. Ihre Studien der höheren Realitäten. Die Schriften von Menschen wie Madame Blavatsky, Rudolf Steiner, Rumi, Krishnamurti, Gurdjieff und vielen anderen. Kommentare zu tiefgründigen, der breiten Masse unbekannten Texten, die wie ein kostbares Destillat aus geschmolzenem Gold durch die Jahrhunderte gefiltert wurden. Das Tarot zum Beispiel zeigte die Verbindungen zwischen dem Göttinnenkörper oben und den Körperzellen unten, und die Alchemie zeigte die Verbindungen zwischen den so genannten unbelebten Elementen der Materie und den Atomen, aus denen die biologischen Zellen bestanden. Magik hielt Rituale ab, die dazu dienten, die Aufmerksamkeit des Unbewussten und des Überbewussten, des höheren und des niederen Selbst zu erregen. Ihre Regale im Wohnzimmer waren voll mit Büchern darüber und ihre Schubladen mit den Notizbüchern, die sie im Verlauf ihrer sorgfältigen Lektüre gefüllt hatte, mit nummerierten Verweisen, die sich auf hervorgehobene Passagen bezogen.

Anstatt ihre Abende vor dem Fernseher zu vertrödeln, hatte sie die Zeit der Trauer genutzt, um ein Fenster zur tieferen Wahrheit der großen Universen außen und innen aufzustoßen – was mehr als nur ein Trost war. Es war Erbauung, Bestätigung, ein neues Selbst und ein neues Leben. Es gab kein Ende. Der Tod war Teil des Lebenszyklus, und der Zyklus war alles. So viele Ideen, eingebettet in Stille, sprudelten und schäumten in ihr wie heiße Milch, und sie hatte niemanden, mit dem sie sie teilen konnte. Sie hatte ein paar Mal versucht, an Gruppentreffen teilzunehmen – bei einer Gruppe des Vierten Weges, die sich einmal pro Woche in Cabbagetown traf (aber es war ein Zufluchtsort für junge Außenseiter, geleitet von einem Mann mit aufgesetztem europäischem Akzent, der nicht mal die Grundbegriffe dessen, was sie gelesen hatte, zu kennen schien), und dann mit den Anhängern eines berühmten Yogis, der sich auf Improvisationstanz konzentrierte (ihre ständigen Umarmungen und ihre sorglose Nacktheit schreckten sie ab) –, aber sie hatte sich wieder in ihre einsamen Studien zurückgezogen, in ihre Bücher, die sie durch Besuche in Internetforen ergänzte. Sie ersetzte echte Menschen durch Fantome mit Benutzernamen wie NightForests28 und SagaciousOwl32, die ihr Worte der Liebe und Unterstützung schickten, wie sie im echten Leben nur von einem Familienmitglied angemessen gewesen wären, in diesem Fall jedoch mit klebrigem zwischenmenschlichem Gepäck befrachtet.

In der Cyberwelt hingegen herrschte beruhigende Anonymität und damit Distanz; so wurde die Illusion einer / eines lieben Vertrauten in der klassischen Manier ihrer Epoche erreicht, nämlich durch des Betreten des schemenhaften digitalen Reichs, was ihr erlaubte, das brennende Bedürfnis nach tiefer sozialer Verbundenheit zu stillen, ohne es jemals ganz zu befriedigen – ein absolut süchtig machender Mechanismus, eine konsumentenproduzierende Maschine.

Im folgenden Monat, nachdem sie ihre Tasse frischen Pfefferminztee zubereitet und ihre Schürze in Vorbereitung auf den Besuch des Mieters gefaltet und weggelegt hatte, saß sie eine Stunde nervös herum, ohne ein Zeichen oder Knarren von ihm. Schließlich ging sie wieder zur Tür, als ob ihn dies irgendwie anlocken könne, und sah, dass sie den unter der Tür durchgeschobenen Umschlag übersehen hatte. Darin befand sich neben dem Bündel Bargeld ein Zettel mit der Bitte, ihm eine unterschriebene Quittung in den Briefkasten zu werfen.

Sie war erstaunt, wie sehr sie diese kleine Geste schmerzte. Es war der Verlust, der so pochte – ein Schmerz, den sie besser kannte als jeden anderen. Der immense Verlust nach der Katastrophe lebte noch in ihr; er war nur an den Rändern seiner Ausbreitung gestockt. Er wuchs nicht mehr, erfüllte aber noch immer einen Teil tief in ihrem Inneren mit Gift und zwang ihr Wesen, um ihn herum zu wachsen, so wie sich ein Baum mit der Zeit um einen eisernen Zaunpfahl wölbt und ihn umschließt. Dieser erneute Verlust bewirkte nun einen Riss in diesem verhärteten Rand, und der Giftschlamm trat wieder aus, verätzte ihre Nerven und rief Erinnerungen an die größere primäre Verseuchung wach.

Durch den Schock verfiel sie zurück in alte Muster: Sie verlor den Appetit, an Armen und Oberkörper breitete sich ein juckender Hautausschlag aus, Herpesbläschen befielen ihre Mundwinkel (die sie mit einer Tube Zovirax behandelte, noch übrig aus der Zeit der Katastrophe), und an Schlaf, jedenfalls an eine ausreichende Menge, war nicht zu denken, wie schon vor einiger Zeit. Doch als sie diesmal die Treppenstufen knarren hörte, stand sie auf und zog sich an, wobei sie zunächst gar nicht genau wusste, warum sie das tat. Sie stellte sich vor den Spiegel und schaute sich selbst in die Augen, als sie ihn gehen hörte, und dann saß sie die ganze Nacht angezogen im Wohnzimmer und meldete sich am nächsten Morgen krank. Was, in Gottes Namen, geschah mit ihr? Nach Rorys Tod war ihr eine Therapeutin empfohlen worden, und sie war zu ihr in die Innenstadt gefahren. Aber die Frau hatte sich als inkompetent entpuppt. Nur das wahre Wissen brachte Rettung.

In der nächsten Nacht, am Freitag, zog sie sich wieder an, aber diesmal in Erwartung des leisen Knarrens, nicht infolge davon; und als sie es vernahm, wartete sie, bis sich die Außentür schloss, und schlüpfte dann durch die Hintertür in die feuchte Kühle der Frühlingsnacht (es hatte zuvor ein wenig geregnet), so dass sie in der Dunkelheit die lange Gasse zwischen den Häusern hinunterblicken konnte. Sie wartete zunächst, bis sich der von Motten umschwirrte gelbe Kegel des Bewegungsmelders ausgeschaltet hatte, eilte dann hinaus auf die Straße und erhaschte gerade noch rechtzeitig einen Blick auf seinen Schatten im Schein der Straßenlaterne, als er um die Ecke bog. Sie rannte zur Ecke, blickte sich verstohlen um wie die Karikatur eines

Spions in einer Hollywood-Komödie und sah, wie sich seine Silhouette den hellen Lichtern der College Street näherte. Dann holte sie tief Luft und folgte ihm.

Noch nie in ihrem Leben hatte sie heimlich einen anderen Menschen verfolgt. Es war ganz und gar nicht wie in den Filmen: Er war kein Schauspieler, der vorgab, blind zu sein, und nur stumm vor sich hinschaute, und es wimmelte nicht von Statisten zwischen ihm und ihr. Die reale Umgebung fühlte sich offen und exponiert an, selbst in dieser dunklen Stunde, und ein echter Mensch spürt instinktiv, wenn er beobachtet wird und blickt sich automatisch um. Filme können niemals diesen pulsierenden Sinn für Gerüche und Schwingungen in der Luft vermitteln, den jeder besitzt. Sie musste zurückbleiben, bis er so weit von ihr entfernt war, dass sie schon glaubte, ihn verloren zu haben.

Doch sie hatte Glück, denn er ging geradewegs am College entlang, und sein blondes Haar, das er trotz der beißenden Kälte nicht bedeckt hatte, leuchtete ihr wie eine Laterne, selbst aus einiger Entfernung. Bald gelangte er in den Restaurant-Bezirk von Little Italy, wo sich heute, am Freitagabend, der Verkehr staute, weil ständig orangefarbene und grüne Taxis oder Uber-Fahrzeuge am Straßenrand anhielten, um Gruppen von Leuten einzusammeln, die sich unter den hellen Schildern zwischen den Rauchergruppen an den Eingängen versammelten. Sie zog sich die Kapuze über den Kopf, senkte das Kinn und schloss so schnell wie möglich zu ihm auf.

Eine lange Schlange schmerzlich junger Konzertbesucher wartete vor dem Mod Club, gegenüber dem 24-Stunden-Metro-Zentrum und einem Tim-Hortons-Schnellrestaurant. Sie hielt sich hinter einem älteren Paar, das untergehakt vor ihr her ging, sie eine asiatische Sexbombe mit Minirock und Netzstrümpfen an zwar wohlgeformten, aber sicherlich eiskalten Beinen und mit klappernden Highheels, das dichte Haar zwischen die Schulterblätter gekämmt, er ein attraktiver Schwarzer mit Bürstenschnitt und blauem Anzug, der die breiten Schultern betonte. Sie passierten die Konzertschlange, in der die Jugendlichen seltsam still und teilnahmslos herumstanden, die meisten von ihnen mit fliegenden Daumen über ihre Smartphones gebeugt, die Gesichter in den blauen Schein der Bildschirme getaucht. Kein Wunder, dass Zombie-Filme und -Fernsehserien so beliebt waren – die Telefone machten aus Warren und seiner ganzen Generation Untote. Sie fragte sich, was geschehen würde, wenn sie versuchte, Warren das Handy wegzunehmen. Er würde ihr seinen typischen traurigen Blick zuwerfen und sie mit noch mehr Schweigen strafen, und wahrscheinlich würde er sich von dem Geld, das er im Sommer mit der Arbeit im Campingladen verdient hatte, ein neues kaufen.

Der attraktive Mann blickte sich plötzlich mit halb zusammengekniffenen Augen zu ihr um. Sie war ihnen zu dicht auf den Leib gerückt und hatte ihren Spinner-Alarm ausgelöst. Sie schlug einen Bogen um die beiden, und als sie wieder nach vorne blickte, geriet sie einen Moment lang in Panik, weil sie den Mieter nicht mehr sah – doch dann entdeckte sie ihn aus den Augenwinkeln, wie er sich durch den langsamen Verkehr auf der Straße schlängelte. Er verfiel in eine Art Joggen, doch mehr als Zeichen für die ungeduldigen Autofahrer, dass er Platz machen würde, als aus Notwendigkeit. Er betrat eine Kneipe mit bogenförmiger

Eingangstür namens *The Black Crow,* und sie ging hinüber und blieb unschlüssig unter dem Schild stehen.

Es dauerte ganze zehn Minuten – sie musste erst einmal die Straße auf und ab gehen, um ihren Mut zusammenzuraffen –, bevor sie die Tür aufstieß und hineinschlüpfte. Der Laden war dunkel und überfüllt. Sie konnte ihn im Gedränge an der Bar nicht erkennen, er saß aber auch nicht an einem der Tische. Sie fühlte sich auffällig, so ganz allein, und hatte das Gefühl, dass man sie beäugte und bemitleidete. Bars in der College Street besuchte man nicht ohne Begleitung; alle waren hier mindestens zu zweit oder in einer Gruppe unterwegs, mit der sie reden und lachen konnten. War er schon wieder weg? Vielleicht war er unbemerkt gegangen, während sie draußen auf und ab gelaufen war. Sie widerstand dem Drang, sich umzudrehen und die Bar wieder zu verlassen, und begann sich stattdessen zur Theke durchzudrängeln. Ihr fiel auf, dass sie die Kapuze noch trug. Sie streifte sie ab, als sie die Theke erreichte, schaute sich auch dort im Gedränge überall nach ihm um, als der Barkeeper sie ansprach. Sie drehte sich zu der Stimme um, und da war er – grinste sie ruhig in einem weißen Hemd an und lehnte sich nach vorne. »Hey, hallo, Fremde«, sagte er. »Was kann ich Ihnen bringen?«

Ihr Mund war wie ausgetrocknet. Sie öffnete und schloss ihn, brachte aber kein Wort heraus. Er lächelte immer noch ruhig und gelassen. »Ich …«, stotterte sie. Sie schüttelte den Kopf, und die Bewegung schien eine Flut von heißem Blut aufwallen zu lassen, einen Geysir der Röte – ein Zeichen ihrer Erniedrigung –, und sie wirbelte herum und drängte sich, halb stolpernd, durch die Menge. Sie stürzte in die reinigende Kälte der Nacht draußen. Eine Kühlung für das heiße Brandmal in ihrem Gesicht. Sie keuchte auf. Erwischt! Er hat mich ertappt. Eine Schnüfflerin, eine Spionin, eine Spannerin. Mit verschränkten Armen marschierte sie los. Idiotin! Sie hätte ruhig bleiben sollen, so wie er, einen Drink bestellen und so tun sollen, als wäre sie verabredet. Oh, was für ein Zufall, ich wusste gar nicht, dass Sie hier arbeiten und so weiter. Aber ihre Reaktion hatte sie verraten – jetzt wusste er Bescheid, unter diesem aufreizenden, ruhigen Lächeln. Wer weiß, vielleicht erstattete er sogar Anzeige gegen sie. Weil sie eines der Gesetze übertreten hatte, die er so gut kannte. Verfolgt von der Vermieterin. Die Polizei. Oh, mein Gott …

»Warten Sie!«

Sie drehte sich um, und er joggte auf sie zu, immer noch in Hemdsärmeln, kleine weiße Atemwölkchen ausstoßend. Als er vor ihr stehen blieb, überkam sie das seltsame Gefühl, dass dies nicht real war, dass sie diesen Moment träumte, obwohl sie es deutlich spüren konnte und die Details seiner offensichtlichen Realität wahrnahm: das Tröpfchen Haargel, das sich vorne in seinen Locken verfangen hatte (sie hatte ihn noch nie zuvor mit so stachlig gegeltem Haar gesehen), der neugierige Blick einer rauchenden, langnasigen, melancholisch aussehenden jungen Frau hinter ihm, die vorbeiziehende Gruppe von sechs jungen Männern in Hockeytrikots (ein brennendes C in Schwarz auf leuchtendem Rot: die Calgary Flames), die den Refrain zu einem alten Song von Tragically Hip brüllten. Sie sagte blöde und in einem dämlichen Singsang: »Oh, wie geht es Ihnen?«

»Ich wusste gar nicht, dass Sie auch manchmal herkommen«, sagte er.

»Äh, ich, ich …«

Er schaute weg und sah sie dann wieder an. »Sie wollten wissen, wo ich arbeite?«

»Nein! Gar nicht! Ich hatte keine Ahnung …«

»Keine Ahnung, was?« Jetzt wurde sein Lächeln allmählich übermütig, und er zog einen Mundwinkel hoch, bis sie das Gefühl hatte, er verhöhne sie fast. Denn hier, an seinem Arbeitsplatz, befand sie sich auf seinem Territorium, im Gegensatz zu ihrem Revier, der Küche – und seine Wohnung befand sich in ihrem Haus, trotz des rechtlichen Schutzes und der Distanz, auf die er sich neulich so rechthaberisch berufen hatte.

Sie drehte sich halb weg und behauptete: »Ich bin zufällig vorbeigekommen … auf dem Rückweg von einer Freundin … und dachte, ich hätte Sie gesehen.«

»Wirklich?«, fragte er. Als sie nicht antwortete, fügte er hinzu: »Aber Sie sahen so überrascht aus.« Nun starrten sie einander offen an, und fast war ihnen zum Lachen zumute, da sie beide wussten, dass das, was sie gesagt hatte, überhaupt keinen Sinn ergab, und der Moment zog sich hin, bis sie ihn mit einem Schnauben unterbrach, und dann fing er an zu lachen, sie fiel ein, und die unbehagliche Spannung löste und verflüchtigte sich. Beide lachten fast übertrieben laut, ein Zeichen für den gemeinsamen Wunsch, die Fragen hinter sich zu lassen, zu akzeptieren, dass er wusste, dass sie ihm gefolgt war (hatte er sie auf der Straße bemerkt? – wahrscheinlich), aber dass er es durchgehen lassen würde, ohne es in Worte zu fassen.

Während des restlichen Monats wurde sie nicht mehr von den Geräuschen seines spätabendlichen / frühmorgendlichen Kommens und Gehens geweckt. Jetzt, da sie seine Situation kannte, ließ der Druck nach, und das Gefühl der großen Enttäuschung über seine Abwesenheit am Monatsersten löste sich auf. Es war so einfach, wie die Antwort auf die wichtigste Frage in Toronto – nicht: Woher kommen Sie? Nicht: Haben Sie Familie hier? Sondern: Was machen Sie beruflich? In einer aus Fremden zusammengewürfelten Gesellschaft wird die wirtschaftliche Rolle des Individuums zum wichtigsten Identifikationsmerkmal, zum Angelpunkt jeder Kommunikation mit anderen. Das Wissen, dass er als Barkeeper arbeitete, machte den Mieter für sie erklärbar, reduzierte ihn und definierte ihn, verortete ihn in dem vertrauten und tröstlichen Narrativ vom jungen Möchtegern-Künstler mit Brotjob, der auf den Durchbruch hoffte, der wahrscheinlich niemals kommen würde. Es erklärte auch die Umschläge mit Bargeld, sicher von seinem unversteuerten Trinkgeld, und sie musste lächeln, als sie an ihre Ängste dachte, einen Drogendealer zu beherbergen.

Am nächsten Ersten stand er zu ihrer Überraschung wieder vor »ihrer« Tür. Vielleicht (nein, sie war sich fast sicher) hatte sich ihm ihre Entspannung, ihre Erleichterung durch das Universum mitgeteilt und die eisige Starre, die ihre Gespräche, ihren Flow, hatte stocken lassen, zum Schmelzen gebracht. Sie brühte den Pfefferminztee auf, stellte einen Teller mit weißen Schokokeksen zwischen sie und holte den Quittungsblock mit einer so vertrauten Geste, dass sie den Schein der Unpersönlichkeit kaum noch aufrechterhalten konnten. Er erzählte ihr, an einem Keks knabbernd, dass er seine »richtige Arbeit« nur ungern herzeige und sich noch »daran gewöhnen« müsse, «mit anderen darüber zu reden«. Er erschaffe »taktile Drucke« aus digitalen Bildern. Er lächelte, als er ihren Gesichtsausdruck sah. »Es geht um bestimmte Effekte, aber das Thema … Na ja, Sie haben es ja gesehen.«

»Ach ja?«

»Die Arbeit in der Kneipe. Die Gestalten um zwei Uhr morgens. Kennen Sie Toulouse-Lautrec?«

»Natürlich.«

Er lehnte sich nach vorne. »Als ich seine Moulin-Rouge-Gemälde im Musée d'Orsay in Paris gesehen habe, war ich zehn Jahre alt. Diese Bilder haben mein Leben verändert.«

»Es ist beeindruckend, ein Ölgemälde aus der Nähe zu sehen, nicht wahr? Wie greifbar es ist. Die Textur der Farben.«

Er nickte. »Ganz genau. Ein Monitor, ein flaches Bild, hat nicht denselben Effekt. Aber Ölfarben – ich meine, ich habe mit Ölfarben gearbeitet, und ich finde, diese Technik ist einfach ausgelutscht. Tot. Ich möchte mit den neuen Mitteln das machen, was er gemacht hat, auch mit einer bestimmten Textur, ja, aber ich will das heutige Nachtleben auf eine neue Art und Weise einfangen. Es muss relevant sein.«

»Mit einer Digitalkamera«, sagte sie und lächelte.

»Stimmt«, sagte er und lächelte nicht.

»Aber ich dachte, Sie wären so gegen dieses ganze Digitale. Die persönlichen Begegnungen sind Ihnen lieber, wie haben Sie es genannt? Alte Schule.«

Er zuckte mit den Schultern. »Die Digitaltechnik hat so ziemlich die ganze Welt erobert, aber ich versuche, sie gegen sich selbst einzusetzen. Ich versuche, den Bildschirm zu texturieren, ihm eine organische Anmutung zu verleihen. Aber letzten Endes ist es wohl ein Kampf gegen Windmühlen. Das ist das Beste, was wir als Künstler tun können. Denn die Roboter kommen, so viel ist sicher. KI und das alles. Das Ende der Menschheit, wie wir sie kennen.«

»Davon weiß ich nicht viel«, sagte sie.

Behutsam pirschte sie sich wieder an die Frage heran, ob sie wohl mal einen Blick auf eine seiner Arbeiten werfen könne, und diesmal erzählte er ihr von einer Ausstellung seiner Werke in Parkdale: acht Nächte in einer schicken neuen Galerie.

Beinahe wäre sie nicht hingegangen, um damit zu demonstrieren, dass die unausgesprochene Intimität ihrer monatlichen Treffen allmählich die Grenzen des Akzeptablen überschritt, aber am Ende ging sie doch und beruhigte sich mit Begriffen wie *Freund* und *Freundschaft*. Ein junger Mann, der vom Alter her Warren viel näher stand als ihr. Sie war achtundvierzig, und er? Sicherlich nicht älter als vierundzwanzig. Na und? Mussten Freunde … wie hieß das Schlagwort gleich wieder, *altersgerecht* sein?

Sie vermied jedoch die Vernissage und konnte so die Bilder ohne den Stress betrachten, ihn inmitten seiner Freunde, seiner Familie zu sehen. Die Galerie befand sich zwischen einem vietnamesischen Kaffeehaus und einer »Storefront Mosque«, einer Moschee, die in einem ehemaligen Geschäft untergebracht war. Obdachlose aus einer nahe gelegenen Unterkunft irrten auf dem Bürgersteig umher und bettelten um Kleingeld. Seine Bilder waren gerahmt und wie Gemälde an den weißen Wänden aufgehängt, aber sie waren dreidimensional und bestanden aus kleinen würfelähnlichen Gebilden – Styropor? –, auf die er die Einzelteile der Bilder aus dem Laserdrucker geklebt hatte, so dass es aussah wie ein gepixeltes 3-D-Modell. Die Fotos selbst waren Kneipenszenen – betrunkene Selfies beim Ausgehen, vom Blitz überbelichtete Gelage mit Textkästchen, die Handynachrichten voller Sprüche glichen, die dem glücklichen betrunkenen Grinsen und den Armen um die Schultern mit Gedanken wie *Ich hasse diesen Ort so* und *Am liebsten wär ich tot* widersprachen.

Seine Farben waren neonleuchtend, doch sie erschienen ihr gedämpft, banal und trocken; die Energie und Originalität, nach denen seine Werke so offensichtlich zu streben schienen, fehlten. Sie starrte in sie hinein, auf der Suche nach irgendetwas, irgendeinem Funken. Sie sah nichts.

Natürlich verbarg sie ihre wahre Meinung vor ihm, als sie sich das nächste Mal trafen, und er freute sich, dass sie hingegangen war, was sie dazu inspirierte, eine Flasche Pfirsichschnaps auf den Tisch zu stellen, um auf seinen kleinen Sieg anzustoßen. Die Kunst spielte keine Rolle – sein Bestreben schon. Nach dem zweiten Glas glaubte sie, er würde aufstehen, um zu gehen, doch stattdessen machte er einen unbeholfenen Ausfallschritt und drückte ihr einen Kuss auf den Mund, der ihr die Gleitsichtbrille halb von der Nase stieß. Sie war zu überrascht, um etwas anderes zu tun als zusammenzuzucken. Er richtete sich auf und errötete heftig. »Tut … tut mir leid«, stotterte er. Er wandte sich schon zum Gehen, da sagte sie: »Hey, warte!« Er drehte sich um, als sie sich erhob und die Brille abnahm. Er sah sie an. »Versuchen wir's doch mal so«, sagte sie.

Von der Küche ins Schlafzimmer, von Kleidung zur Haut, all diese Wege waren nicht länger von der anfänglichen Unbeholfenheit geprägt, sondern mühelos und natürlich wie der Liebesakt selbst, ohne die Notwendigkeit von holprigen Gesten oder Worten. Nur ein einziges Mal erhob sich eine Stimme in ihr mit der Mahnung Kondom – *Kondom, du blöde Kuh!* –, doch dann verlor sie sich in der Unbekümmertheit, der köstlichen Hingabe, in der sie all ihre Sorgen für kurze Zeit vergaß. Sie ließ es zu, dass er ihren Körper nach seinen animalischen Launen berührte und führte (er war überraschend stark, drahtig und voller Spannkraft) – ihm ihren Körper anzuvertrauen war ein süßer, intensiver Genuss. Sie wurde zu einer Art Puppe, die auf einem großen, heißen, zuckrigen Strom des Begehrens schaukelte und davon mitgerissen wurde.

Danach lagen sie auf dem Rücken, nicht dicht nebeneinander, sondern abgewinkelt wie die Zeiger einer Uhr. Eines seiner Beine baumelte über den Bettrand, und er sagte: »Du bist nicht gekommen, oder?«

Sie zögerte. »Du hast es gemerkt.«

»Ja.«

»Wie alt bist du nochmal?«

»Fünfundzwanzig.«

»Hast du schon mit vielen Frauen geschlafen?«

»Warum fragst du?«

»Du wirkst so erfahren.«

Er lachte leise, stützte sich auf einen Ellbogen und strich mit der Hand über ihre Brüste.

»Gefallen sie dir?«, fragte sie. »Ich mag sie nicht mehr. Sie sind nicht mehr fest.«

»Ich mag sie. Sie sind außergewöhnlich. Besonders diese.«

»Autsch!«

»Tut mir leid.« Er legte seine warme Handfläche flach auf ihren hellen Bauch und fuhr weiter hinunter. Nach einer Weile hielt sie seine Hand fest. »Schon okay«, sagte sie. »Ich kann nicht. Ist auch nicht nötig.«

Er sah sie an, seine Augen glichen seltsam leuchtenden Kratern in der Dunkelheit; er sah seltsam nackt aus, wie gehäutet, doch seine Stimme klang wie immer. »Willst du denn nicht?«

»Es war wunderbar«, sagte sie. »Mehr wollte ich gar nicht. Es war mehr als schön.«

»Aber …«

Sie lehnte sich zurück und schloss die Augen. »Ich kann nicht«, sagte sie.

»Was meinst du damit? Überhaupt nicht, nie?«

»Das ist mir jetzt, äh, zu persönlich.«

»Entschuldige.«

Sie schwiegen. »Also, ich will schon. Und ich kann auch. Aber … Ich muss dafür allein sein. Ich kann nicht, wenn … Wenn jemand anderer dabei ist.«

Sie öffnete die Augen. Er sah sie an. »Sezier mich nicht«, sagte sie.

»Mache ich nicht.«

»Doch, das tust du.«

»Ich möchte aber, dass du kommst«, sagte er. »Das ist nur gerecht.« Sie lächelte, griff aber wieder nach seinem Handgelenk.

Jetzt war Verlangen im Haus, und sie nahm es mit zur Arbeit wie ein geheimes Parfüm. Es verlieh ihren Tagen eine vibrierende Vorfreude, fast schon wie Angst, da es in ihrem Magen lebte und das Essen zu einer lästigen Pflicht machte. Am meisten erregte sie das Wissen, dass er zu Hause war, bei ihr zu Hause, dort unter dem Dach. Mit der Zeit betrachtete sie es als ein angemessenes Geschenk des Universums, denn es war eine Möglichkeit, das von Tod erfüllte Dachgeschoss mit dem Gegenteil zu reinigen – Verlangen, Leben und Jugend –, und sie war dankbar, dass ihre Gebete, unbewusst oder nicht, die Große Natur und die Schöpfer-Göttin veranlasst hatten, diesen jungen Mann zu erschaffen.

Was genau daraus werden sollte, fragte sie sich nicht; sie ließ es von selbst erblühen, und es würde sie dorthin führen, wohin sie gehen musste, aber hinter dieser Laissez-faire-Haltung stand Vertrauen, das Gefühl, dass schon alles richtig war. Was brauchte sie jetzt, in dieser Zeit ihres Lebens, von einem Mann? (Denn er war ein Mann – trotz des Altersunterschieds hatte sie es inzwischen körperlich erfahren.) Sie wollte jemanden zu Hause, mit dem sie reden konnte, jemanden, der ab und zu in ihrem Bett lag. Jemanden, mit dem sie gelegentlich ins Kino gehen oder ein Glas Wein trinken konnte. Das war alles. Das Gespräch war das Wichtigste, das intensive Gespräch von Angesicht zu Angesicht oder Seite an Seite im Dunkeln. Der Sex war für sie nur ein Weg, diese Verbindung zu vertiefen und die Schranken und Geheimnisse auszuräumen. Es bedeutete eine Erweiterung ihrer Küchenbeziehung im Bett, wobei die körperliche Intimität die Worte wie durch eine Art Telepathie von einem Kopf in den anderen transportierte. Flüstern. *Das* liebte sie am allermeisten, danach sehnte sie sich zutiefst.

Es musste nicht ständig sein. Ein bisschen reichte schon. Ein, zwei Mal die Woche (nicht mehr), auf Dauer. Keine Heiratsurkunde oder die Notwendigkeit, Kinder zu bekommen, was mit fast fünfzig Jahren biologisch sowieso nicht mehr möglich war (wenn sie auch nicht ganz in den Wechseljahren war, noch nicht). Sie hatte ihm das versichert, und er hatte gelächelt und gesagt, er habe es gewusst, sonst hätte er ein Kondom benutzt, und sie hatte eine Pause eingelegt und erwidert, es gebe andere gute Gründe, ein Kondom zu benutzen, und er hatte achselzuckend gesagt, er sei gesund und sie ebenfalls.

»Wie kannst du dir da so sicher sein?«

»Na ja, dass ich nichts habe, weiß ich genau, ich bin gesund, ich habe mich in der Hassle-free-Klinik testen lassen und es gibt ... sonst niemand anderen. Und was ist mit dir? Mit wie vielen Männern warst du zusammen nach ... deinem Ex?«

Sie schaute weg.

»Eben«, sagte er.

»Du hast mich durchschaut.«

»Richtig.«

»Meinst du wirklich?«

»Ja.«

Aber das hatte er nicht, weil er nichts von den Männern in ihrer Vergangenheit wusste. Manuel, ihren ersten Ehemann, hatte sie erwähnt. Aber von Alan hatte sie nichts erzählt. Und von Rory – oh, Gott: natürlich nicht.

Diese Barriere der Geheimhaltung hielt bis zu ihrem ersten Streit, einem heftigen Streit, der aus dem Nichts entstand wie ein blendender Schneesturm an einem klaren Tag. Sie waren in eine lockere Routine verfallen: Er kam am Monatsersten nicht mehr nach dem Abendessen, sondern vorher vorbei, und jedes Mal wurde ihm eine besondere Mahlzeit aufgetischt. Sie kochte mit Bedacht Gerichte, von denen sie wusste, dass er sie mögen würde (Nudeln mit einer schweren Sahnesauce, in Filoteig gebackener Seesaibling mit Kräutern, panierte Lammkoteletts mit Knoblauchbutter, grüne, scharfe Thai-Currys und dazu ein kaltes Ontario-Craft-Bier). Anfangs ging von Warren, der an seinem Eckplatz saß, eine gewisse Schüchternheit und etwas unbeholfene Spannung aus, diese mürrische Atmosphäre, die dreizehnjährige Jungs erzeugen können, aber zu ihrer Überraschung verstand es der Mieter, die unsichtbaren Schleier ihres Sohnes sanft zu lüften und ihn mit einigen geschickten Bemerkungen ins Gespräch zu ziehen, mit ein paar Witzen über die Popkultur, die sie nicht verstand. Warren blieb ohnehin immer nur bis zu seinem Glas Muskelaufbaumilch und verschwand danach, aber seine Abgänge fühlten sich nicht mehr wie dramatische Demonstrationen von Ärger, ja sogar Wut an.

Sie waren stets darauf bedacht, vor Warren niemals Anzeichen körperlicher Intimität zu zeigen, die über das korrekte Verhältnis von Untermieter zu Vermieterin hinausgingen. Selbst wenn er gegangen war, setzten sie die Scharade fort, da Warrens Zimmer direkt unter der Küche lag. Der Mieter half noch beim Abräumen und Befüllen der Spülmaschine, bevor er gute Nacht sagte (vielleicht ein wenig zu laut) und dann die Treppe hinaufstieg. Anschließend machte sie sich langsam bettfertig, nahm ein ausgiebiges heißes Bad mit duftendem, schäumendem Zusatz und zog ein sexy Outfit an (die kaufte sie jetzt gezielt ein; sie waren Teil des geheimen, berauschenden Parfüms, das ihrem Alltag anhaftete). Sie wusste, dass er Strümpfe mochte, und sie hatte eine interessante Auswahl davon erworben, ebenso wie die passenden Strapse, aber auch andere Arten von Reizwäsche. Sie stieg ins Bett und wartete auf ihn, sauber und herausgeputzt, manchmal mit einem Make-up, das dem einer billigen Hure der Belle Époque (der Ära von Toulouse-Lautrec, die ihn so faszinierte) glich; dennoch dauerte es jedes Mal noch lange, bis sie das erste verräterische Knarren von Holzdielen und das erste Scharren nackter Füße hörte. Manchmal zündete sie Kerzen an, ein anderes Mal zog sie es vor, im Dunkeln zu warten und so zu tun, als schliefe sie. Dadurch konnte sie ihm ihre Bedürfnisse mitteilen, und sei es auch nur durch die Art und Weise, wie sie dalag, wie sie ihre Gliedmaßen ausgebreitet hatte. Es war wunderbar, zu wissen, dass sie sich ohne Worte verstanden und sie ein körperliches Gespür füreinander verband, wie erfahrene Tanzpaare es kennen.

Die einzige Konstante war immer eine Flasche Rotwein, die in ihrem Zimmer bereitstand, denn diese Begegnungen waren für sie rituell. Sie betrachtete sich als eine Art Hohepriesterin und stimulierte sich oft durch die Vorstellung, die Reinkarnation einer Person zu sein, die in der Antike in der Türöffnung eines großen steinernen Tempels auf männliche Gläubige gewartet hatte, einen nach dem anderen. Gleichsam eine Vertreterin der Göttin Natur selbst …

Sie begann auch, sich die Zeit zu nehmen, einige alte Worte zu skandieren und seinen Namen einzufügen. Ein Zauberspruch, der »Bindung« hieß. Sie flocht aus einigen der Haare, die er auf ihrem Kissen hinterließ, einen Ring und tat ihn in eine kleine blaue Flasche, die sie mit einer Mischung aus Wachs und Menstruationsblut versiegelte und unter das Bett stellte. Das würde ihn an sie binden, dort, wo sie ihn haben wollte. Es verlieh ihr eine Art von Kontrolle, die sie brauchte, weil ihre Begegnungen so stark waren und süchtig machten wie eine Droge. Alleine auf ihn wartend konnte sie zum Höhepunkt kommen, nicht mit ihm. Das ging so seit der schlimmen Zeit mit Alan, ihrem zweiten Ehemann, vor der zweiten Scheidung. Sie musste angestrengt nachdenken, wann das gewesen war und wann sie sich von Manuel hatte scheiden lassen.

In der Nacht des ersten großen Streits trug sie im Bett ein gelbes Cheerleader-Outfit und lauschte wartend auf das Knarren seiner Schritte auf der Treppe. Als er im schummrigen orangefarbenen Flackern des Kerzenlichts neben dem Bett stand, dachte sie zunächst, dass er sich absichtlich zurückhielt, um des Vergnügens willen, und den Moment hinauszögerte, in dem er zu ihr sinken würde. Stattdessen setzte er sich auf den Stuhl gegenüber, seufzte und rieb sich über das Gesicht. »Es ist schon seltsam«, sagte er.

Sofort spürte sie die distanzierte Leidenschaftslosigkeit in seinem Blick, als wäre sie ein Objekt unter einem Mikroskop. Sie fühlte sich dadurch innerlich klein und kalt, und die Uniform, die ihr so raffiniert erschienen war, kam ihr mit einem Mal lächerlich und sogar erniedrigend vor. Sie zog die Decke hoch bis zu den Schultern und hielt sie dort fest, während sie sich aufsetzte.

»Ist schon komisch«, sagte er.

»Was ist denn los?«

»Ich komme immer hierher, zu dir«, sagte er.

»Willst du das nicht mehr?«

Er runzelte die Stirn. »Was? Doch. Es ist nur … Ich komme runter, bezahle meine Miete, und dann schleiche ich mich in dein Bett. Das gibt mir das Gefühl …«

»Du magst mein Bett nicht«, sagte sie. »Und mich.«

»Nein, das stimmt nicht. Es ist … umwerfend! Aber es ist *dein* Bett.«

»Und?«

»Ich will es dir ja erklären, wenn du mich lässt.«

»Okay.«

Schweigen.

»Okay, red weiter.«

»Ach, nichts«, sagte er.

»Nein, sag es mir. Ich höre dir zu.«

Wieder eine Pause. »Hast du schon mal den Ausdruck ›Puppenjunge‹ gehört?«

Sie schluckte. »Verstehe«, sagte sie. Die innere Kälte verstärkte sich, und sie war froh, dass sie sich eingewickelt hatte.

»Bitte«, sagte er. »Bitte sei nicht so.«

»Wie soll ich nicht sein? Sauer? Weil du denkst, ich behandle dich wie einen …«

»So habe ich es gar nicht gemeint. Aber es stört mich eben, dass du nie zu mir kommst.«

Sie schwieg.

»Nie. Nie kommst du in meine Wohnung. In mein Bett. Das ist mir schon lange aufgefallen. Nicht ein einziges Mal. Ich habe dich sogar einmal darum gebeten. Immer muss ich mich zu dir runterschleichen. Das gibt mir das Gefühl, der Darsteller in deinem … was auch immer das ist … zu sein.«

»Es hat nichts mit dir zu tun.«

»Dass du mich nie oben besuchst, hat nichts mit mir zu tun?«

»Genau. Ich kann da nicht hochgehen.«

»Du kannst es nicht. Na toll.« Er stand auf. »Also dann …«

»Geh nicht!«, bat sie.

Er stand in der Tür. »Du könntest zum Beispiel jetzt mit mir raufkommen.«

»Ich kann nicht«, wiederholte sie.

Er sah sie an. »Es wird also immer so sein?«

»Was macht es denn für einen Unterschied?«

»Es macht einen Unterschied«, sagte er. »Du reibst es mir dadurch unter die Nase.«

»Was reibe ich dir unter die Nase?«

»Meinen, äh … meinen Status, okay?«

Fast hätte sie geschnaubt. Status!

»Als wäre ich der brave Junge, der kommt, wenn man nach ihm pfeift.«

»Jetzt sei doch nicht so! Du weißt genau, dass es nicht so ist.«

»Ach, nicht? Dann komm zu mir rauf.«

»Ich kann nicht, das habe ich dir doch gesagt!«

»Warum nicht?«

Sie verschränkte die Arme unter der Decke und schüttelte den Kopf.

»Warum nicht?«

Gereizt fragte sie: »Soll das ein Verhör sein?«

Er stieß einen kehligen Laut aus, wandte sich ab und sah sie dann wieder an. »Weißt du …«

»Ja, ich weiß es!«, fauchte sie, und ihre Gereiztheit schlug in Wut um. »Aber du nicht!«

»Was weiß ich nicht?« Er fragte jetzt sanfter, drehte sich ganz zu ihr, und sie zögerte, war kurz davor, darüber zu sprechen, aber dann überfiel sie wieder dieses heftige, erstickende Schuldgefühl, dass sie eine Schändung beging, dass sie alles, was dort oben geschehen war, in den Schmutz zog und bespuckte, sogar Rory selbst (denn die Toten sind nicht tot, und bisher hatte sie gespürt, dass Rorys beobachtende Geist-Gegenwart ihr diesen Genuss, dieses körperliche Bedürfnis verzieh, ja, es sogar guthieß), und sie wischte nur einmal mit der Hand durch die Luft und sagte: »Geh! Geh doch, wenn du willst! Geh!«

Am nächsten Morgen erwachte sie mit kleinen Salzkrusten in den Winkeln ihrer geschwollenen Augen und wusste, dass sie im Schlaf geweint hatte. Das hatte sie seit den Nachwehen der Katastrophe nicht mehr getan – aber sie kannte die Symptome. Sie wusste, was es bedeutet, im Schlaf wie ein verzweifeltes Kätzchen zu jaulen. Dabei hätte sie es ein für alle Mal hinter sich haben sollen. Oh, Rory! Ihre Hände zitterten, als sie die Sexuniform, die im unbarmherzigen Morgenlicht so erbärmlich aussah, herunterriss, sich die Zähne putzte und ihr Haar frisierte.

Zur Mittagszeit stellte sie fest, dass sie immer noch keinen Appetit hatte, und zwei Mitarbeiter aus verschiedenen Abteilungen hatten sie gefragt, ob es ihr gutgehe. Der Spruch: *Du siehst aus wie eine wandelnde Leiche* schien ihnen auf der Zunge zu liegen, doch sie sprachen es nicht laut aus. Schon die Vorstellung genügte. Es war schon eine Weile her, seit sie das letzte Mal auf dem Friedhof oben in der Dufferin Street gewesen war, bei viel Verkehr knapp eine Stunde Fahrt entfernt. Es tut mir leid, Rory, mein Schatz. Entschuldige, dass Mommy dich so lange nicht besucht hat.

Sie fand einen Konferenzraum und schloss die Tür ab, wählte die Nummer ihres Künstler-Barkeeper-Mieters, ihres Liebhabers unter dem Dach, in der Hoffnung, die Mailbox zu erreichen und wieder auflegen zu können, doch er nahm den Anruf beim zweiten Klingeln entgegen. »Wenn du dir den Boden in deinem Schlafzimmer anschaust«, sagte sie, »kannst du Kratzer in den Dielen erkennen. Die sind von seinem Bett.«

»Von wessen Bett?«

»Das liegt daran, dass es ein spezielles Bett war, ein Pflegebett. Er wollte gern da oben sein. Wir mussten das Bett mit einem Flaschenzug über den Balkon hochtransportieren. Aber er hat sich gewünscht, dort oben zu sein, weil er dem Himmel näher war. Und wegen der Aussicht. Wir konnten ihn sogar ab und zu auf den Balkon hinausschieben.«

»Von wem redest du?« Er sprach jetzt leise, klang nervös in ihren Ohren.

»Von meinem Sohn.«

»Warren?«

»Ich habe noch einen Sohn. Älter als Warren. Aus meiner ersten Ehe. Ich weigere mich zu sagen, ich hatte. Materie ist Energie, und Energie kann nie zerstört, sondern nur umgewandelt, neu geordnet werden. Alle Dinge sind miteinander verbunden.«

»Okay«, sagte er. »Ich verstehe.«

»Wie oben«, sagte sie, »so unten.«

»Verstehe«, wiederholte er.

Sie schwiegen. Weinte sie? Sie betastete ihr Totengesicht mit allen fünf Fingern.

»Es tut mir sehr leid, dass ich dich so gedrängt habe«, sagte er. »Ich konnte es nicht wissen.«

»Ich weiß. Deswegen erzähle ich es dir ja jetzt.«

»Ich verstehe.«

»Wirklich?«

»Ja, wirklich.«

»Du bist ein kluger junger Mann.«

»Es tut mir leid«, sagte er noch einmal.

»Auf Wiedersehen«, sagte sie.

Ein Monat verging ohne jeden Kontakt. Die Frühlingskühle wich der Sommerwärme, die ersten Anzeichen der feuchten Hitze, die die Stadt bald umhüllen würde (es fühlte sich für sie an wie eine Rache – denn war der Klimawandel schließlich nicht die Rache der Natur für die Zerstörung ihres perfekten Gleichgewichts?). Sie dachte daran, wie er sich manchmal extra leise die Treppe hinuntergeschlichen hatte, um sie zu überraschen. Es war dann eine andere Art von Leidenschaft gewesen, nicht wie beim Warten in Verkleidung und voller Vorfreude, sondern als würde sie jäh aus einem Traum aufschrecken und einen fitten, schlanken männlichen Körper spüren, der bereits zu ihr unter die Decke schlüpfte.

Immer war er vor dem Morgengrauen gegangen, so dass Warren ihn nicht zu Gesicht bekam. Doch wenn sie einen Mann wollte, mit dem sie reden und mit dem sie gelegentlich ins Kino und ins Bett gehen konnte, und wenn sie wollte, dass dieser Mann er war, dann würde sie eines Tages dazu gezwungen sein, sich mit Warren hinzusetzen und es ihm zu erklären. Deine Mutter hat Bedürfnisse. Aber wie beginnt man ein solches Gespräch? Deine Mutter hat den heiligen Schrein des Raumes, in dem dein Bruder gestorben ist, entweiht, indem sie dort ihren Puppenjungen untergebracht hat. War es tatsächlich so?

Doch der Mieter kam in jenem Monat nicht herunter, und als der nächste Monatserste kam, geschah, was sie befürchtet hatte – kein Klopfen, nur ein Umschlag, der unter der Tür durchgeschoben wurde.

Am nächsten Tag rief sie ihn an und fragte: »Willst du nicht mehr mit mir zusammen sein?«

»Was bedeutet das? Mit dir zusammen zu sein? Es ist doch keine …«

»Ich weiß, was es nicht ist. Ich habe keine Erwartungen.«

»Das hast du von Anfang an gesagt. Aber ich weiß nicht, ob ich dir noch glauben kann.«

Das verfolgte sie tagelang. Sie fühlte sich trostlos im Inneren, eine windgepeitschte Ebene. Sie zündete Kerzen an und baute einen Schrein für die Göttin der Liebe (Venus-Aphrodite-Ishtar), sie fastete und meditierte. Sie sprach die bindende Beschwörungsformel; die Flasche unter dem Bett enthielt seine Haare, Zellen seines Körpers, die mit seinem innersten, unveränderlichen Selbst verbunden waren. Sie hatte ihn dort. Der Rest musste folgen …

Aber er kam immer noch nicht.

Schließlich ging sie eines Tages früher von der Arbeit nach Hause, stieg die Treppe hinauf und klopfte an seine Tür. Als er fragte, wer da sei, klopfte sie heftiger. »Du weißt genau, dass ich es bin, verdammt nochmal! Deine Vermieterin!«

Er öffnete die Tür, starrte sie mit aufgerissenen Augen an und murmelte irgendetwas von »vorher Bescheid geben«, aber sie schnitt ihm das Wort ab: »Hör auf mit den blöden Spielchen! Ich muss mit dir reden. Und zwar sofort!«

Er seufzte und drehte sich um. Sie trat ein und schloss die Tür, folgte ihm die kurze Treppe hinauf und war sehr überrascht davon, wie sauber und ordentlich es bei ihm war im Vergleich zu der Bordell-Schlamperei beim letzten Mal, als sie den Dachdecker hereingelassen hatte. Und sofort keimte in ihr ein Verdacht, ein Bauchgefühl.

Er drehte sich um, warf ihr einen fragenden, irritierten Blick zu, aber sie konnte ihm in dem Moment nicht ins Gesicht sehen und ging an ihm vorbei zum Fenster. Ihr Gesicht brannte, sie rang die Hände und verbog ihre Finger. Als sie sprach, kam ein ersticktes, seufzendes Schluchzen heraus. Das war's. Jetzt war ihr alles klar. »Du musst gehen«, sagte sie.

»Wie bitte?«

»Ich will, dass du gehst. Ich kündige dir.«

Sie starrte immer noch geradeaus durch die unscharfen Reflexion ihrer selbst, die Locken ihres Haares, die er so oft gepackt und an denen er im Gerangel ihrer körperlichen

Intimitäten gezogen hatte, die Zähne wie ein Raubtier in ihren Nacken geschlagen. An manchen Tagen hatte sie die blauen Flecken im Büro mit einem Schal kaschieren müssen, und diese geheimen Abzeichen erfüllten sie mit glühendem Stolz auf das wilde Sexleben, das ihre Kolleginnen und Kollegen ihr niemals zugetraut hätten.

»Eine andere Frau war hier oben«, sagte sie ihm auf den Kopf zu. »Du hast eine neue Freundin.«

Sie drehte sich um, in der Erwartung, steinerne Härte oder gar Wut in ihm zu sehen, stellte aber zu ihrem Schrecken fest, dass er auf der Kante seines klapprigen Sofas saß und die Hände vor das Gesicht geschlagen hatte. Sie sagte seinen Namen. Als er den Kopf hob, sah sie, dass er weinte; Tränen liefen ihm über das blasse Gesicht – gar nicht wie ein Mann, sondern wie ein zitternder Junge.

Als sie Manny gesagt hatte, es sei Zeit für die Scheidung, wusste sie, dass es ein Schock für ihn war, doch er hatte nur genickt und sie gefragt, ob sie sich sicher sei. Er war bitter und verletzt gewesen, aber er hatte nie geweint. Manny gehörte zu ihrer Generation. Mit Alan, Warrens Vater, war es dasselbe gewesen. Härter, aber das Gleiche, nur mit vertauschten Rollen; der Stress durch Rorys Krankheit war zu viel für ihn gewesen, die Schwachstellen in der Beziehung brachen wie gequetschte Frakturen. Aber sie hatte seine Entscheidung akzeptiert, ihren Schmerz ohne zu heulen ertragen. Man übernahm die Verantwortung für sein eigenes Leben. Man ertrug es. Und zwar mit Würde. Dieser junge Mann stand auf der anderen Seite einer kulturellen Kluft. Er war aufgewachsen in der Welt der Bildschirme und sozialen Medien, wo Emotionen die Währung, das Opfersein der Status waren. Oder lag es daran, dass er doch nur ein Junge war? Trotz all der sexuellen Raffinesse – vielleicht war er noch nie verletzt worden. Und in ihrem Innern verspürte sie unter der Überraschung auch ein Pochen weiblichen Triumphs, das Wissen, dass sie ihn verletzte, dass ihm etwas an ihr lag, dass er sich auf sie eingelassen hatte, egal was er sagte oder ihr vorzumachen versuchte. Es war ein Beweis ihrer Macht über ihn, und die Freude über ihre weibliche Macht pulsierte süß und stark durch ihr Blut.

Er schaute zu ihr auf, schüttelte den Kopf, wischte sich jammerig die Nase und sagte fast flüsternd: »Ich will aber nicht gehen.«

Sie antwortete nicht.

»Ich mag diese Wohnung. Ich brauche sie.«

Die Wohnung. Nicht sie. Das Pochen war so schnell verflogen, wie es gekommen war, ersetzt durch einen kalten Strom von etwas Wildem. Nicht Hass, aber so ähnlich. Sie schüttelte den Kopf. »Du kannst hier nicht bleiben.«

»Aber warum? Bist du etwa eifersüchtig?«

»Es gibt also jemanden.«

Er schüttelte den Kopf. »Das ist aus, es ist vorbei.«

Sie sah ihn an, den Kopf schief zur Seite geneigt, die Arme verschränkt.

»Mein Gott!«, brach es aus ihm hervor. »Wie oft habe ich dir schon gesagt, dass es nur Sex ist! Aber du hast mehr daraus gemacht.«

»Nein, du hast das getan«, erwiderte sie. »Du bist derjenige, der Forderungen gestellt hat, nicht ich.«

»Welche Forderungen?«

»Nach oben zu kommen. Weil ich dir das Gefühl geben

würde, ein … wie hast du es gleich noch genannt? Ein Puppenjunge zu sein.«

Er saugte die Lippen ein, seine Augen glänzten. Sie beobachtete, wie er erneut von Schluchzen geschüttelt wurde. Tatsächlich, ein Junge. Ein Kind. »Entschuldige. Es tut mir leid! Ich habe es nicht so gemeint. Bitte tu das nicht!«

»Zu spät«, sagte sie.

»Ich hätte das mit dem Callboy nicht sagen sollen. Es tut mir leid.«

Sie schwieg. Dann sagte sie: »Du musst gehen. Such dir eine neue Wohnung. Du kannst bis Ende nächsten Monats bleiben, okay?«

Sie durchquerte das Zimmer und ging die Treppe hinunter, aber als sie den Türgriff berührte, hörte sie ein Knarren und drehte sich um. Er stand über ihr auf der Treppe. »Das werde ich nicht«, sagte er.

»Wie bitte?«

»Ich gehe nicht«, sagte er. »Du kannst mich nicht rausschmeißen.«

Sie schnaubte, und das Blut wich ihr aus dem Gesicht. »Was willst du damit sagen?« Aber sie wusste, worauf er anspielte, sie wusste es genau.

»Du kannst mir nicht grundlos kündigen«, sagte er. »Das ist meine Wohnung, wir haben einen Vertrag, und ich habe mir nichts zuschulden kommen lassen. Du kannst mich nicht einfach rausschmeißen.«

»Das ist mir völlig egal! Ich will, dass du gehst!«

»Nein, ich gehe nicht! Ich brauche diese Wohnung! Weißt du, wie lange ich gesucht habe? Weißt du, wie angespannt der Markt ist? Es gibt so gut wie keine Mietwohnungen in Toronto, und ich werde nicht wieder in irgendeinen stinkenden Keller ziehen! Mit einem beschissenen Mitbewohner! Nein. Ich kann nirgendwohin. Und mir gefällt es hier. Es ist doch nicht meine Schuld! Ich kann hier gut arbeiten … Ich will nirgendwo anders hin.«

»Hör auf!«, sagte sie.

»Du hast nicht das Recht dazu!«, widersprach er. »Ich werde nirgendwo hingehen.« Er zeigte auf sie. »Weißt du was? Hau du doch ab! Das ist meine Wohnung!«

Das Blut rauschte ihr in den Ohren. Ein Schwindelgefühl ließ sie schwanken. Krank, krank! In einer Trance des Entsetzens stolperte sie von seiner verschlossenen Tür weg, als hätte sich ein Parasit an ihr festgesaugt und ließe sich nicht abwaschen.

Am Abend setzte sie sich nochmal an den Computer und recherchierte nach Möglichkeiten, einem Mieter zu kündigen. Es gab einen legalen Weg, ihn loszuwerden – sie war so erleichtert, dass sie einen Moment lang mit geschlossenen Augen dasaß: Sie musste Eigenbedarf anmelden. Sie lud das Formular (N12) herunter – es gewährte ihm zwei Monate Kündigungsfrist. Sie füllte es aus und schob es unter seiner Tür durch, bevor sie zur Arbeit ging.

In der Nacht, als sie sich im Schlaf bewegte, spürte sie, dass jemand in ihrem Zimmer war, und schreckte auf. Er war da, saß im Dunkeln und beobachtete sie. »Was machst du hier?«, fragte sie.

»Ich habe heute deinen kleinen Brief bekommen.«

»So«, sagte sie. »Es ist vorbei.«

»Ist es das?«

»Ich nehme an, du hast das Formular gelesen.«

»Ja. Aber sag mal – für wen willst du die Wohnung haben?«

Sie dachte schnell nach. »Für Warren«, sagte sie. »Ihm gefällt der Keller nicht mehr. Er will oben einziehen.«

»Das ist praktisch, was?«

Sie räusperte sich, setzte sich auf. »Du hast sechzig Tage.« Dann fügte sie etwas sanfter hinzu: »Es wird Zeit für eine Veränderung.«

»Du bist genau wie alle anderen«, sagte er.

»Was soll das bedeuten?«

»Niemand zieht da oben ein«, stellte er fest. »Nicht nach dem, was dort passiert ist. Definitiv nicht Warren.«

Sie sagte nichts.

»Wie alt war er?«, fragte er. »Dein Sohn.«

»Rory«, sagte sie leise. »Er war einundzwanzig.«

»Es tut mir leid«, sagte er.

»Ja«, sagte sie. »Das hattest du schon erwähnt.«

Er stand auf. Sie sah, dass er das Schreiben in der Hand hielt. »Ich könnte dagegen vor Gericht ziehen und sagen, dass wir eine Beziehung hatten, zusammengelebt haben. Ich könnte behaupten, du hättest Sex von mir verlangt und der einzige Grund, warum du mich rausschmeißt, ist, dass ich den nicht mehr liefere.«

Sie keuchte.

»Ich werde sagen, dass du mich erpresst.«

»O mein Gott«, stöhnte sie. »Weißt du, was du da redest? Du denkst ernsthaft darüber nach, mich zu verleumden? Willst du das wirklich? Bist du so einer?«

»Ich könnte es«, sagte er. »Ich habe Beweise.«

Ihr Herz setzte einen Schlag lang aus. »Was meinst du?«

»Ich habe unsere Nachrichten. Die E-Mails. All die Dinge, die wir einander gesagt haben. Das ist unmissverständlich.«

Es war wie ein Schrei in ihrem Inneren, und ihr wurde eiskalt. An die Textnachrichten hatte sie gar nicht mehr gedacht. Ihre Stimme klang heiser, sanft. »Jetzt hör doch mal«, sagte sie. »Warum machst du das?«

»Weil ich nicht ausziehen will. Weil das hier«, und dabei schlug er auf das Dokument ein, »eine Lüge ist, das weißt du ganz genau! Es geht hier gar nicht um Eigenbedarf. Du wirst keinen Fuß dort oben reinsetzen. Und Warren auch nicht.«

»Das ist mein Haus! Ich will, dass du gehst!« Das kam als echter Schrei heraus, jedenfalls beinahe – beide erstarrten vor Schreck, weil sie bestimmt Warren geweckt hatten.

Leise sagte sie: »Bitte. Ich bitte dich, okay? Lass uns wie Erwachsene damit umgehen. Ich bitte dich höflich. Ich bitte dich. Bitte. Geh einfach, okay? Ich bitte dich. Es ist das Beste so.«

»Nein«, sagte er. »Das ist nicht fair. Ich will diese Wohnung. Ich werde dort oben leben, du wirst mich nie zu Gesicht bekommen, ich werde dich niemals sehen, und wir werden weitermachen, und das war's dann.«

»Dafür ist es zu spät«, erwiderte sie. »Du bist derjenige, der mich jeden Monat treffen wollte, damit es persönlicher war. Und du hast mich an dem Abend geküsst. Du bist derjenige, der die Grenze überschritten und die Barriere durchbrochen hat, okay? Nicht ich. So etwas passiert eben, wenn man das macht. Es ist alles auf deinem Mist gewachsen.«

Er schwieg. »Bei den Frauen hat alles seinen Preis, was?«, fragte er höhnisch und verbittert. »An allem hängt ein Preisschild dran.« Er ging hinaus, und sie hörte ihn knarrend die Treppe hinaufgehen, nein, heftig stampfen, ohne jeden Versuch, leise aufzutreten, wie er es sonst immer getan hatte.

Sie wollte ihn loswerden. Trotzdem zerstörte sie das Bindungszauber-Fläschchen unter ihrem Bett nicht. Vielleicht wollte sie erreichen, dass er sich einverstanden erklärte. Es war wie die Auflösung ihrer Ehen. Es musste von beiden Seiten ausgehen. Jedenfalls redete sie sich das ein. Sie wollte, dass er verschwand, aber sie hielt an ihrem Flaschenzauber fest, hielt einen Teil von ihm unter Verschluss.

Es folgten einige unbehagliche Wochen, in denen sie ihn nicht sah und kaum noch hörte. Das Haus war geradezu unheimlich still, so ganz ohne Knarren. Sie hoffte, dass er das Richtige tat und sich eine neue Wohnung suchte, bezweifelte es jedoch. Er hatte zwei Monate Zeit, und wenn es bis zur fünften Woche keine Mitteilung von ihm gab, keine Anzeichen von Fortschritt oder Akzeptanz, würde sie ihm erneut gegenübertreten müssen, und das war fast zu viel, um überhaupt daran zu denken.

Sie überlegte, ob sie sich einen Anwalt suchen sollte. Aber schon der Gedanke daran machte sie müde. Besser vorher nochmal mit ihm sprechen. Ein letzter Versuch.

Doch dann war er derjenige, der gegen Ende des Monats anrief. Seine Stimme klang warm und sanft in ihrem Ohr. »Kann ich heute Abend zu dir runterkommen?«

Ja. Sie zündete Kerzen an, und er überraschte sie mit einer Flasche teurem, duftendem Massageöl. Sie tranken den rituellen Wein, sie legte Handtücher auf das Bett, und er massierte sie eine Stunde lang. Sie schmolz und döste und erwachte unter seinen weichen, gleitenden Händen, und alles an ihr prickelte und glänzte. Sie drehte sich um, und sie bewegten sich gemeinsam, und er machte weiter, bis sie das Gefühl hatte, durch ein Loch unter ihnen zu fallen, tiefer und tiefer, in langsamen Kreisen in die Dunkelheit einer sich öffnenden Galaxie. »Lass es geschehen«, sagte seine Stimme in ihrem Ohr. »Du brauchst es. Lass los.«

Er atmete tief ein und aus wie in einem Yogakurs, und da erst erkannte sie, was er da machte. Wenn er sie dazu bringen könnte, wäre er in seiner Dachgeschosswohnung sicher, es würde die Sache zwischen ihnen besiegeln und sein Exil aufheben. Doch sie war wie betäubt. Sie öffnete die Augen und sah, dass er schwitzte. Er bemerkte ihren Blick und hielt inne. »Was ist denn?«

»Hör auf«, sagte sie.

»Nicht, bis du so weit bist«, erwiderte er.

»Es wird aber nicht passieren.«

»Du willst nicht?«

Sie schüttelte ansatzweise den Kopf.

»Du kannst es«, sagte er. »Aber du willst nicht.«

Mit einem Mal stieg wieder die Vorstellung von dem Parasiten in ihr auf. Sie stieß ihn weg, und er löste sich von ihr, erhob sich und stellte sich an den Bettrand. Sie griff nach ihm, aber er schob ihre Hand weg. »Dann komme ich auch nicht«, sagte er. »Wenn du nicht willst, will ich auch nicht.« Er ging ins Badezimmer.

Sie stand langsam auf, wischte das parfümierte Öl mit einem Handtuch ab, wickelte sich ein, ging zur Badezimmertür, klopfte leise an und trat ein. Da saß er auf dem Rand der Wanne, sah sie an, blickte reglos in den Spiegel und dann wieder zu ihr. »Ist schon merkwürdig, was?«, sagte er. »Das Leben.« Er sah sie an. »Hier sind wir. Zwei Erwachsene.«

»Angeblich«, erwiderte sie.

Er lächelte.

Sie schlang die Arme fester um sich und lehnte sich an den Türrahmen. »Früher konnte ich«, sagte sie. »Mit Manny.« Er sah sie weiter unverwandt an. Sie fuhr fort: »Aber bei Alan ging am Ende nichts mehr. Ich habe gespürt, wie wir auseinanderdriften, habe mich verkrampft und verschlossen. Wir hatten so große Sorgen wegen Rory. Und wir haben uns gestritten. Die Streitigkeiten reichten bis in den Sex hinein, es kam zu echten Grausamkeiten, Hohn und Spott, bevor es ganz aufgehört hat.«

»War er derjenige, der es so wollte? Das mit der Scheidung?«

»Ja, sie ging von Alan aus. Bei Manny – er wusste nicht, was er wollte. Das war sein Problem.«

»Und bei Alan?«

»Im Grunde dasselbe. Er war auch nur ein großer Junge, der so tat, als wäre er ein Mann.«

Er schnaubte. »Aha.«

»Ich habe alles für sie getan«, fuhr sie fort. »Wenn ich nicht gewesen wäre, wäre Manuel für den Rest seines Lebens Tellerwäscher geblieben und hätte in Unterwäsche vor dem Fernseher gehangen. Alan hätte hundertfünfzig Kilo gewogen und nie einen Führerschein gehabt. Ich habe Menschen aus ihnen gemacht.« Sie stieß einen kehligen Laut aus, ein spöttisches Knurren. »Männer«, sagte sie.

Er legte abrupt den Kopf schief. »Was ist mit ihnen?«

»Sie sind Kinder«, sagte sie zu ihm, schaute ihm direkt in die Augen und sah, wie sie vor Wut schmal wurden.

»Wow«, sagte er. »Weißt du was? Ich würde gerne mal ihre Version hören.«

Sie holte tief Luft, schlenkerte mit dem Arm. »Tja, sie nennen mich wohl einen Kontrollfreak, was weiß ich. Und die ganzen anderen blöden Etiketten, die ihnen so einfallen. Aber sie sind genau wie du. Treten auf der Stelle. Können sich nicht aufraffen und jammern nur. Und sie haben kein Durchhaltevermögen, wie man sieht. Das gilt für viele sogenannte Männer in dieser Stadt. Sie geben zu schnell auf. Haben kein Stehvermögen.« Sie presste die Hände zusammen. »Eine Familie kann nicht überleben, wenn man nicht bereit ist, durchzuhalten, egal was passiert.« Ihre Hände zitterten. Dann ließ sie sie sinken.

Er schüttelte den Kopf. »Niemand muss durchhalten um jeden Preis«, entgegnete er. »Egal ob Männer oder Frauen. Niemand *muss* sich an irgendetwas klammern.«

»Ach, nein?«

Er fuchtelte mit beiden Armen. »Das sind alles Menschen wie wir. Meine Eltern zum Beispiel sind auch geschieden. Dad lebt mit einem anderen Mann zusammen, Mom hat einen mit drei Kindern geheiratet, von denen jedes aus einer anderen Beziehung stammt. Es ist … niemand hält ewig durch, okay? Nichts bleibt, wie es ist.«

Er rieb sich den Nacken und ging zur Tür.

»Warte!«, sagte sie. »Ich weiß nicht, was du über mich denkst. Aber es hat mir etwas bedeutet.«

Er holte tief Luft und atmete durch die geschürzten Lippen zittrig wieder aus. »Ja, das sehe ich.«

»Was hast du denn geglaubt, was passieren würde?«

»Dass eine geschiedene Frau, schon älter, mit einem Kind, einem Haus, nichts von mir braucht. Nicht mehr wollen würde.«

»Da liegst du nicht ganz falsch«, antwortete sie.

»Aha«, sagte er. »Aber das tue ich doch. Und wie.«

Wochen später, als die Frist aus ihrer Sicht noch immer galt, rief er sie bei der Arbeit an, um ihr zu sagen, dass Warren hinten im Garten sei, er habe ihn gesehen. Er sei mit »einem ganzen Pulk von seinen kleinen Kumpels« nach Hause gekommen, er schwänze die Schule, und obwohl der Mieter sich nicht hundertprozentig sicher sein konnte, vermutete er doch stark, dass das Zeug, das sie da unten neben der Garage rauchten oder dampften, kein Tabak oder Nikotin sei.

Sie machte früher Feierabend, aber Warren war nicht da. Sie betrat zum ersten Mal seit langer Zeit sein Zimmer im Keller – es war schummrig; die Jalousien vor dem Fenster hoch oben in der Wand waren heruntergelassen. Sie öffnete sie und enthüllte damit die unschöne Aussicht auf das Gitter und die asphaltierte Einfahrt. Spinnweben. Warrens Bett war nicht gemacht, aber es lagen keine Klamotten auf dem Boden, sondern nur ein Gewirr von Kabeln für die Konsole, was immer es für eine war, die auf einem Hocker neben dem Monitor stand. Sie schaute in seine Schränke, unter die Kleidung in seinen Schubladen, fand aber keine Zigaretten oder Hinweise auf Drogenkonsum. Die Erleichterung war atemberaubend, und sie setzte sich auf das Bett. Dabei stieß sie gegen etwas Hartes und zog den Laptop unter dem Bettzeug hervor, den sie Warren ein Jahr zuvor zu

Weihnachten geschenkt hatte. Sie klappte ihn auf und gab das Admin-Passwort ein, auf dem sie bestanden hatte, ohne die Absicht, es jemals zu benutzen. Warren sollte lediglich wissen, dass sie auf sein System zugreifen konnte und er unter elterlicher Aufsicht stand.

Doch diese Sache mit dem Rauchen und dem Schuleschwänzen mit Freunden war ein Indiz dafür, wie wenig elterliche Aufsicht er in letzter Zeit gehabt hatte. Ihre Gedanken hatten sich hauptsächlich um ihren Mieter-Liebhaber gedreht, und das taten sie noch immer. Und dass Warren nach dem Essen schnell wieder verschwand, war zu einer täglichen Gewohnheit geworden, ganz unabhängig von den Abendessen mit dem Mieter am Monatsanfang. Sie musste sich damit abfinden, dass zwischen ihnen eine Kluft entstanden war, so subtil und schnell wie zwischen zwei Booten auf dem Wasser, die auf entgegengesetzten Unterströmungen auseinanderdrifteten.

Die Dokumente auf dem Laptop sahen alle nach Schule aus, was sie stolz machte, doch als sie den Browser öffnete und die Bookmarks überprüfte, fand sie eine ganze Auswahl pornografischer Seiten. Sie fuhr mit dem Cursor auf eine von ihnen, klickte sie aber nicht an. Ihr war ganz übel vor Angst. Es kam ihr vor, als hätte ihre sinnliche Beziehung zu dem Mieter irgendwie die Luft in diesem Haushalt infiziert und den Geist ihres Sohnes kontaminiert. Sie fühlte sich schuldig.

Sie klickte den Link an und sah hin. Ein muskulöser Mann packte den Kopf einer mageren jungen Frau, würgte sie, schlug ihr ins Gesicht, riss sie an den Haaren, fluchte und spuckte. Es war animalisch, grauenhaft.

Ihr traten die Tränen in die Augen. Sie schämte sich für ihren Sohn. Es war widerlich! In einigen Links ging es ausschließlich um Männer. Dreizehn Jahre alt. Was hatte sie mit dreizehn über Sex gewusst? Nicht das Geringste. Was war das für eine Welt geworden! Und ihre Eltern waren seit zweiundsechzig Jahren zusammen.

Sie schloss die Links und den Laptop, schob ihn dorthin zurück, wo sie ihn gefunden hatte, ging nach oben, nahm Paracetamol und legte sich hin. Sie ließ ihre Schlafzimmertür offen, erwachte durch das Geräusch der Eingangstür, drehte sich um und rief: »Warren, bist du das?« Dann hörte sie seine Schritte auf der Treppe hinunter in den Keller und seine Tür, die sich öffnete und schloss.

Sie stand auf und machte sich bereit, hinunterzugehen, um das Gespräch zu führen, von dem sie wusste, dass sie es mit ihm führen musste, aber dann verließ sie der Mut. In der Diele wechselte sie kurzentschlossen die Richtung, öffnete die Tür zu der anderen Treppe, ging hinauf zu ihrem Mieter und klopfte leise bei ihm an.

Zuerst dachte sie, er sei nicht da, aber dann hörte sie die Dielen knarren. Dann Stille, als er zögerte, bis er schließlich öffnete und ihr zunickte. Er war unrasiert; seine Augen sahen müde aus, sein Gesicht verriet Anspannung.

»Kann ich mit dir reden? Drinnen.«

Er verzog resigniert das Gesicht, und sie folgte ihm. Er kochte Tee, und dann saßen sie auf dem durchgesessenen, kaputten Sofa. Er schaute in seine Tasse. »Ich weiß, warum du hier bist«, sagte er.

»Ach, und warum?«

»Wegen deinem ach so korrekten Kündigungsschreiben.

Und jetzt willst du ein konkretes Datum von mir. Wann genau ich ausziehe. Aber ich habe dir schon gesagt …«

»Du irrst dich«, erwiderte sie rasch. »Deswegen bin ich nicht hier. Ich wollte dich etwas wegen Warren fragen. Wegen dem, was du heute gesehen hast, die Sache mit dem Kiffen.«

Er zuckte mit einer Schulter, warf sein blondes Haar zurück (es wird zu unordentlich, dachte sie; kürzer sieht es viel besser aus). »Na ja, ich habe gearbeitet. Und da habe ich ihre Stimmen gehört. Zuerst dachte ich, es wären die Nachbarn, aber es wurde nicht leiser. Ich war sauer und bin raus auf den Balkon. Und da standen sie im Garten, eine Gruppe Jugendlicher, keine Ahnung, fünf oder sechs. Warren hat zu mir hochgeschaut. Er hat mich gesehen und irgendwie ein schuldbewusstes Gesicht gemacht. Dann habe ich den Rauch gesehen. Und bin wieder reingegangen. Und das war's.«

»Nein, du hast mich angerufen.«

»Stimmt.«

»Warum?«

Ein weiteres einseitiges Schulterzucken. »Ich dachte, das wäre das Beste. Du bist seine Mutter. Er hat die Schule geschwänzt, und vielleicht will ich, dass du mit ihm redest, damit er das nicht noch einmal macht, mich tagsüber nerven, meine ich.«

»Aber nicht, weil du dir Sorgen gemacht hast, dass er gekifft hat.«

»Ich, mir Sorgen machen? Warum sollte ich?«

»Weil es um Warren geht.«

»Warren ist dein Sohn, Madame.«

74

»Aber du hast mich angerufen.«

»Jetzt hör mal …«

»Warren ist nicht nur mein Sohn, weißt du, er gehört zu diesem Haushalt. Unserem Haushalt.«

Er schaute weg.

»Hör mal«, sagte sie. »Ich habe in Warrens Computer ein paar Sachen gefunden, die ich nicht … die er in seinem Alter nicht haben sollte.«

»Was meinst du, Pornos oder was?«

Sie nickte. »Aber es ist, äh, ganz komisches Zeug. Darüber wollte ich mit dir reden.«

»Oh, nein!«, stöhnte er.

»Nein, nicht was du meinst«, fiel sie rasch ein. »Ich weiß nur nicht, wie ich es anstellen soll, mit ihm darüber zu reden. Über diese Dinge. Aber du bist ein Mann, du verstehst das Problem. Ich meine, du weißt, wie es war, mit dreizehn … Würdest du … könntest du mit ihm darüber reden, bitte? Vielleicht könntest du dann auch gleich das mit dem Kiffen ansprechen. Ach, bitte! Es würde mir sehr viel bedeuten. Wenn es von einem Mann kommt, von jemandem, der nicht so viel älter ist als er, wäre es auch für Warren viel besser … Ich weiß, es würde …«

Er schwieg, und sie fühlte, wie sich etwas in ihm zusammenzog, sich verdrehte. Allmählich wurde ihr klar, warum – es war Scham. Nicht seinetwegen, sondern ihretwegen. Schließlich sagte er: »Ich bin nicht Warrens Vater. Frag doch den.« Sie wollte unbedingt etwas erwidern, wollte ihn beruhigen, *kommt gar nicht in Frage,* aber er hob die Hand und bremste sie aus. »Ich bin auch nicht sein Onkel«, sagte er. »Und auch nicht sein Freund. Ich bin der

Mieter, der zufällig seine Mutter vögelt. Glaubst du etwa, er weiß das nicht?«

Es war, als hätte er sie geohrfeigt. »Das ist hässlich«, sagte sie.

Er stand auf. »Ich ziehe aus«, sagte er. »Ende des Monats bin ich weg.«

Sie schluckte. »Das musst du nicht«, sagte sie. Und sie dachte: *Wenn dir nur klar wäre, was für ein gutes Leben wir haben könnten!*

»Doch, ich muss«, erwiderte er. »Ich bin auf der Suche nach einer anderen Wohnung.«

»Ich habe dich nur gebeten …«

»Würdest du bitte gehen? Würdest du jetzt bitte gehen?«

Sie stieg wie betäubt die Treppe hinunter und sprach beim Abendessen mit Warren weder über das Kiffen noch über die Pornos oder dass sie hinter seinem Rücken in seine Kellerhöhle eingedrungen war. Aber warum sollte sie sich schuldig fühlen? Schließlich war das ihr Haus, ihr Heim! Nichts erfüllte sie mit so großer Bestürzung wie eine verschlossene Tür unter ihrem Dach, etwas, das man nicht betreten und begutachten konnte. Sie war gutmütig, sie war verantwortungsbewusst, niemand hatte etwas von ihr zu befürchten. Und dies war ihr Zuhause! Das Heim ihrer Familie! Sie konnte diese Flucht, dieses Verstecken vor ihr und ihren guten Absichten nicht verstehen. Es war eine Zurückweisung sowohl ihres Eigentums als auch ihrer Güte, die sie nicht tolerieren konnte. Und was wollte sie im Gegenzug dafür? Nur das Beste für alle. Gespräche und Liebe, ab und zu einen Film. Und einen Sohn, der aufrichtig und ehrenhaft war, keinen, der schmutziges Zeug auf dem Computer versteckte, Geheimnisse vor ihr hatte und hinter ihrem Rücken (in ihrem Garten!) mit Kriminellen Drogen konsumierte! Sie wollte doch nur, dass man offen zu ihr war, und dass sie lieben und geliebt werden konnte. Menschen, die bleiben würden. Eine Familie.

Ein paar Tage später, stand sie nachts auf, zog einen Seidenkimono über ihren nackten Körper und ging die knarrende Treppe hinauf. Sie benutzte ihren Schlüssel, ihren Vermieterinnenschlüssel, öffnete die Tür und trat ein wie eine japanische Dämonin, die im Mondlicht schwebt. Sie weckte ihn, indem sie ihm die Hand auf den Mund legte. »Rühr dich nicht«, befahl sie ihm. »Atme nicht einmal laut. Blinzle nicht. Schließ die Augen.« Sie legte sich auf ihn und jedes Mal, wenn sie spürte, dass er sich zu bewegen begann, hielt sie ihn fest, bis er wieder erstarrte. Sie setzte sich auf, seufzte und begann. Sie fühlte sich losgelöst. Sein Körper war ein Ding, er hätte leblos sein können, ein Kissen. Unbeweglich lag er da. Sie war allein mit sich selbst. In diesem Bett, auf diesem Dachboden.

Sie sah Rorys Gesicht, die tief in den Höhlen versunkenen, matten Augen, gelb durch die versagende Leber, in die der Krebs gestreut hatte, genau wie in sein Gehirn, in seine Knochen. Nichts und niemand konnte irgendetwas für ihn tun. Kein Medikament, keine Operation, kein Gebet, keine Beschwörungen hätten geholfen. Und Warren flimmerte durch sie hindurch – es gab nichts, was die Welt von ihm fernhalten konnte, weder sie noch irgendjemand. Nichts konnte verhindern, was aus ihm wurde. Und dieser schwache Künstler unter ihr, der ziellos durchs Leben trieb, auch den konnte sie durch nichts an sich binden oder verändern.

Dennoch konnte sie sich ihm gegenüber als Eigentümerin verhalten. Als wäre er ein Teil ihres Hauses.

Endlich wölbte sie den Rücken, und die Spannung stieg wie eine Welle von ihren sich bewegenden Hüften aus hoch. Sie zitterte am ganzen Leib, sank nach vorne und legte sich auf ihn, keuchend und fühlte sich dabei wie ausgehöhlt. Er bewegte sich immer noch nicht.

»Auf Wiedersehen«, sagte sie in sein Ohr. »Auf Wiedersehen, und fort mit dir.«

Als er Ende des Monats auszog, fand sie im sauber geputzten Dachgeschoss nichts als einen Umschlag mit ihrem Namen. Es war nicht nötig gewesen, ihn noch einmal zu sehen, denn sie hatte bereits die Miete des letzten Monats erhalten, die er ihr schon beim Einzug gegeben hatte, wann war das noch mal gewesen? Vor wie vielen Monaten? Und spielte das eine Rolle?

Sie legte den Umschlag ungeöffnet in eine Schublade in ihrem Schlafzimmer. Die kleine blaue Flasche, die immer noch versiegelt war, wanderte in den Schrank mit dem Cello, auf dem sie nie geübt hatte, und auf beiden sammelte sich eine blasse Staubschicht an. Als der Winter zurückkehrte, ließ sie den Schornstein kehren. Zum ersten Mal seit Rorys Tod war ihr danach, Familie zu Besuch zu haben. Sie schmückte das Wohnzimmer, stellte einen echten Baum in die Ecke, an dem Kristalle und Sterne baumelten. An Weihnachten kamen sie vorbei – Alan und seine neue Frau und ihre Kinder, Manny ebenfalls, und neben dem Baum lagen verpackte Geschenke. Der Kamin knisterte und gab gemütliche Wärme ab. Diese Gruppe von Individuen war auf seltsame Weise miteinander verbunden, unbestreitbar auch ein wenig durch alte Verletzungen, wie ein Stoff aus unsichtbarem Narbengewebe, den man fühlen, aber nicht sehen konnte – doch es war real, und es war Familie.

Am Nachmittag hatte sie das Feuer angezündet und den Umschlag aus ihrem Zimmer und den Flaschenzauber aus dem Schrank geholt. Sie hatte geglaubt, sie selbst hätte den Zauber ausgesprochen, aber sie war die Gefangene, die Schlafwandlerin gewesen, die an die Katastrophe gekettet war. In Märchen brauchte es den Kuss eines schönen Prinzen, um die schlafende Schönheit zu wecken: Solche alten Geschichten waren in einem Volk verwurzelt, und sie berührten die tiefsten menschlichen Wahrheiten und boten Einblicke in die verborgene Ordnung hinter allen Dingen. Sie fütterte die knisternden Holzscheite mit dem Brief und der Flasche. Die Flasche zersprang mit einem leisen Knall, und die geflochtenen menschlichen Haare verwandelten sich in ein stinkendes Rauchwölkchen. Der Brief krümmte sich zu schwarzer Asche mit feinen, blassen Rändern. Was auch immer an Worten darin enthalten war, wurde verzehrt, in Wärme und Licht umgewandelt. Nichts kann in diesem Universum zerstört werden; es wird lediglich in etwas anderes verwandelt, höher oder niedriger, himmelwärts oder höllentief. Jedes gelöste Rätsel offenbart ein anderes. Es gibt kein Entrinnen, keine mögliche Befreiung. Die Leiter setzt sich ewig fort.

Berührung

D er Stift. Der leere Schreibblock. Die volle Flasche. Der Lampenschein erhellt den nackten Esstisch in der schwarzen Stille eines Hauses, in dem bis zum Morgengrauen noch Stunden vergehen werden. Wie beginnen, wo hat es begonnen? Über die ersten beiden Worte hinaus, die Notwendigkeit: *Liebe Trudy.* ... Nicht *Geliebte* oder *Mein Liebes* oder *Mein Herz* oder *Meine Seelengefährtin* – nicht in diesem Fall.

Fangen wir mit dem Ort an, denn ein Ort ist im Gegensatz zum zerbrechlichen menschlichen Wesen unveränderlich, beständig. Beschreiben wir »unsere« Straße. Wie viele Häuser stehen entlang des Chestnut Crescent, zweihundert? Hundertfünfzig? Eine »typisch amerikanische Vorstadtstraße«, wie sie in Filmen und Fernsehen überall auf der Welt zu sehen ist, nur, dass wir gar nicht in den USA sind, was dem ungeschulten Auge eines Fremden jedoch nicht sofort auffallen würde. Die Stars and Stripes würde er vermutlich nicht vermissen, aber vielleicht doch bemerken, dass überhaupt keine Flaggen wehen von den zweistöckigen Häusern mit ihren Schindeldächern und den angebauten Garagen, ihren Basketballkörben, Kinderfahrrädern und Straßenhockeynetzen, die im Sommer in den Einfahrten gespannt werden. Schon gar nicht das Rot und Weiß des kanadischen Ahornbanners.

Weißt du noch, wie wir dieses Haus gekauft haben, im selben Jahr, in dem wir geheiratet haben?

Tief in den Vororten nördlich des eigentlichen Toronto, jenseits der Steeles Avenue, der Gemeindegrenze. Nummer zweiundzwanzig – die Welbers. Trevor und Trudy, T & T. Sie hatte ohne Weiteres seinen Namen angenommen, der angeblich niederländischen Ursprungs war. Trevor erinnerte sich vage daran, wie seine verstorbene Mutter von einem Ur-irgendwas-Großvater namens Emile aus Utrecht erzählt hatte, der damals als Erster den Sprung von der Alten in die Neue Welt gewagt hatte. Krämer soll er gewesen sein, aber er hatte sich nie die Mühe gemacht, dies zu überprüfen, was oberflächlich betrachtet nicht zu seiner Arbeit als Redakteur und Faktenprüfer bei resourcer.com passte, andererseits aber von seiner Gleichgültigkeit gegenüber dem Leben jenseits der Grenzen seiner Verpflichtungen zeugte sowie von der bequemen Trägheit, mit der er sich lange hinter diesen Grenzen versteckt hatte.

Ich schätze, es hat mich nie wirklich interessiert, egal auf welcher Ebene. Geschichte war nie so mein Ding. Ich sehe keinen Sinn darin, in der Vergangenheit zu verweilen. Zumindest habe ich das bis jetzt nicht getan – doch nun sitze ich schließlich hier und schreibe dir.

Ein Leben in der Vorstadt, das hatten sie sich beide gewünscht: Sicherheit, Sauberkeit und Vorhersehbarkeit, Privatsphäre und Ruhe, sowie natürlich die größere Wohnfläche, die man hier für sein Geld bekam. Trudy arbeitete bei einer Versicherung, und ihre beiden Kinder, Jackie und

Doug, waren inzwischen aus dem Haus. Jackie war schon vor längerer Zeit ausgezogen; sie studierte Kunst an der McGill in Montreal (drittes Jahr). Doug hatte gerade erst die High School abgeschlossen und war direkt im Anschluss zum Ingenieursstudium an die Queen's in Kingston gegangen.

Trevor war im vergangenen Oktober vierundfünfzig geworden, und es war das erste Mal seit Jackies Geburt, dass zumindest eines der Kinder nicht bei der Feier dabei gewesen war. Er und Trudy waren nach Caledon hinausgefahren, um sich anzusehen, wie sich die Ahorne golden und rot färbten – von jeher seine liebste Jahreszeit, so dass jeder Geburtstag liebevoll in den beruhigenden Herbst der Natur, den Duft der Holzfeuer und die frische Luft verpackt war. »Ein Geschenk vom lieben Gott«, pflegte er zu sagen, doch der Spruch war hohl wie ein verfaulter Baumstamm. Er war zwar offiziell Katholik, ging aber nur an Heiligabend um Mitternacht zur Messe und glaubte nicht ernsthaft an Gott.

Woran habe ich wirklich geglaubt? Das ist ziemlich einfach, Trude. Du kennst mich und du weißt das. Ich habe geglaubt, wir würden das Leben so nehmen, wie es kommt. Ich habe geglaubt, wir würden unser Bestes tun, uns an den kleinen Dingen erfreuen und uns bemühen, die schlechten zu vermeiden. Zumindest habe ich mir eingeredet, dass ich das glaube. Bis jetzt.

Er verdiente nur etwas über fünfundsiebzigtausend im Jahr bei resourcer.com, während Trudy inklusive Boni etwa hundertfünfzehntausend nach Hause brachte und so mit Fug und Recht behaupten konnte, die Hauptverdienerin zu sein, doch sie hatten ihr Einkommen nie als Wettbewerb betrachtet. Vielmehr bildeten sie ein Team, mit dem gemeinsamen Ziel, eine Familie über die Runden zu bringen. Sie gönnten sich weder Urlaub, noch gingen sie auch nur ein einziges Mal essen, ehe das Haus – diese lebenswichtige Einheit des Vorstadtparadieses – vollständig abbezahlt war. Sie kauften, wann immer es ihnen möglich war, lieber etwas Gebrauchtes als etwas Neues, und sie schätzten sich glücklich, in einem Land zu leben, in dem die gesamte medizinische Versorgung staatlich finanziert und erstklassig war, die öffentlichen Schulen sicher und gut ausgestattet waren und einen allgemein hohen Standard boten. Die Studiengebühren, die sie für Jackie und Doug entrichteten, waren angemessen für das gebotene Ivy-League-Niveau.

An jedem Wochentag stand Trevor um acht Uhr auf, duschte viereinhalb Minuten lang, aß zum Frühstück dreißig Gramm Haferflocken (ungekocht gemessen) mit einer halben Banane, 1000 IE Vitamin D3, und trank dazu eine mittelgroße Tasse Kaffee, zu der er sich Sahne gönnte (eine Prozedur, mit der er irgendwann zwischen 8:30 und 8:45 Uhr fertig war). Eine kurze Autofahrt führte ihn in das nahe gelegene Industriegebiet, wo in Flachbauten Firmen aller Art ihren Sitz hatten – Fabriken, Großhändler, Importeure, Bauunternehmer. Er arbeitete in einem Großraumbüro und nahm stets ein Lunchpaket mit: Vollkornsandwiches mit wechselnden Belägen, beginnend mit Käse und Tomaten am Montag und endend mit Hühnchen und Mayonnaise (aus den Resten des Donnerstags-Abendessens) am Freitag.

Normalerweise habe ich mittags in der Kantine mit Zair

zusammen gegessen, er ist Iraner, ein netter Kerl, sehr lustig. Ping war auch oft dabei. Ja, meistens waren wir zu dritt, bei jedem Mittagessen. Ich, Zair. Und Ping. Manchmal waren es auch nur ich und Ping.

Ping mit ihren siebenundzwanzig Jahren, ihrem starken taiwanesischen Akzent und ihrem dicken, langen, kohlschwarzen und wie geölt glänzenden Haar, das sie mal zu einem Pferdeschwanz zusammenband, mal offen über die Schultern fallen ließ. Ping mit ihrem gelassenen Lächeln und ihrem direkten Blick, der verbarg, dass sie oft spontan in Lachen ausbrach, wie eine Explosion, so laut und plötzlich. Er erschrak jedes Mal wieder aufs Neue. Wie oft hatten sie gemeinsam gegessen? Einander gegenüber an dem verkratzten Linoleumtisch gesessen und sich unterhalten – wobei eine Transkription ihrer Fragen und Antworten nichts weiter enthüllt hätte als die dem Bürogeplauder innewohnende Eintönigkeit. Es ging um die Lieblingsthemen des Firmenklatsches sowie das Wetter oder eine bestimmte Fernsehsendung – typisch kanadische Bürogespräche, in denen Politik sowie jedes Thema, das die Gefahr eines Konflikts barg, tunlichst vermieden wurde. Doch eine Transkription bleibt zwangsläufig an der Oberfläche, denn er kann die Lebendigkeit, die vielfältigen menschlichen Ebenen der Kommunikation – verbal oder nonverbal – nicht vermitteln. Der Fluss organischer Energie wie in Blut und Pflanzensäften wird im schmelzenden Glanz der Augen lebendig, im Klang eines stockenden Atems, im Weiß der Zähne, die auf eine Unterlippe beißen, oder im warmen Hauch eines Atems, der die Hitze des Herzens in sich trägt. Und im Gegensatz zum starren Text war da die Hand, die ein Armband verdrehte oder einen Ohrring berührte, und die leichte Neigung ihres Kopfes, wenn sie sich nach vorne beugte, um einen Namen zu flüstern oder ein Häppchen Klatsch von ihm zu erhaschen. Ebenso wenig konnte eine Transkription die organische Verflechtung zweier Wesen im Laufe der Zeit vermitteln, eine Entwicklung, die so allmählich verläuft, dass sie kaum wahrnehmbar ist, wie die Triebe einer Rose, die sich allmählich in ihrem Kampf um dieselbe nährende Lichtquelle ineinander verschlingen.

Normalerweise war Ping ziemlich lebhaft, doch dann kam jener Montag vor acht oder neun Monaten (ich meine, bevor das alles passierte), an dem mir sofort auffiel, dass irgendetwas nicht stimmte.

Wenn er sich in seinem Stuhl zurücklehnte und links an den Büroeinheiten entlangblickte, konnte Trevor ihr Profil am anderen Ende des Ganges erkennen. Wenn er sie längere Zeit anstarrte, schaute sie irgendwann zu ihm auf und antwortete mit einem spontanen Lächeln – irgendeine List des Bewusstseins jenseits einer rationalen Erklärung, und doch war es immer so. An diesem Tag jedoch hob sie den Kopf nicht, und später kam sie nicht zum Mittagessen an seinen Tisch. Aus der Ferne sah sie ungewöhnlich zerknittert aus; während sie sonst stets wie aus dem Ei gepellt war, hing heute ihre Bluse nachlässig aus dem Bund ihres ungebügelten Rocks.

Es war reiner Zufall, dass er ihr an der Kaffeemaschine in der Teeküche begegnete. Sie trug mehr Make-up als je zuvor, und unter ihren Augen hatte verlaufene Wimperntusche schwarze Spuren hinterlassen. Sie drehte sich zu ihm um, und wortlos berührte er sein eigenes Gesicht an dieser Stelle. Sie überprüfte ihr Spiegelbild in der metallenen Kaffeekanne und wischte sich mit einer angefeuchteten Serviette das verschmierte Make-up weg. Am nächsten Tag war es Ping, die ihn in der Ecke hinter den Schließfächern abpasste. Um sich bei ihm zu bedanken. Ihr Mund war geschürzt, und ihre dunklen Augen wirkten unnatürlich groß.

»Wofür?«, fragte er. Sein Herz klopfte.

»Dafür, dass du mir gesagt, dass ich ...« Sie umkreiste mit den Fingerspitzen die Stellen, an denen die Flecken gewesen waren. »Ich war auf dem Weg zu einer Besprechung.«

Er schluckte. »Ach so«, sagte er. »Aber dafür brauchst du dich doch nicht zu bedanken. Ping, ich will ja nicht, äh, ... aber ist alles okay bei dir?«

Sie schwieg; und sie – sie beide – ließen die Stille sich ausdehnen wie ein Gummiband, das bis zum Zerreißen gespannt wurde. »Du bist ein lieber Mensch«, sagte sie, »Trevor. Das bist du wirklich.«

»Ist alles okay bei dir?«, fragte er erneut. Seine Kehle war wie zugeschnürt, und die Worte kamen krächzend und gequetscht heraus. Sie nickte; eine wortlose Lüge, was für beide offensichtlich war. Er konnte sich im Nachhinein nicht mehr genau erinnern, was als Nächstes geschah, ob die Bewegung von ihm oder von ihr ausging. Hatte er die Hand ausgestreckt, um ihr Trost zu spenden, oder hatte sie sich ihm geöffnet, um ihn zu empfangen? Aber was spielte das schon für eine Rolle? Es war nichts weiter dabei, es war ganz natürlich. Sie hielten sich fest im Arm, und er spürte, wie sich ihr ganzer Körper an seinen schmiegte, das Weiche und das Harte, das Warme und das Kühle daran. Er wusste nicht, wie lange dieses enge Aneinanderschmiegen dauerte, dieses perfekte Zusammenpassen – Sekunden, eine Minute? Einen Tag? Er erinnerte sich, wie er mit weichen Knien zu seinem Schreibtisch zurückkehrte, noch immer den Duft ihres Parfüms in der Nase, und noch etwas anderes, einen anderen Duft, den er nie zuvor oder vielleicht nur unterschwellig an ihrem Haar oder ihrer Haut wahrgenommen hatte.

An diesem Abend gab es zu Hause das Donnerstags-Grillhähnchen, das Trudy für 9,99 Dollar vom Portugiesen holte, wobei sie die für das Restaurant gewinnbringenden Beilagen klugerweise wegließen. Zu Hause kochte er Reis aus einem Fünf-Kilo-Sack von Costco, wo sie für gewöhnlich auch ihre anderen Lebensmittel in Großpackungen kauften. Das Eis vor dem Fernseher stammte aus einem großen Behälter; sie aßen nicht dieses schicke importierte Zeug, das in kleinen Bechern zum gleichen Preis verkauft wurde.

Ich glaube, ich habe dich schockiert. Wir landeten auf dem Boden. Ich fühlte mich so lebendig! Aber ich habe dir nie gesagt, warum. Ich weiß noch, dass du gesagt hast: »Du liebe Güte, was haben die denn in das Huhn reingetan?« Das war lustig. Ich glaube, dass wir mindestens seit drei Jahren nicht mehr miteinander geschlafen hatten. Vielleicht sogar noch länger, und ich will mich auch gar nicht beschweren, ich glaube, keiner von uns wollte es oder war unglücklich, dass wir es nicht taten. Wir fühlten uns auch ohne diese Art von Liebe immer eng verbunden. Zumindest mir ging es so. Jedenfalls hatten wir es auf diese Weise wahrscheinlich nicht mehr seit unseren Flitterwochen in Florida gemacht (weißt du noch, die Nacht am Strand auf den Keys?), nein, vermutlich nicht. Und später, als wir es nochmal unter der Dusche gemacht haben, hast du mich ganz ernsthaft gefragt, ob ich Viagra eingeworfen hätte! Aber so etwas habe ich noch nie getan, und wir hatten auch noch nie darüber geredet. Ich habe es bis heute nicht genommen. Ich glaube, dass ich Ja gesagt habe, war die erste richtige Lüge. Weil eine Erklärung nötig war.

Eine Woche nach der Umarmung war Ping weg. Die Büroeinheit mit ihrem Schreibtisch verströmte eine gespenstische Leere, dort, wo sie früher den Kopf gehoben hatte, wenn er sie ansah: keine rosa Klebezettel mit der Zeichentrick-Katze in jeder Ecke mehr, keine Familienfotos in silbernen Plastikrahmen, kein Schild, das zum Lächeln aufforderte, keine herumliegenden Bleistifte, kein torpedoförmiger Spitzer, keine gestapelten Ordner und Gläser voller Gummibänder und Plastikhaarspangen, in deren Krokodilzähnen sich kohlschwarze Strähnen verfangen hatten. Die Reinigungskräfte hatten alle Oberflächen tipptopp sauber gewischt, bis sie grau glänzten, und den Stuhl unter den Tisch geschoben. Dieser schien ihn mit dem schrecklichen leblosen Glanz eines gebleichten Schädels anzustarren. Zair bestätigte ihm beim Mittagessen, dass sie die Firma ganz verlassen hatte, aber ob sie gegangen oder gegangen worden war, wusste er nicht. Er habe nur gehört, es sei »etwas Persönliches« gewesen.

Etwas Persönliches.

Das Unternehmen verdiente sein Geld mit der Flut von Internetdaten: So wie einst die Holzfäller in diesem schier unendlich großen Land ihre gefällten Stämme die Flüsse und Rutschen hinunter und aus den urzeitlichen Weiten der Nadel-, Misch- und Laubwälder heraus getriftet hatten, so stellte man jetzt nützliche Pakete mit Rohdaten zusammen und verschickte sie in alle Welt. Von daher war es logisch, dass er über die Suchmaschinen und die sozialen Medien nach weiteren Informationen darüber forschte, was mit Ping geschehen sein könnte. Wohin sie gegangen war und warum. Er wusste, dass es in ihrem Leben einen jungen Mann gab, von dem manchmal die Rede war, aber immer mit der Andeutung eines Augenrollens – ein Verehrer aus der alten Heimat, der nicht der Richtige für sie war, aber hartnäckig blieb. Er erfuhr, dass sie eine Eigentumswohnung in Richmond Hill und einen kleinen französischen Pudel namens Chappie besaß.

Er fand eine private E-Mail-Adresse, schickte ihr aber schließlich doch keine Nachricht, da die vorgetäuschte Unschuld der Worte auf dem flimmernden Bildschirm immer ein gewisses Schuldbewusstsein in ihm auslöste. Er erwartete dauernd, dass das Gefühl dieser Umarmung verblassen würde, so wie die Wärme in der Hand vergeht, nachdem man einen heißen Kaffeebecher umfasst hat. Doch anstatt sich abzuschwächen, schien es mit der Zeit immer stärker und ausgeprägter zu werden, als hätte ihre Gestalt einen Abdruck in seinen Nerven hinterlassen.

Er fand in den Tiefen des Internets keine aktuellen Hinweise auf ihre Person. Er beging den Fehler, mit Stacy in der Personalabteilung zu plaudern und dabei so beiläufig wie möglich ein paar Fragen über Ping fallen zu lassen. Doch er erntete lediglich ein Stirnrunzeln und einen schiefen Blick. Dieser Blick beunruhigte ihn und veranlasste ihn dazu, sein Verhalten rückblickend zu überprüfen; er hatte das Gefühl, dass *er* irgendetwas mit Pings Verschwinden zu tun hatte – die Umarmung war es! Im Laufe der Wochen wuchs seine Angst und staute sich wie eine Lawine, die jeden Augenblick losbrechen konnte. Wenn er jetzt im Netz surfte, verfolgte er obsessiv die kulturelle Bewegung jener Frauen, die mit Hilfe der digitalen Plattformen Männer anprangerten, welche Mitarbeiterinnen am Arbeitsplatz sexuell ausgenutzt hatten, teils jahrzehntelang. Er befürchtete, dass Ping die Umarmung als Übergriff betrachtet und daraufhin die Firma verlassen hatte. Aber das war doch nicht möglich. Oder?

Das war schon im November, weißt du. Wir reden hier vom letzten November. Und du weißt, wie sehr ich den November hasse.

Die Zeit der spürbaren atmosphärischen Spannung in der Stadt – nachdem das Laub gefallen ist, so dass die Äste der Bäume wie Skelettfinger anklagend in den weißen Himmel zeigen, und die Luft sich anfühlt, als würde die Kälte sie wie mit einer Kurbel immer enger und enger zusammendrehen. Bald driftet der erste Schnee wie himmlische Schuppen sanft an den Fenstern vorbei – unschuldig aussehende Vorboten einer unbarmherzigen Strenge, das frühe Symptom einer bedrohlichen Krankheit namens Winter, die wie ein leichtes Kratzen im Hals endlose Wochen von erkältungsbedingtem Leiden ankündigt.

Der Schnee kam spät im November, und er weiß noch, dass an diesem Tag Pings Name in seinem Posteingang erschien. Später saß er in seinem Auto auf dem Firmenparkplatz, und weiße Flocken und schwarzer Himmel rotteten sich schleichend um ihn zusammen. Er hatte ihre E-Mail ungelesen in den Papierkorb befördert. Danach fühlte er sich sauber, entschlossen und stolz. Es war das Richtige, da war er sich ganz sicher. Absolut das Richtige.

Ich weiß nicht, warum, aber auf dem Heimweg habe ich dann bei diesem Laden angehalten. Nein. Das ist schon wieder gelogen. Ich weiß wohl, warum. Ich glaube, ich wusste schon, dass ich dorthin fahren würde, bevor ich das Auto anließ; ich wollte es mir vielleicht nur nicht eingestehen. Ich wollte es nicht konkret in Worte fassen.

Er wusste, wo er hinwollte, denn er hatte die Adresse in der Kantine gelesen, in einer von Druckerschwärze verschmierten Spalte, auf der fünf kalte Pommes frites lagen neben einem Klecks getrocknetem Ketchup. Es war eine kostenlose Boulevardzeitung, der man in den Vorstädten nicht oft begegnete, obwohl sie wöchentlich in der ganzen Innenstadt verteilt wurde. Er hatte sie ein paar Mal durchgeblättert: praktisch für Kleinanzeigen und kulturelle Veranstaltungen in der Stadt, aber die waren weder für ihn noch für die Trudy von Interesse, da sie beide nicht besonders kulturbeflissen waren. Sie gingen vielleicht ein- oder zweimal im Jahr ins Kino, das war's. Ihm missfiel der radikale Ton der Boulevardzeitung, die Selbstgerechtigkeit der Redakteure, die vordergründig die Ausbeutung der Massen anprangerten und für die Rechte der Frauen eintraten, während sie hintenrum ihre Taschen und die Rückseiten der Zeitung mit lukrativer Werbung für Prostitution füllten. Dabei war das vielleicht (und buchstäblich) die nackteste Form der Ausbeutung, bei der der menschliche Körper wie ein Papiertaschentuch benutzt, zerknüllt und weggeworfen wurde; indem man dafür Werbung machte, unterstützte man jene Zuhälter und Menschenhändler, die jungen, verzweifelten und womöglich drogenabhängigen Immigrantinnen zum Verhängnis wurden.

An diesem Tag hatte das Blatt jedoch ganz offen in der Kantine herumgelegen, die schmutzigen Fotos genauso weit ausgebreitet und krass wie die Körperhaltungen der abgebildeten Frauen. *Heiße Girls aus Tokio erwarten dich! Mischa, raffiniertes Russin – ruf jetzt an! Jederzeit verfügbar, jeden Tag neu: Models aus China, frisch aus dem Flugzeug! Komm besuchen uns, du wirst nicht bereuen! Bangkok nights!*

Ein verheirateter Mann, ein vernünftiger, glücklich verheirateter Mann ... und doch blätterte er mit zitternden Fingern die Seiten um und starrte die Fotos der zierlichen asiatischen Frauen an, die ihre Körper, ihre Haut, ihre Strümpfe, ihre BHs und Nippel anboten, zum Vergnügen aller, die genügend Geld in der Tasche hatten. Diese unverblümte Prostitution schreckte ihn ab mit ihren Versprechungen von Blowjobs und Griechisch, die Massage-Angebote dagegen klangen weitaus einladender. Eine Massage war Therapie, das genaue Gegenteil von schmutzig. Eine Massage, das war etwas Ungefährliches. Er hatte sich in Spas massieren lassen, sogar Seite an Seite mit Trudy. Eine unschuldige Massage, was war schon dabei? Aber sein Körper wusste, dass er sich selbst etwas vormachte, sein zitternder, nervöser Körper, der noch immer Pings Körper spürte, während seine Augen über die vielen Fotos von Frauen mit Figuren wie ihrer, Gesichtern wie ihrem, rabenschwarzem Haar wie ihrem wanderten.

Ping. Im Auto überfiel ihn plötzlich das Bedürfnis, sie zu sehen, wie ein Raubtier, das ihm in den Nacken biss, zitternd und knurrend. Auf dem Handy ging er seine E-Mails durch, doch ihre ungelesene Nachricht befand sich nicht mehr im Papierkorb, wie er gehofft hatte, und es gab keine Möglichkeit, sie wiederherzustellen.

Es war besser so.

Die Adresse eines Massagesalons war ihm im Gedächtnis geblieben; er lag in der Woodland Lane, buchstäblich um die Ecke. Er startete den Wagen und nahm einen kurvenreichen indirekten Weg, der sein inneres Schwanken widerspiegelte. Durch den immer stärkeren Wirbel der Schneeflocken leuchtete das Neonschild des A1 Oasis Spa am Ende einer langen Reihe von Schaufensterfronten. Küchenzauber, Lucky Times Gardinen, Heimtierwelt, Industrierohre, New Century Leather. Er parkte, blieb aber im Auto sitzen und wartete, bis ein Krampf in seinem unteren Rücken abebbte.

Das rosafarbene Licht erinnerte ihn an Strip-Clubs, die er in seiner Jugend besucht hatte und wo sich ähnlich grelle Neon-Nebel wie Flüssigkeit über die Gliedmaßen der sich windenden Frauen auf der Bühne ausgebreitet hatten, über Brustwarzen, die so unwirklich wie Gumminippel wirkten. Das waren seine ersten Blicke auf den weiblichen Körper gewesen, als dieser noch ein Mysterium und eine Offenbarung gewesen war, ein heiliger Schrecken in Form von geschmeidiger, lebendiger Haut. Und jetzt, mit vierundfünfzig, was sah er da, wenn er seine Frau anschaute, sie berührte? Es war Liebe, aber es war eine vertraute Liebe, familiär, verwandtschaftlich – ihre Körper hatten gemeinsam Kinder gezeugt. Es gab keine dunklen Abgründe oder Gefahren zwischen ihnen; es konnte keine Geheimnisse geben.

Und das, so erkannte er jetzt, hatte Ping in ihm ausgelöst. Die Umarmung hatte einen Korridor geöffnet, der ins Geheimnisvolle führte, und das sehnsuchtsvolle Verlangen geweckt, ihn zu durchqueren. Sie wartete auf der anderen Seite des Korridors. Er hätte ihre E-Mail lesen sollen. Er musste es unbedingt tun! Sie hatte die Hand nach ihm ausgestreckt, und er hatte sich abgewandt: Es fühlte sich jetzt wie eine Sünde an. Erschrocken stellte er fest, dass er zitterte. Lange Zeit blieb er so sitzen und legte sogar die Hand auf den Schlüssel im Zündschloss, aber am Ende wusste er, dass er hineingehen und dort ein leibhaftiges Ping-Simulakrum vorfinden musste, er brauchte das, um sie zu spüren, eine ungefährliche Version von ihr. Die Berührung würde ihn heilen, da war er sich sicher. Sie würde den Zauber brechen.

Als ich nach Hause kam, hatte ich Angst, dass du mir etwas anmerken würdest. Aber ich hatte mir die Haare geföhnt und das ganze Öl abgeschrubbt. Jedenfalls warst du in diese Netflix-Serie vertieft, dieses blöde Märchen für Erwachsene, das ich nicht ausstehen kann. Ich habe Abendessen gemacht, dir deines gebracht und meines im Sessel vor meinem Laptop gegessen. Du hast wahrscheinlich gedacht, ich hätte mir Hardware-Websites, die Nachrichten oder sonstwas angesehen. Aber das habe ich nicht; ich habe mir die Websites anderer Massagesalons angeschaut.

Hinter dem unbeteiligten Gesicht, der Maske des pflichtbewussten Ehemannes, rief er das Geschehen in dieser warmen, dunklen Kammer der Berührung wieder und wieder in sich wach, wie ein reicher Mann, der seine Goldmünzen zählt. Er holte die deutlichen Erinnerungen an das Öl hervor, das sich auf ihrer weichen, straffen Haut verteilt hatte, und an ihre festen, vollen Brüste, nachdem sie den Kimono mit einer geschickten Bewegung gelöst hatte; ihre sanften, raffinierten Berührungen, der zugleich kühle und heiße Druck ihres kompakten Körpers, ihre warme Haut an seiner, während sie sich katzenhaft wanden, und dabei das rauhe Kratzen ihres rasierten Venushügels, als sie damit über seinen Bauch und seine Oberschenkel glitt und die Membran der öligen Geschmeidigkeit zwischen ihnen durchbrach. Sie waren wie Astronauten, die in der dahinschwebenden schwarzen Kapsel dieses kleinen Raumes, in der Zeitlosigkeit des Weltraums dahintrieben.

Was soll ich sagen, Trude? Ich fühlte mich lebendig – es war wieder Leben in meinem Inneren, in meinem Herzen. Ich sah auf einmal wieder Farben, und wie wunderbar alles ist. Einfach lebendig zu sein, es zu sein und es zu wissen, und alles zu sehen. Ich kann es nicht erklären.

Er konnte ihr nicht erklären, dass es für ihn darum ging, eine Frau dafür zu bezahlen, dass sie Ping für ihn war, sie zu spielen, weil es ungefährlich war: klar definiert durch die Bezahlung, die Zeit, die geleisteten Dienste. Eine Sexarbeiterinnen-Version von Ping musste nicht zwingend bedeuten, dass sein Ruf zerstört oder am Arbeitsplatz über ihn getuschelt wurde, und vor allem stellte sie als diskrete und klar abgegrenzte Begegnung keine Bedrohung für seine Ehe dar.

Doch eine Gefahr hatte er nicht vorhergesehen, nämlich,

dass ein Besuch nicht ausreichen würde. Es hatte begonnen, anstatt aufzuhören. Es war nicht ein einziges Ritual der Seelenaustreibung gewesen, sondern der Beginn eines Prozesses: Durch den Riss, den Ping in seinem Leben hinterlassen hatte, hatte er einen Schritt ins Geheimnisvolle getan, den er nicht rückgängig machen konnte. Anstatt ein für alle Mal zur Ruhe zu kommen, war seine Sehnsucht nach ihr nur vorübergehend gelindert worden, um bald darauf mit noch größerer Heftigkeit wieder aufzuflammen.

Dieses Gefühl, am Leben zu sein, wieder ganz zu sein, ging weg, es ging einfach weg. Und ich wusste, dass mein Plan nicht funktioniert hatte. Es tut mir sehr leid, aber Ping war noch immer in mir.

Es zog ihn zurück zu dem rosa Neonlicht, zu dem kleinen Raum mit der Duschkabine in der Ecke und dem Massagetisch in der Mitte, zu dem süßen, schweren Duft des Öls und dem leise flüsternden Geräusch, wenn sie ihre kleinen, sanften Hände aneinander rieb. Zurück zu dem einladenden Lächeln, dem Ritual des Entkleidens, dem leisen Murmeln des Gesprächs. Ihr Name (sagte sie) sei Linda – und sie erzählte ihm mit ihrem starken Akzent, sie stamme aus Shenzhen auf dem südchinesischen Festland. Menschen sind Gewohnheitstiere, und er besuchte sie nach der Arbeit zunächst einmal in der Woche, bald aber zweimal und sogar dreimal. Sie erfuhr, welche Sorte Earl Grey er mochte und dass er ihn mit Honig und Zitrone trank, und hieß ihn mit dem heißen Tee in den Händen willkommen.

Es war diese wachsende, fast häusliche Vertrautheit zwischen ihnen, die sein Verlangen stetig und mörderisch drosselte, bis er eines Tages im Auto saß, die Neonreklame ansah und den Gedanken an ihr einladendes Lächeln nicht ertragen konnte, das er als umso erbärmlicher empfand, als es so echt wirkte. Je mehr er über diese Frau wusste, desto mehr war sie für ihn zu einer eigenen Person geworden, und desto weniger war sie dazu in der Lage, sein wesentliches Bedürfnis zu stillen: Ping. Linda war Linda geworden und nicht länger eine weiße Leinwand, auf die er seine Erinnerungen an Ping, seine Gefühle für Ping, projizieren konnte.

Er ging nach Hause und begann in der folgenden Woche, sich nach anderen Anbietern umzusehen. Es gab keinen Mangel dort draußen in der riesigen Stadt Toronto mit ihren flachen Mega-Vororten, dem Goldenen Hufeisen, das sich von Hamilton bis zu den Niagarafällen im Westen und bis nach Guelph im Osten erstreckte.

Kein Mangel an Pings.

Lebendigkeit. Das Leben ist kurz, und wir vergessen das, wir vergessen es jeden Tag. Es verging mit jedem Morgen bei Haferflocken und Banane, bei einem abzuarbeitenden Dokument nach dem anderen im Büro, einem Winter nach dem nächsten. Beim Fernsehen mit einer Ehefrau, die sich wie ein Teil von ihm anfühlte, so dass sie ebenso gut ein einziges Wesen mit vier Augen und zwei Mündern hätten sein können. Sie dümpelten vor sich hin. Sie schlafwandelten, in einer Trance versunken, die sie davon überzeugte, dass ihr Tod nur ein weit entferntes Gerücht war, das sie nichts anging. All das hatte er nicht gesehen, bevor er das andere gespürt hatte. Und hinter all dem steckte Ping, und ihre pulsierende Existenz war wie das Schlagen seines eigenen Herzens.

Der angegebene Preis war lediglich der Eintritt. Hinzu kamen die Extras: zwanzig für oben ohne, weitere zwanzig für unten ohne, weitere zwanzig für das Recht, die Dame ebenfalls zu streicheln, weitere zwanzig dafür, dass sie mit ihrem ganzen Körper über seinen glitt. Manchmal gab es das Angebot zu noch mehr – aber so weit wollte er nicht gehen. Er konnte damit leben, wenn er seine Integrität an das Wort Massage hängte und es damit verglich, dass Trudy ja auch zu ihren Behandlungen im Spa ging. Solange sich nie ein Mund um ihn herum schloss, solange sein Glied nie in einen anderen Körper eindrang, war es theoretisch trotz allem nichts weiter als eine Massage – nur Berührung – und verstieß gegen keinen Moralkodex, weder seinen noch den seiner Frau.

Aber ich habe mir einfach nur etwas vorgemacht. Ich wusste, dass du es nicht so sehen würdest, Trude. Ich wusste, wie sehr und wie schlimm es dich verletzt hätte, wenn du es erfahren hättest. Deshalb habe ich es für mich behalten. Mein schmutziges Geheimnis.

Er benutzte einen alten Perly's Straßenatlas von Toronto und Umgebung und ging ihn systematisch durch, indem er Raster für seine Suche absteckte. Seine hedonistischen Streifzüge führten ihn in weit entfernte Vorstadtviertel, von deren Existenz er nichts gewusst hatte: Orte, an denen er als Weißer zur Minderheit gehörte, an denen es fast keine englische Beschilderung gab und man kaum Englisch hörte. Sie hießen alle irgendetwas mit »Little«: Little Hongkong, Little Lahore und Little Hanoi, Little Palermo, Little Warsaw, Little Kingston und Little Sonstwas. Sie existierten als separate Archipele der ausufernden Stadt, ihre freiwillig gewählten Ghettos, die den menschlichen Wunsch nach dem Anderssein bekräftigten. Die meisten Einwohner waren freiwillig dorthin gezogen, sobald sie die Mittel und die Freiheit besessen hatten, so zu leben, wie sie es wollten.

Es gab viele Massagesalons, die keine Werbung machten, aber er entwickelte einen Riecher für sie. Er entdeckte sie, indem er einfach durch die unscheinbaren Industriegebiete oder kleinen Geschäftsstraßen fuhr, auf der Suche nach einem verräterischen Neonlicht in der Nacht oder der diskreten Beschilderung am Tag. Einige von ihnen verbargen sich hinter der Fassade eines Nagelstudios oder Friseursalons. Er stellte fest, dass er nicht-asiatischen Damen nicht abgeneigt war – es ging viel mehr um die Interaktion und nicht unbedingt um die äußere Form, die eine Version von Ping heraufbeschwören und seine Gedanken an sie eine Zeitlang unterdrücken konnte. Er ahnte, dass diese Massageläden nicht ganz legal, aber auch nicht völlig illegal waren – es hatte mit den Statuten zu tun und damit, ob jemand darauf bestand, sie durchzusetzen. Einmal wurde in den Nachrichten von Polizeirazzien berichtet, aber diese schienen keine Auswirkungen auf den Betrieb der Salons zu haben: Es gab immer viele, und immer neue tauchten auf.

Währenddessen hielt zu Hause wie zur Überkompensation, wie zur Auslöschung seiner Beinahe-Schuldgefühle, seiner Unzufriedenheit mit sich selbst, die (von Pings Umarmung ausgelöste) unerwartete Leidenschaft jener ersten Nacht an, und er hatte mit Trudy fast genauso viel Sex wie in den Jahren vor den Kindern.

Ich dachte, wir könnten wieder faule Sonntagmorgenstunden im Bett verbringen. Ich dachte, wir würden uns wieder neu verlieben. Aber es war nicht mehr dasselbe, nicht wahr, Trude? Ich glaube, du hattest das Gefühl, dass mit mir etwas nicht stimmte. Einmal hast du mich in der Küche zur Rede gestellt und gefragt, was los sei. Du kannst es nicht wissen, aber es war genau der Tag, an dem ich in den Spiegel blickte.

Er war in einem Laden in der Innenstadt gewesen, in einem Kellerschuppen mit roten Vorhängen und Kerzenlicht und dem Geruch von faulendem Gemüse aus dem darüber liegenden Geschäft. Die Dame sah Ping so ähnlich, dass er von einer Art Traurigkeit nahezu überwältigt wurde, die ihn bis zur Funktionsunfähigkeit betäubte. Nur ihre Zähne – Pings waren klein und weiß, ihre waren groß und schief und gelblich – und ihr geduldiges Zureden hatten ihn aus diesem Zustand der Lähmung erlösen können (er hatte für einen Moment tatsächlich geglaubt, dass es sich um Ping handelte), so dass sie ihn mit ihren kleinen starken Händen bald wie eine Töpferin an der Drehscheibe bearbeiten konnte, während das Öl auf ihren Körpern in dem schummrigen Raum glänzte. Danach fand er sich schreiend im Auto wieder, als sei etwas Lebensnotwendiges in seiner Brust geplatzt und die Emotionen würden ausbluten. Ich bin süchtig, dachte er. Ich bin süchtig. Das gab ihm einen Ansatz, um auf andere Gedanken zu kommen: Es war eine Krankheit wie das Bedürfnis nach Drogen oder Alkohol, das Bedürfnis nach Betäubung und Selbstzerstörung. Nein. Es war Selbstmedikation – es war Ping, sie war die Krankheit. Eine dauerhafte Heilung konnte nur im Vergessen liegen.

Ich dachte mir: Mein Gott, jetzt reiß dich mal zusammen! Schau dir an, was aus dir geworden ist, Mann! Ich sagte mir, das bin doch nicht ich. Ich hatte ein Problem und ich brauchte keinen Therapeuten, um es zu beheben. Hör einfach auf damit, Cowboy, und fertig. Und so war es, das schwöre ich bei meinem Leben, Trude. Ich hörte auf der Stelle auf, dort im Auto. Ich gebe sogar zu: Ich habe es beim Leben von Doug und Jackie geschworen. Es fällt mir schwer, das zu schreiben, aber es ist wahr. Auf das Leben unserer Kinder, so ernst war es mir.

Von diesem Tag an fuhr er nach der Arbeit geradewegs nach Hause, ohne weite Umwege und Abwege, und anstatt online Massage-Anzeigen zu durchforsten, begann er Schach zu spielen. Aus Wochen wurden Monate. Das Gegenteil des Novembers kam: Die Aprilsonne fühlte sich unerwartet und zufällig an, wie die ersten Akkorde eines coolen alten, längst vergessen geglaubten Rocksongs, über den man bei der Sendersuche im Radio stolpert. Der Himmel erstrahlte in einem hellen Glanz, in dem die Wolken zu zarten, hellen Federn vor aquamarinblauem Schmelz verblassten. Die ersten grünen Knospen tupften die braunen Bäume, und die Grauhörnchen wirbelten wie Rauch über die Äste. Es hätte ihn durchdringen müssen, dieser Geist des Frühlings, das Aufkeimen des neuen Lebens. Er hätte in seinem Blut sprudeln müssen wie Kohlensäure, dieser Sieg des Lichts und des Lebens über Dunkelheit und Kälte, Eis und Tod. Stattdessen hatte er das Gefühl, als ersticke ihn das alles. Bald würde die schwüle Sommerhitze an seinem Gesicht kleben wie eine nasse Plastiktüte. Da erkannte er plötzlich, dass dieses bedrückende Gefühl, diese düstere Taubheit, die ihn begleitete, nicht vom Winter verursacht worden war, dass es nichts mit äußerlichen Dingen zu tun hatte. Trudy und er liebten sich nicht mehr jedes Wochenende, ja, sie hatten gar keinen Sex mehr – es war wieder genau wie vorher, nur löste das jetzt etwas ganz anderes in ihm aus, denn jetzt hatte er einen Vergleich, er wusste, wie es war, sich lebendig zu fühlen. Er wusste, was er vermisste. Wie es sein könnte.

Er bemühte sich, die Schwermut zu überwinden, indem er abends schön für sie beide kochte, Trudy die Füße massierte, darauf achtete, viel mit ihr zu reden und ihr so aufmerksam wie möglich zuzuhören, wenn sie ihm von ihren Arbeitstagen und ihren Sorgen um die Kinder erzählte. Er überwand sich sogar dazu, sich mit Sven zu versöhnen, seinem cholerischen Schwiegervater, der so oft für bedrücktes Schweigen am Weihnachts- oder Thanksgiving-Tisch gesorgt hatte.

Doch seine Anstrengungen erschienen ihm wie punktuelle Ereignisse und kosteten ihn große Kraft angesichts des immer stärkeren Drucks, der dieser Tage auf ihm lastete. Er beobachtete Trudy vor dem Fernseher, ihr stumpfes, leicht maskulines Profil, ihr verzücktes Starren in das blau flackernde Licht. Zum ersten Mal dachte er darüber nach, wie seltsam so ein Fernsehbildschirm war, nichts als eine flache Tafel mit wechselnden Farben in der Ecke eines Raumes, ein hypnotisches Etwas ohne Substanz. Draußen flackerte aus allen Häusern am Chestnut Crescent ein ähnliches blaues Leuchten, das von Fernsehern, Computermonitoren, Handys, Pads oder Tablets oder irgendwelchen anderen elektronischen Bildschirmen ausgestrahlt wurde. Er sagte Trudy, er wolle spazieren gehen, sich etwas bewegen, und sie antwortete ihm mit vorgetäuschter Ermunterung – sie ging nicht gerne spazieren –, die für ihn so klang, als enthielte sie einen unterschwelligen Vorwurf oder zumindest eine gewisse Skepsis, als versuchte er, sie in einem Rennen, von dem er nicht einmal wusste, dass sie überhaupt daran teilnahmen, zu überrunden. Schon bald ging er fast jeden Abend allein spazieren.

Diese nächtlichen Touren führten ihn an den Häusern seiner Nachbarn vorbei, wo er Stimmen hörte, die Russisch, Farsi, Arabisch, Kantonesisch oder Mandarin, Hindi oder Urdu sprachen. Spanisch. Einmal meinte er sogar eine afrikanische Sprache mit Klicklauten zu vernehmen. Er roch Knoblauch, Paprika, Sesamöl, Ingwer, Curry; andere Gewürze, von denen er nicht glaubte, dass er sie je probiert hatte. Er sah nur Autos und ab und zu Hundebesitzer, die er manchmal mit einem freundlichen Nicken grüßte, meist aber ignorierte, ebenso wie sie ihn. Ihre Gesichter waren so ausdruckslos wie leere Plakatwände.

Er wusste, dass alle Häuser in ihrer aufgeräumten Gleichförmigkeit verschlossen sein würden, wenn die Hitze und erdrückende Schwüle des Sommers kam, und man würde nichts weiter hören als das Summen der Klimaanlagen und vielleicht das tschick-tschick der Rasensprenger. Hier war alles sauber, wohlhabend und komfortabel. Das Land der Einvernehmlichkeit. Der kanadische Traum von Frieden und Ordnung. Wir stehen hier am oberen Ende der Historie, die gesamte Evolution liegt hinter uns, die Klauen und Zähne. Hier herrscht Sicherheit.

Hübsche Blumen standen vor jedem Haus. In Pflanzgefäßen oder Beeten.

Er dachte an Friedhöfe, Reihen ordentlicher Gräber.

Die Uhren wurden umgestellt. Die Sonne ging immer später unter, und damit schob er seine Spaziergänge immer weiter hinaus, weil er in der Dunkelheit unterwegs sein wollte. Auf diese Weise konnte er zwischendurch stehen bleiben, durch die Fenster spähen und manchmal einen Blick auf die Bewohner erhaschen.

Trude, ich könnte jetzt schreiben, dass ich versuchte, mir ihr Leben vorzustellen, aber die Wahrheit ist, dass es nichts vorzustellen gibt. Es ist nur eine Mauer. Sie sind einfach da, so wie ich da bin.

Ping – wie war sie wohl bei sich zu Hause, in ihrer Küche? Was das Unbewusste in blinder Sehnsucht sucht, was der bewusste Verstand nicht zulassen will, manifestiert sich im Körper, in den Beinen, im kribbelnden Bedürfnis, sich zu bewegen. Er kehrte zu Trudy nach Hause zurück und setzte sich neben sie vor den Fernseher oder ging nach oben, legte sich in eines der früheren Kinderzimmer und starrte an die Decke. Die Kinder riefen jede Woche an, hinterließen aber oft nur eine Nachricht. Doug war den Sommer über in Guatemala, wo er als Praktikant bei einem Bergbauprojekt arbeitete; Jackie absolvierte in Jonquière einen Französischkurs und arbeitete an den Wochenenden in Quebec City als Stadtführerin.

Als spüre Trudy das stumme Heulen in seiner Seele, drängte sie ihn dazu, dass sie Freunde besuchten. Sie rief an und traf Verabredungen. Er starrte in das Gesicht einer Person, die Trudy seinen »Freund« nannte, und dieser starrte wiederum ihn an. Sie hatten sich seit zwanzig Jahren nicht mehr gesehen, und beide standen mit Bier in der Hand herum. Mike soundso. Dieser Mike hatte Trevor mit einem falschen Lächeln und einem herzlichen Händeschütteln vor dem Sofa eingekesselt und wollte wissen, was er *heutzutage so trieb.* Trevor erzählte ihm von seiner Arbeit beim Resourcer, und Mike wollte wissen, wie viel Geld er verdiente, damit er Trevor seine Beförderung zum Distriktmanager unter die Nase reiben und damit angeben konnte, wie gut er im Vergleich zu ihm dastand. Es war ihm ein Bedürfnis, Trevor zu erniedrigen, um sich sein eigenes trauriges Leben schönzureden. Mikes Fragen kamen schnell, fordernd, und seine Lippen verzogen sich immer wieder zu einem unechten Grinsen, das eher einem nervösen Zähneblecken glich, und seine Augen huschten umher. »Trudy hat den besseren Job, was?«, sagte er mehr als einmal. Jemand anderes lachte darüber. Es war Mikes fettleibige Frau – die zu dem kleinen Publikum auf der anderen Seite des Sofas gehörte, das Trevor nicht bemerkt hatte.

Was arbeitest du? Wie viel verdienst du?

Über Geld reden. Über Geldverdienen reden. Über Erfolg sprechen. Was gibt es sonst noch? Was zählt wirklich? Ihm wurde klar, dass er mit Fremden nur dann sprach, wenn er ihnen Geld gab: der Frau mit Hijab an der Kasse im Food Basics, dem Mexikaner am Schalter der Royal Bank, der Koreanerin im Mini-Markt. Und wenn er zusammen mit Zair beim Mittagessen saß, und auch das nur deswegen, weil sie dafür bezahlt wurden. So wie Ping. Er kämpfte dagegen an, daran zu denken, wie es ihr wohl ging.

Die Zeit vergeht, und die Leute werden älter und hässlicher, manchmal bekommen sie Krebs und sterben, oder sie bleiben gleich, stecken fest, altern an Ort und Stelle.

Aber Ping – *sie* hatte gewusst, was in ihm steckte. Sie hatte hingesehen. Hatte ihn gesehen. An jenem Tag, als sie weinte und ihr Mascara verlaufen war. An diesem Tag hatten sie sich umarmt und einander festgehalten. Er schrieb ihr eine E-Mail, und diesmal drückte er auf Senden; aber er erhielt keine Antwort.

»Sobald die Leute Geld verdienen«, sagte er zu Trudy, »kaufen sie ein Haus in der Vorstadt, um vor anderen Leuten zu flüchten.«

»Die Leute wollen eben für sich sein«, erwiderte Trudy. »Mehr als alles andere. Ich habe im *Star* gelesen, dass heutzutage in den Städten mehr Singles leben als jemals zuvor in der gesamten Menschheitsgeschichte. Oder so ähnlich.«

Ja, die Leute zogen es vor, anderen nicht zu nahe zu kommen, wenn sie es sich leisten konnten. Trevor lag auf dem Rücken und hörte Trudy zu, wie sie schnarchte und sich in der Nacht umdrehte, und er dachte an Ping und an all die Leute, die in ihren Betten in den Häusern um ihn herum lagen und in den Sprachen ferner Kontinente träumten.

Ihr King-Size-Bett war breit und jeder rutschte an den Rand seiner Seite, wenn es Zeit zum Schlafen war. Er hielt es für unbestreitbar, dass sich gegenseitig zu berühren im Allgemeinen das Letzte war, was die Menschen wollten. Aber manchmal war es auch das Einzige, was zählte, ein absolut notwendiges Bedürfnis. Ein altes, weises Sprichwort sagte: Huren werden nicht für Sex bezahlt, sondern dafür, dass sie danach verschwinden. Weil wir uns Raum für uns selbst kaufen, wir kaufen Trennung. Doch dann kommt wieder das andere unausweichliche Bedürfnis in uns auf, uns in andere hineinzudrängen, uns so dicht an sie zu schmiegen, dass wir kaum noch Luft bekommen, und unser armseliges Ich hinter uns zu lassen.

Ich hatte diese Gedanken, okay, aber ich wusste auch, dass sie irgendwann verschwinden würden. Das habe ich mir jedenfalls eingeredet. Wenn ich den Sommer überleben könnte, würde es allmählich besser werden, das dachte ich. Ich war mir ganz sicher. Du weißt ja, dass mein Lebensziel das Vergessen war.

Vielleicht war etwas Wahres dran an der These, dass es unbekannte animalische Verbindungen zwischen dem Bewusstsein bestimmter Menschen gab, irgendeinen noch unentdeckten Kanal intuitiver Kommunikation oder eine Art mystischer Lebensstruktur, die unsichtbar außerhalb der Reichweite der Wissenschaft lag, denn wie sonst ließen sich diese Dinge erklären? Er war in Richmond Hill, um in einem Campingladen eine spezielle Art von Moskitonetz zu kaufen, das er Doug schicken sollte. Auf dem Rückweg beschloss er, bei einem Longo's zu halten, in dem er noch nie einkaufen war – Trudy hatte ihn gebeten, Apfelsaft, eine Tüte Milch mit 2 % Fettgehalt und zwei Packungen Hähnchenbrust ohne Haut und Knochen zu holen.

Auf dem Parkplatz stieg er aus dem Auto und sah Ping, die einen Einkaufswagen schob. Sie war schwanger. Er erstarrte, und sie wäre beinahe an ihm vorbeigegangen. Doch dann sah sie auf, und ihre Blicke trafen sich. »Hey, wie geht's dir?«, fragte er und ging auf sie zu.

»Ah, Trevor!«, sagte sie. »Hi. Hi!«

Ihr dickes schwarzes Haar war nun kurz geschnitten, mit Pony, und einige lose Strähnen waren ihr über das linke Auge gefallen, als sie den Kopf zu ihm hob und gegen das Sonnenlicht blinzelte. Sie sah abgespannt aus, ihre Haut teigig, und sie hatte tiefe dunkle Ränder unter den Augen. Das erinnerte ihn an ihr verschmiertes Make-up und daran, wie sie ihr Aussehen in der Kaffeekanne geprüft und dabei ihr Kinn angehoben hatte. Nun ging sie einen halben Schritt auf ihn zu und blieb dann stehen; er wollte sich ihr weiter nähern, blieb dann aber auch abrupt stehen und geriet kurz aus dem Gleichgewicht. Er schüttelte belustigt den Kopf, weil er nicht wusste, ob er sie küssen oder umarmen sollte – sein Körper erinnerte sich an jenen unvergesslichen anderen Moment im Büro mit einer Hitzewelle, die ihm durch Mark und Bein ging –, wobei er sich im letzten Moment dagegen entschied, und sie sagte: »Mir geht es gut – und dir?«

»Auch gut«, sagte er. »Bin immer noch bei der alten Firma … und du, du bist, äh …« Er schaute auf ihren Bauch hinunter. »Ich wollte schon fragen, ob du jetzt anderswo arbeitest, aber zuerst sollte ich dir wohl gratulieren.«

»Danke«, sagte sie und fuhr mit den Händen in Richtung Bauch, und dabei funkelte der Diamant am Finger ihrer linken Hand, was eine Wunde unterhalb seines Herzens aufriss. Er hüstelte. »Wann. Äh, wann kommt es denn?«

»Bald«, sagte sie. »Vielleicht im Juli.«

»Ein Sommerbaby«, sagte er und zwang sich zu einem Lächeln.

»Ja«, sagte sie und nickte. »Hmhmm.«

»So«, sagte er. »Es ist schön, dich zu sehen, Ping. Wir, äh, vermissen dich am Mittagstisch. Zair und ich.«

»Wirklich?«

»Auf jeden Fall.«

Sie lehnte sich ein wenig nach vorne, ihr Mund war angespannt. »Ich denke, jetzt geht es mir besser, Trevor«, sagte sie. »Als damals.« Sie nickte leicht und sagte dann: »Und dir?«

Er sah sie an. »Ob es mir …?«

»Besser geht«, ergänzte sie.

Nach einem Moment der Stille sagte er: »Es geht mir gut, Ping.«

Sie nickte. »Uns geht's gut, was?« Sie lächelte freudlos und irgendwie schief. Er stand da und sah ihr hinterher, wie sie den Wagen wegschob. Noch eine Woche danach war für ihn an Schlaf kaum zu denken.

Dann, am darauffolgenden Dienstag, war er bei der Arbeit und erinnerte sich daran, dass Trudy zu einem Treffen ihres Buchklubs ging und spät nach Hause kommen würde. Ein Gelübde ist nicht flexibel und zerbricht eher, als dass es sich verbiegt. An diesem Tag fuhr er nicht gleich nach Hause. Die alten Automatismen traten sofort in Kraft, als würde er mit der Hand in einen warmen Lieblingshandschuh schlüpfen. Das Herz hämmerte ihm in der Brust, sein Mund war trocken. Seine untere Wirbelsäule schmerzte im Griff der sich verkrampfenden Muskeln, so dass er auf dem Autositz vor und zurück schaukelte. Mir geht es gut, hatte er zu Ping gesagt. Doch hier saß er – er machte nicht einmal den Versuch, sich zu beherrschen, als er auf dem Highway 7, der meistbefahrenen Verkehrsader der Vorstadtpendler, nach Westen floh, vorbei an den Pseudo-Hongkong-Märkten und den kleinen chinesischen Restaurants um die Leslie Street herum und dann weiter in Richtung Italian Woodbridge.

Als er schließlich die Abzweigung nahm, folgte er keinem bewussten Kalkül, sondern seiner ausgereiften Intuition. Bald gelangte er in ein blühendes Industriegebiet mit zahlreichen Karosseriewerkstätten, Schrottplätzen, Automechanikern und dem Vereinsheim eines Motorradclubs namens »The Flying Goats«. Massagesalons sprossen in den Ecken jener Gewerbegebiete wie hartnäckiges Unkraut aus dem Boden. Sie schlugen Wurzeln in einer Landschaft aus spitzen Zäunen, unbefestigten Straßen und kläffenden Wachhunden, fernab von Ehefrauen und Kindern und dem falschen Marmor der klimatisierten Einkaufszentren mit ihren Weihnachtsmännern und kirchhohen Atrien.

Er durchkämmte die Straßen und wurde nicht enttäuscht: Irgendwann entdeckte er ein kleines handgemaltes Schild im Fenster eines Eckladens in einem Mini-Einkaufszentrum, neben einem Laden, der Hackbällchen- und Auberginen-Sandwiches anbot, und einem anderen, der auf Swimmingpool-Bedarf spezialisiert war. *Blue Relax.* Das Schild stand auf der Fensterbank vor geschlossenen, verstaubten Jalousien. Als er ankam, standen sechs Autos davor, und er beobachtete, wie regelmäßig Männer ein und aus gingen. Er blieb eine Weile sitzen, dann fuhr er zu einem grünen TD-Bank-Schild und kehrte mit Bargeld im Portemonnaie zurück. Es wurde allmählich dunkel, und es war nur noch ein Auto übrig. Er zog die Kapuze seiner Windjacke über, als er hinüberjoggte. Dies war immer der gefährlichste Teil, bei dem er am ungeschütztesten war: der Weg vom vernünftigen, verantwortungsbewussten Ehemann und Vater zweier Kinder mit festem Bürojob und Haus in der Vorstadt zu der neonfarbenen Grenze, hinter der die Dunkelheit wartete, die Behausung seines zweiten Ichs.

Doch hier gab es kein Neon, sondern nur am Fuß des langen rechteckigen Fensters jenes staubige Schild, das jetzt im abnehmenden Licht fast unleserlich war. Die Glastür war verschlossen. Einen Augenblick lang hielt er enttäuscht inne, doch dann sah er die Klingel und betätigte sie.

Ganz ehrlich? Auf den ersten Blick war ich enttäuscht. Sie war keine Asiatin. Sie war nicht jung. Sie war nicht zierlich. Sie war in keiner Weise Ping.

Die Lippen in ihrem faltigen Gesicht waren mit wächsernem scharlachrotem Lippenstift geschminkt; das strähnige, blond gefärbte Haar war am Ansatz dunkel herausgewachsen, und sie hatte den üppigen Busen und den Akzent einer Osteuropäerin. Doch als sie ihm sagte, dass sie geschlossen hätten, zitterte er und bettelte um eine Massage. Sie sah ihn von oben bis unten an. Es mache hundertfünfzig im Voraus, sagte sie. Lächerlich – aber er reichte ihr die Summe ohne ein Wort und folgte ihr wie ein Roboter.

Ihr Name war Marta und seiner war Joe.

»Leg dich hin«, sagte sie.

»Ich möchte zuerst duschen«, erwiderte er.

»Dusch dich hinterher. Jetzt zieh dich erst mal aus und leg dich hin.«

Sie setzte ihr ganzes Gewicht und ihre starken Muskeln ein. Durch den Druck lösten sich die Verspannungen mit lautem Knacken und Stöhnen aus seinem Körper. Er spürte ihr Können, ihre erstaunliche Kraft.

»Isst du rotes Fleisch, Joe?«

»Hmmm?«

»Rotes Fleisch. Du isst?«

Er grunzte zustimmend.

»Merke ich. Ich kann fühlen. Du isst zu viel. Musst essen mehr Gemüse.«

Dann hörte man eine Zeitlang nichts mehr außer dem Patschen und Klatschen ihrer Hände, bis sie fragte: »Joe, machst du Sport?«

Zwei Mal grunzen: nein.

»Ich merke, dass du kein Sport machst. Du musst bewegen, Joe. Jeden Tag.«

Ein schmerzliches Stöhnen.

»Jetzt entspannen. Atmen. Ein, aus.«

Er begann sich Gedanken darüber zu machen, wie ernst diese Frau den Massageteil des Arrangements nahm. Es war, als wäre sie irgendwie am falschen Ort. Sie hätte als richtige Physiotherapeutin arbeiten sollen, anstatt erotische Massagen auf einem Schrottplatz anzubieten, wo die Männer nur wegen einer Sache kommen. Das brachte ihn dazu, seine Regel zu brechen und sie zu fragen, ob sie eine Ausbildung habe.

»Joe, weißt du, wie viele Abschlüsse ich habe?«

»Nein.«

»Ich habe einen Master of Science. Ich habe einen Bachelor in Kinesiologie, in Ernährungswissenschaft und therapeutischer und Hydromassage. Und natürlich habe ich auch Medizin studiert.«

Da hob er den Kopf. »Du machst Witze.«

Sie schüttelte den Kopf und sah ihn streng an. »Warum soll ich machen Witze?«

»Herrje«, sagte er. »Du bist also Ärztin? Im Ernst?«

»Ja«, sagte sie. »Eine gute.«

Er öffnete den Mund, um das Offensichtliche, das Einzige zu sagen, was es zu sagen gab, aber dann ließ er den Kopf wieder sinken. Die Frage: Was machst du dann *hier?* wäre zu peinlich gewesen. Eher für den Fragenden als für die Gefragte.

Sie sagte: »Mein Mann ist Nuklearingenieur. Wir sind wegen seiner Arbeit nach Deep River Ontario gegangen, aber als wir ankamen, hatten sie die Stelle gekürzt, oder wie sagt ihr, eingespart. Wir sind dann nach Toronto gegangen, aber ich darf hier nicht arbeiten in mein Beruf. Ich muss mich qualifizieren neu. Muss jetzt also Geld verdienen. Muss Schule bezahlen.«

»Schule?«

»College für Neuqualifizierung.«

»Du studierst hier Medizin?«

Sie schnaubte. »Nein, ich mache eine Ausbildung zur medizinischen Masseurin.« Es entstand eine Pause, in der er zusammenzuckte (sie war bei seinen Waden angekommen). Dann fuhr sie fort: »Zu Hause war ich Stationsärztin. Sieben Ärzte arbeiten für mich. Ich bin Spezialistin.«

»Woher kommst du?«

»Wir kommen aus Belarus.«

Auf dem Massagetisch erfuhr er, dass Weißrussland eines der letzten Länder war, das bis in die heutige Zeit von einem Diktator im sowjetischen Stil regiert wurde.

Ich stellte mir ein graues, deprimierendes Land vor, in dem die Leute um Brot anstanden und die Frauen Kopftücher trugen. Ehe ich mich versah, fragte ich nach ihrer Familie, und sie erzählte mir von ihren drei Kindern, zwei Jungen und einem Mädchen, und wie sie sich an das Leben in Kanada anpassten. Ich wurde neugierig, wo sie lebten, und sie erzählte mir von einem Apartmenthochhaus in Etobicoke. Offenbar stellte ich eine Menge Fragen, denn sie holte ihr Handy und zeigte mir einige Schnappschüsse.

Er lag auf dem Rücken, während sie ihm den leuchtenden Bildschirm hinhielt und ihm die kleine Wohnung mit Parkettboden und winzigem Balkon zeigte, der mit einem grünen Netz bespannt war, um die Tauben abzuwehren. Ihm fielen die schwer greifbaren, aber doch merklichen Unterschiede zwischen ihrer Familie und eingesessenen Kanadiern auf, die sich vor allem in der Kleidung der Kinder zeigten, den Strickpullovern und den lilafarbenen Hosen. Ihre Gesichter waren blass, und ein Hamster oder ein Meerschweinchen in einem Käfig spielte eine wichtige Rolle. Marta nannte ihm den Namen des Tieres, aber er entging ihm, weil ihm noch etwas anderes aufgefallen war: Keiner von ihnen lächelte jemals. Sogar das kleine Mädchen, das mit dem rundlichen goldbraunen Nagetier in den Händen posierte, hatte den Mund grimmig zusammengepresst. Er stellte sich vor, wie Marta das Foto aufgenommen hatte, wie sie Befehle erteilte und die Familie leitete wie ihre Massagesitzungen. Der Mann hatte eine Glatze, einen Schnauzer und einen Bauch wie einen Basketball unter seiner Strickjacke. Er blickte von einem Kunstledersofa aus hoch, von dem sich die oberste Schicht ablöste, wodurch Albinoflecken wie auf der Haut eines Brandopfers zurückblieben.

»Was macht dein Mann jetzt hier, Marta?«

Sie zog eine Grimasse. »Nichts.«

»Nichts?«

»Sitzt auf dem Sofa und trinkt den ganzen Tag giftiges Zeug, Cola, Limo oder Bier. Und schaut blödes Fernsehen.« Sie legte das Handy beiseite und nickte. »Okay, leg dich jetzt hin.« Sie erwärmte Öl in den flüsternden Händen, aber er hielt sie von dem unvermeidlichen, letzten Ritual ab. Sie schnalzte irritiert mit der Zunge; vielleicht fühlte sie sich in ihrer Berufsehre beleidigt, indem er die notwendige Prozedur verweigerte, die Arbeit, für die er sie bezahlt hatte. Sie fragte ihn, was los sei, und redete ihm gut zu. Er spürte, dass sie nicht etwa gekränkt war und das Gefühl hatte, dass sie ihn als Frau mit ihrem nicht mehr jungen Körper nicht erregen konnte, sondern aus medizinischer Sorge. Sie wollte ihm vermitteln, dass die Praxis gesund und ungefährlich sei und dass Studien auf einen plausiblen Zusammenhang zwischen Ejakulation und gesunder Prostata hinwiesen (außerdem versicherte sie ihm, dass der tägliche Verzehr grüner Zwiebeln vor entsprechenden Problemen schütze).

»Ich bin nicht deswegen hier«, sagte er. Es war sowohl eine Entdeckung als auch ein Eingeständnis.

»Wozu dann?«

Es war kein sexueller Druck, sondern eine Krankheit des Herzens. Er sprach zu ihrem Gesicht, das über seines gebeugt war, in der öligen Intimität des Raumes, im Flüsterton der Beichte. »Ich verstehe«, sagte die Ärztin. »Du bist ihm nicht gefolgt, deshalb ist es gebrochen.«

»Was ist das Heilmittel?«

»Nicht immer ist Heilung möglich«, sagte sie. »Aber wir sollten immer versuchen, der Wahrheit ins Auge zu sehen. Das können wir tun.«

Sie grub beide Hände links in seine Brust, unter das betroffene Organ. Er schloss die Augen, und Tränen flossen unter seinen Lidern hervor. Er fiel in sich selbst zurück, träumte, nachts in einem Wald zu sein, und wurde dann durch ein Klirren geweckt. Etwas Metallisches schlug gegen die Glastür vorne. Jemand klingelte Sturm. Als er aufblickte, stand sie an der Tür und lauschte. Eine gedämpfte Stimme rief: »Machen Sie auf! Polizei! Machen Sie sofort die Tür auf!«

»Oh, mein Gott!«, rief er, ohne nachzudenken, in dem Kälteschock, der ihn traf, als hätte man ihn mit Eiswasser übergossen. Sie wirbelte herum, den Zeigefinger auf den Lippen. »Sei still! Wenn du hast Glück, lassen sie dich in Ruhe und nehmen nur mich. Wir haben geschlossen, und sie werden nicht suchen nach Männern.«

»Aber was werden sie mit dir machen, Marta?«

Wieder wurde draußen gebrüllt, diesmal viel lauter. »Wir wissen, dass Sie da drin sind! Machen Sie die Tür auf!«

»Polizei!«, stieß Marta hervor, als spucke sie etwas Ekliges aus. »Kanada Polizei. Alle gleich.« Sie warf ihm einen schnellen Blick zu. »Bleib hier. Sei still, ich gehe hin, rede.« Sie ging hinaus, murmelte etwas in ihrer Sprache, schüttelte den Kopf und schloss die Tür hinter sich.

Sekundenlang war er wie erstarrt; dann sprang er auf

und suchte hektisch nach seiner Kleidung. In der Dunkelheit zog er sich so leise wie möglich an, während draußen im Flur Schritte vorbeigingen. Er wartete und öffnete dann die Tür. Der Flur war dunkel und leer; unter einer geschlossenen Tür am Ende schien Licht hindurch, und er hörte männliche Stimmen. Links befand sich der Eingang – der Weg nach draußen. Er ging darauf zu; so schnell und leise, wie er konnte.

Ein Schrei ließ ihn abrupt innehalten – so laut und plötzlich, dass er unwillkürlich zusammenzuckte. Es war eine Frauenstimme, ein einziger Ausbruch von Schmerz oder Schrecken, und dann Schweigen. Er stand da, sein Mund trocken, sein Puls hämmerte. Hatte er das Geräusch falsch interpretiert? War es ein Lachen oder ein anderer beiläufiger Ausruf gewesen? Nein. Das Geräusch hatte eine primitive Reaktion in seinem Bauch ausgelöst – schlimmer noch: Er war sich sicher, dass es Marta gewesen war.

An seiner Unterlippe nagend und auf Zehenspitzen drehte er um und ging auf die andere Tür zu. Sie war ganz leicht angelehnt. Wieder hörte er das Grollen von Männerstimmen. Eine, vielleicht zwei Minuten lang blieb er so stehen. Dann hörte er Martas Stimme, ganz leise. Sie klang, als würde sie weinen.

Mit zitternder Hand berührte Trevor die Tür. Sie schwang auf, und er sah ein schmales, fensterloses Büro, in dem sich ihm drei Gesichter zuwandten. Zwei Männer standen rechts und links von Marta. Sie saß auf einem leeren Schreibtisch und presste mit der linken Hand ihre rechte Hand auf den Bauch. Ihre Augen waren feucht und verängstigt. Beide Männer trugen Jeans und Kapuzenjacken. Sie waren jung, glattrasiert und hatten kurz geschnittenes Haar.

»Du hast doch gesagt, du bist allein«, fuhr einer von ihnen Marta an.

»Scheiße, wer bist du denn?«, sagte der andere zu Trevor.

Marta fragte: »Warum bist du gekommen? Ich hab dir gesagt, du sollst ruhig sein. Geh jetzt raus. Geh nach Hause.«

»Wer ist das, ein Freier?«

Marta nickte. »Kunde«, flüsterte sie.

Einer der Männer trat auf Trevor zu. Er füllte die Türöffnung aus.

Trevor schluckte. Seine Stimme klang dünn und atemlos. »Sind Sie …«

»Polizeibeamter, ganz recht.«

Trevor konnte nicht sprechen.

»Wollen Sie meinen Ausweis sehen? Ja?« Er war nicht viel älter als Doug. Trevor schaffte es, zu nicken. Der junge Mann öffnete seine Jacke, und Trevor sah die gedrungene schwarze Pistole an seiner Taille. Eine Brieftasche mit einer Art Ausweis darin wurde kurz aufgeklappt, aber es ging zu schnell, um erkennen zu können, was darauf stand. Er war schon wieder verschwunden, als der junge Mann sagte: »Und jetzt Ihren Ausweis bitte.«

Trevor rührte sich nicht.

»Ich sagte: Ihren Ausweis!«

Wie im Traum holte Trevor seinen Führerschein heraus. Der junge Mann nahm sein Handy und machte ein Foto davon. Er sah Trevor an und zog die Augenbrauen hoch. »Du hast verdammtes Glück, dass wir dich heute Abend nicht verhaften.«

Von hinten sagte Marta: »Geh nach Hause, Joe.«

»Ach, richtig, *Joe*«, sagte der junge Mann. »Trevor Welber Joe. Chestnut Crescent Nummer zweiundzwanzig.«

Als Trevor an ihm vorbeiblickte, fiel ihm auf, dass Bargeld auf der Kante des Schreibtischs lag, ein dickes Bündel von Fünfzigern und Zwanzigern. Marta presste immer noch die rechte Hand an ihren Körper. Der andere Mann scheuchte ihn mit einer Armbewegung weg. »Gute Nacht, Kumpel«, sagte er.

Marta sagte: »Ist okay, Joe, geh jetzt.«

»Ganz genau, Trevor Joe«, sagte derjenige, der vor Trevor stand, und presste ihm die gespreizten Finger seiner Rechten auf die Brust. »Deiner Freundin geht's gut. Also verschwinde. Oder willst du, dass wir dich einbuchten?«

Trevor krächzte etwas Unverständliches.

»Was?«

Trevor konnte nichts mehr sagen.

Im Auto draußen holte er sein Handy, und seine Hand zitterte so stark, dass er fünf Versuche brauchte, um seinen Sicherheitscode einzugeben. Dann wählte er die 911 und starrte auf den grünen Hörer. Direkt vor dem Massagesalon standen jetzt zwei Autos. Das eine, ein vw, musste Marta gehören, das andere, ein dunkelblauer Chev, sah aus wie ein Polizeiauto. Die jungen Männer hatten auch irgendwie ausgesehen wie von der Polizei. Aber waren sie es tatsächlich? Er dachte an das Foto seines Führerscheins, das sie jetzt besaßen. Ob sie echt waren oder nicht – es spielte keine Rolle.

Aber Marta. Was war mit Marta, mit ihrem Medizinstudium, ihren starken Händen, ihrem Wissen und ihrer Intelligenz? Marta war nicht sein Problem. Er kannte Marta nicht. Sie war nur eine Dienstleisterin in der Nacht. Er war raus, er war frei. Er legte sein Handy beiseite.

Er konnte sich nicht an die Heimfahrt erinnern. Sein Unterbewusstsein hatte durch den Schock der Ereignisse auf Autopilot geschaltet. Er kam erst wieder richtig zu sich, als er in seinem Lieblingssessel im Wohnzimmer saß. Die Lichter waren alle aus, das Haus dunkel. Nach einer Weile stand er auf, ging an die Hausbar, nahm die ungeöffnete Weihnachtsflasche Crown-Royal-Whisky heraus und trug sie zum Sessel. Er machte sich nicht die Mühe, ein Glas zu holen, sondern schraubte nur den Deckel ab, trank einen Schluck und spürte, wie das flüssige Feuer seine Kehle hinunterbrannte und seine Brust erwärmte. Eine ganze Weile später fühlte er sich betäubt und so, als hinge ihm das Kinn herunter. Er hörte das Knarren der Gittertür und dann die kratzenden Geräusche, als der Schlüssel ins Schloss geschoben wurde.

Trudy trat ein und rief: »Hallo?« Ihre Stimme klang misstrauisch, vielleicht auch überrascht, weil sie kein dunkles Haus erwartet hatte. »Hallo? Trev? Bist du zu Hause?«

Das Licht im Flur ging an. Er beobachtete seine Frau, wie sie ihren dünnen Mantel auszog, eine typisch kanadische Alltagshandlung, so kanadisch wie der Winter selbst. Gastgeber sagen in Kanada unweigerlich als Erstes: *Zieh den Mantel aus* – es war eine Beleidigung, ihn anzubehalten, denn es bedeutete, dass man die brutale Eiseskälte draußen der Gesellschaft drinnen vorzog. In dem Moment fiel ihm auf, dass er noch immer seine Synthetik-Windjacke trug, den Reißverschluss hochgezogen, die zerknüllte Kapuze warm in seinem Nacken, und dass er auch noch die Schuhe anhatte.

Seine Frau hängte ihren Mantel in den Schrank, setzte sich und zog die Reißverschlüsse ihrer hohen Stiefel herunter. Er beobachtete sie, ohne dass sie ihn sah, und spürte eine Aufwallung von Zärtlichkeit, als er ihr Stöhnen hörte, mit dem sie den zweiten Stiefel auszog. Er wusste, dass ihr ihre Hüfte ein wenig zu schaffen machte. Sie war eine große, zähe Frau, die ihn seit drei Jahrzehnten liebte, und er dachte an Marta in diesem grimmigen, fensterlosen Büro mit diesen Männern, dachte an sich selbst mit seinen zitternden Händen.

Dann blickte er zum Fenster hinaus in den Vorgarten am Chestnut Crescent, und er dachte an all die anderen Häuser in der Straße, voller Menschen, die ihm fremd waren, und ihn überkam das Gefühl – vielleicht lag es am betäubenden Alkohol –, dass sie schwebten, dass es nichts Festes unter ihnen gab, nur wehende schwarze Luft. Alle Häuser der Stadt trieben voller Fremder dahin, schwebende Lichtblasen in der kalten Dunkelheit. Und Marta befand sich in einer der Blasen mit den traurigen Hamsterkindern in seltsamen Klamotten und dem Nukleartechniker-Ehemann ohne Arbeit, und der junge Polizist war in einer anderen mit seinem fiesen Grinsen, und die schwangere Ping lebte in wieder einer anderen, und alle Frauen, vor die er sich hingelegt hatte, damit sie ihn berührten, waren in noch anderen Blasen, und jede von ihnen winkte ihm mit öligen Fingern zu, lächelte und verschwand dann in der Dunkelheit. Jede mit ihrem eigenen Leben, ihren eigenen Männern, ihren eigenen Falltüren.

Ein Keuchen brachte ihn wieder zu sich – Trudy hatte ihn gesehen. »Ich bin hier drüben«, sagte er.

»Heiliger Strohsack, Trev! Was treibst du denn hier im Dunkeln?« Sie kam zu ihm. »Sitzt einfach so da. Mich hätte fast der Schlag getroffen! Was machst du denn?«

Sie schaltete die nächstbeste Lampe ein, die auf dem Couchtisch, blieb stehen und sah ihn an. Ihr Blick huschte zu der Flasche auf der Armlehne. Mit leiser, sanfter, verängstigter Stimme, die mehr Schrecken als jeder Schrei in sich trug, sagte sie: »Trev, was ist los, was ist passiert … ist was passiert …« Dann bedeckte sie Mund und Nase mit beiden Händen und sagte durch die Finger hindurch in einer Art ersticktem Zischen: »Die Kinder!«

Er sah schnell zu ihr auf und schüttelte den Kopf. »Denen geht's gut. Jackie und Doug. Mit ihnen ist alles in Ordnung.«

Sie ließ die Hände sinken und atmete erleichtert aus. »Fwooo. Wuah. Ich dachte …« Sie schüttelte die rechte Hand, als hätte sie sich die Finger verbrannt, und presste die andere Handfläche gegen die Brust. »Du meine Güte! Ich dachte im ersten Moment, ich habe wirklich geglaubt … uff!«

»Alles in Ordnung«, wiederholte er.

Mit eng zusammengekniffenen Augen sah sie ihn forschend an. »Aber was ist dann mit dir los, Trev? Ist bei der Arbeit etwas passiert? Warum sitzt du da und trinkst Whisky? Aus der Flasche?« Sie ging zu ihm, nahm sie ihm aus der Hand, schraubte die Kappe wieder darauf und stellte den Whisky auf das Büfett. Als sie sich umdrehte, sah er, wie sich ihr Gesichtsausdruck veränderte, und spürte die

Nässe auf seinen Wangen. Sie lief herunter, tropfte von seinem Kinn und ploppte auf das Synthetikgewebe der Windjacke. Trudy beugte sich über ihn und legte ihm sanft die Hand auf den Kopf. »Hey, Liebling. Liebling! Was ist denn los, Schatz? Was ist passiert?«

Aber ich konnte nichts sagen. Du hast mir über das Haar gestreichelt und wolltest wissen, was los ist. Ich habe dich in den Arm genommen. Ich spüre noch deine Hände in meinem Haar, so liebevoll. Dann hörte ich dich schnüffeln, schnuppern wie eine Katze, die kurz davor ist zu niesen.

»Was ist das?«, fragte sie. »Dieser Geruch … du riechst nach …«

Er umarmte sie fester, aber sie hatte die Hände zurückgezogen. »Babyöl?«, sagte sie. Dann erstarrte sie. Sie wartete darauf, dass er etwas sagte.

Du bist jetzt immer noch oben, und ich sitze am Esstisch und schreibe das hier. Ich war so ziemlich die ganze Nacht wach. Es dämmert schon draußen. Du weißt jetzt, was ich die ganze Zeit getrieben habe. Aber du kennst noch nicht die ganze Geschichte. Und deshalb habe ich versucht, sie für dich aufzuschreiben, von Anfang bis Ende, und dir zu erklären, wie das alles passiert ist. Damit du es weißt.

Ich habe einen ganzen und den größten Teil eines zweiten Bleistifts verbraucht und diesen Notizblock zur Hälfte gefüllt, geschrieben, ausradiert und nochmal neu geschrieben. Das ist das mindeste, was ich dir schulde, Trude. Die Flasche steht auf dem Tisch neben mir, und es ist nicht mehr viel drin, aber ich bin immer noch klar im Kopf, ich weiß nicht, wieso. Ich trage immer noch die verdammte Windjacke, habe immer noch den Reißverschluss hochgezogen und die Schuhe an den Füßen. Ich denke an dich da oben in unserem Bett. Ich glaube nicht, dass es in den letzten drei-ßig Jahren eine Nacht gegeben hat, in der wir nicht neben-einander geschlafen haben. Ich frage mich, ob es dir seltsam vorkommt, dass du diese Nacht allein durchleben musst. Ich kann dir aber sagen, wie seltsam es ist, hier unten zu sitzen.

Er hielt inne, die nächste Zeile schon im Kopf, die Hand zum Schreiben bereit, aber er zögerte, konnte sich noch nicht schriftlich festlegen – *ich weiß nicht, was mit uns ge-schehen wird* –, denn es steckte sowohl eine Lüge als auch eine implizite Frage mit einer Antwort dahinter, der er sich nicht stellen wollte. Der Riss, den Ping in seinem Leben verursacht hatte, war immer größer geworden, hatte sich über die Ehe hinweg ausgebreitet, ja, aber dann noch viel weiter. Er konnte sich nicht vorstellen, dass Trudy sich deswegen würde trennen wollen; aber seine andere Sicht-weise – konnte die nicht neu ausgerichtet werden?

Von dem Ort aus, an dem ich gerade bin, sieht alles anders aus. Vielleicht sehe ich die Welt, die ich mein ganzes Leben lang gekannt habe, jetzt einfach nur klar, oder mir gehen jedenfalls die Augen auf. Diese Spezialistin für Herzen, die ich feige im Stich gelassen habe, hat zu mir gesagt, wir müssten immer versuchen, uns der Wahrheit zu stellen – das sei etwas, was wir tun könnten, immer und überall. Wenn ich an ihr Leben und das Leben der anderen denke, weiß ich, dass es Dimensionen gibt, in die ich nie hineinschauen wollte. Dimensionen, vor denen ich weggelaufen bin. Ich weiß jetzt um meine eigene Feigheit, und mir ist klar, dass es nicht nur darum geht, was mir gestern Abend passiert ist, sondern auch darum, was ich getan habe, um dorthin zu gelangen, und was wir alle tun, nämlich einander auszuweichen und uns nie mit den schwierigen Dingen auseinanderzusetzen. Wir laufen weg, die ganze Zeit. Tun so, als gäbe es hier keine Schlechtigkeit, aber vielleicht ist die Schlechtigkeit umso schlimmer, weil sie dort verrottet, wo man sie nicht sieht. Wie bei den Ausländern, die für einen Hungerlohn unsere Häuser putzen, unsere Taxis fahren, unseren Müll wegbringen, uns den Rücken massieren, unsere Schwänze reiben und uns sagen, wie toll wir sind. Ihre ganze Scheiße haben sie auf der anderen Seite des Ozeans zurückgelassen, wo wir sie nicht sehen müssen.

Niemand schaut gerne in den Spiegel, aber ich erkenne inzwischen ein wenig klarer, wer ich bin und wie mein Leben bisher verlaufen ist. Was ich aus meinem Leben gemacht habe. Es ist alles nicht so, wie ich es mir vorgegaukelt habe, Trude. Wenn wir das Leben der anderen nicht kennen, leben wir im Leeren, ist es nicht so? Man könnte von mir sagen, dass ich ein Spätentwickler bin, in dem Maße, dass ich erst mit vierundfünfzig gemerkt habe, dass ich noch dazulernen muss. Und das ist alles, was ich im Moment weiß, Trude. Mehr nicht.

Ping war nicht der springende Punkt, nein, sie war nicht die Hauptkrankheit, sondern nur eines der Symptome. Hinter ihr verbarg sich eine schwerwiegendere Krankheit. In seinem Inneren. Es ging auch nicht um Trudys Vergebung, sie selbst war nicht einmal Teil des Problems (er würde dies hier aufrichtig mit *in Liebe, Trevor* unterschreiben, egal was passierte), sondern es ging darum, ob er den Mut hatte, dem Riss in seinem Leben zu folgen und den Abgrund bis an seinen Endpunkt zu durchschreiten, innerlich und äußerlich, auch wenn es eine Reise ins Ungewisse war, auch wenn sie ihn zu etwas sicherlich Hässlichem führen würde. Denn das ist die einzig wahre Definition der Zukunft: Sie ist ein undurchdringliches Mysterium, das, was nie vorausgesehen werden kann. Man muss sich seinen Weg dorthin ertasten, das ist die einzige Möglichkeit. Blind umhertastend – nur durch Berührung geleitet.

Das Paradies

Von anderswoher. Wie Millionen hier.

Es spielte für ihr Bild von ihm absolut keine Rolle – sie hatte schon so viele Männer aus fernen Ländern gedatet. Von Menschen aus anderen Nationen umgeben zu sein gehörte so sehr zu ihrem täglichen Leben, dass eher sie es war – die Nachfahrin bretonischer und schottischer Siedler, die als Erste dieses unermesslichste aller Länder kolonisiert hatten, mit Wurzeln und Traditionen aus über zwei Jahrhunderten und einem Familien-Milchviehbetrieb im Ottawa-Tal –, die sich in dieser pulsierenden Stadt, in der es von Gesichtern und Akzenten aller Kontinente wimmelte, als Minderheit, als bleicher Schatten, als Beobachterin fühlte. Theoretisch hätte sie manchmal morgens, wenn sie mit der Bloor-Linie über das Viadukt und in das Herz der Glastürme hineinratterte, auch in Hongkong, Karatschi oder Beirut sein können. Doch an den meisten Tagen stand sie mit der üblichen Mischung unterschiedlichster menschlicher Wesen zusammengequetscht in der U-Bahn, alle im selben Rhythmus schaukelnd und alle von ihrer Blase höflichen und oberflächlichen Respekts umgeben, dem Markenzeichen dieses Landes und seiner meistgepriesenen Stadt. Eine von Ausländern geschaffene Kultur, gekittet mit der Höflichkeit des Multikulturalismus.

»Du kannst dir gar nicht vorstellen, wie sehr ich das liebe!«, sagte er. »Alle kommen von woanders her, zumindest in früheren Generationen, aber trotzdem gehen sie hier anständig miteinander um – den ganzen Mist lassen sie hinter sich. Das ist großartig! Wie der Himmel auf Erden.«

Zunächst glaubte sie, er meine es sarkastisch, aber er war aufrichtig begeistert. Er war erst seit etwa einem Jahr hier, sie hatte ihn kennengelernt als irgendeinen Typ in der Kneipe an der Danforth in Greektown, den Freund eines Freundes aus ihrer Clique, der die Musik überschreien musste, um mit ihr zu reden.

»Du meine Güte!«, sagte er zu ihr, als er später erfuhr, woher sie stammte. »Du bist also eine waschechte Kanadierin!«

Den Begriff »waschecht« hatte er aufgeschnappt; er passte nicht zu der Art, wie er sich sonst ausdrückte. Seine Stimme veränderte sich, nahm bewusst die hiesige Redeweise an. An seinem Englisch gab es nichts zu verbessern, er musste es lediglich modifizieren – grammatikalisch beherrschte er die Sprache so perfekt, dass er den meisten Einheimischen überlegen war, da er (als einer der wenigen Glücklichen) eine gute katholische Schule in dem Inselstaat besucht hatte, in dem er aufgewachsen war. Man hatte ihm das steife Englisch der Oberschicht beigebracht, wie es selbst im Mutterland Großbritannien schon lange nicht mehr gesprochen wurde.

Anhand seiner Physiognomie oder Hautfarbe hätte sie nicht erraten können, woher er stammte. Höchstens hätte sie ihn ganz allgemein (und wieder: höflich, nicht beleidigend oder potentiell am wenigsten beleidigend, die höchste Tugend hier) als »asiatisch« bezeichnet. Er war unbestreitbar gutaussehend mit katzenhaften Augen über breiten Wangenknochen und dunklen Augenbrauen, nur sein Haar war altmodisch an der Seite gescheitelt und hätte einen moderneren Schnitt vertragen können.

Er hatte kein Interesse daran, mit ihr über »seine« Insel zu sprechen. »Sie ist völlig kaputt«, sagte er. Er winkte auf eine Art mit der Kante seiner gespreizten Hand ab, als schöbe er mit einem Karateschlag Einwände von vornherein beiseite. Mit gerümpfter Nase fügte er hinzu: »Das habe ich alles hinter mir gelassen.«

Alles: Dschungelhitze, Korruption, Grausamkeit, zerbröckelnde Infrastruktur, Krieg, Vetternwirtschaft, lügnerische Staatspresse, schikanöse, bestechliche Polizisten, Exil-Politiker, Ausschreitungen auf den Straßen.

Hier in der glänzenden Stadt, die ein Stück Himmel auf Erden war, galten für ihn die schlimmsten Gegenden als gute und sogar lebenswerte Viertel. Sie fing an, solche Dinge durch seine Augen zu sehen. Die Sauberkeit und Sicherheit, die Ordnung, die sie immer für selbstverständlich gehalten hatte. Die Häuser mit Gärten ohne Mauern oder Zäune, ohne Einbruchgitter, aber mit Haustüren, die oft unverschlossen waren. Keine Stacheldrahtrollen. Keine Slums, wo die Menschen in Papphütten hausten und die Abwässer offen durch die Straßen flossen. Kostenlose medizinische Versorgung auf höchstem Niveau für alle. Ausgezeichnete öffentliche Schulen. Überall Freundlichkeit wie herabrieselndes Manna.

Sogar ein Strafzettel, der sie mit unverhältnismäßiger

Verzweiflung ob der Ungerechtigkeit des Parkwächters (ein Sikh mit einem attraktiven blauen Turban über seinen unerbittlichen Augen) erfüllt hatte, wurde zu einer Quelle des Staunens und sogar der Freude für ihn, und dann auch für sie (diese süße Osmose aufkeimender Liebe, bei der Emotionen wortlos durch die Haut vom einen auf den anderen übertragen werden, was zugleich ihr sicherstes Symptom ist). Der Sikh hatte auf ihr Flehen, sie habe doch nur fünf Minuten gehalten, um den Schokoladenkäsekuchen von der Dufflet-Bäckerei an der Queen Street abzuholen, nicht eingehen wollen, doch nachdem ihr Freund mit dem Strafzettel zum Justizgebäude in Chinatown gegangen war, wurde er storniert. »Die waren so nett bei Gericht! Wie sich die Richterin die Zeit genommen hat, mir zuzuhören und mir das Verfahren zu erklären! Dann hat sie den Fall der Sache nach zu unseren Gunsten entschieden. Und das, obwohl ich Ausländer bin und keine Ahnung hatte, wer diese Richterin ist! Das nenne ich Gerechtigkeit. Jeder wartet, bis er an die Reihe kommt, es gibt keine Schlange für Einheimische und eine andere für den Rest. Es spielt keine Rolle, welche Hautfarbe, wie viel Geld du auf dem Konto hast oder wer deine Familie ist.«

»Es war nur ein Strafzettel«, erwiderte sie, ein wenig verlegen wegen der Mühe, die er für ein Bußgeld von dreißig Dollar auf sich genommen hatte (aber es ging um viel mehr als das – offensichtlich investierte er für diese Erfahrung und die resultierende Zufriedenheit gern seine Zeit und hätte womöglich sogar dafür bezahlt).

»Aber das ist doch der springende Punkt! Die Gerechtigkeit gilt hier bis auf die unterste Ebene. So muss es sein, von oben nach unten, sonst geht das ganze Land vor die Hunde – die Menschen verlieren das Vertrauen.«

»Der Himmel wird zur Hölle?«

Er lachte darüber, warf den Kopf in den Nacken. Sie liebte seine Ohren, so hübsch und klein. Sie liebte es, daran zu saugen, wenn sie miteinander schliefen, bis er sich wand. Sie beriet ihn bei der Auswahl seiner Kleidung und kaufte reichlich für ihn ein. Sie nahm ihn mit zu einem hippen Friseurladen auf der Ossington mit einem zusammengerollten Dackel auf der Eingangstreppe, der von jungen Männern mit schicken Tätowierungen geführt wurde. Sie verpassten seinem Haar einen gegelten Stachellook und rasierten die Seiten, wie es gerade angesagt war, mit scharfen, fast faschistischen Kanten, die an die zwanziger und dreißiger Jahre erinnerten, aber sein hübsches Gesicht bestens zur Geltung brachten. Er sah dermaßen gut aus, dass zum ersten Mal die Eifersucht in ihr aufflammte, als sie anschließend die Straße entlanggingen und andere Frauen oder schwule Männer ihn auffällig-unauffällig von oben bis unten begafften.

Als sie sich kennengelernt hatten, lebte er in einem nach ihrem Dafürhalten grauen, öden Vorort, in einem Hochhaus mit Blick auf die 401. Der Autobahnlärm war in der kleinen Wohnung mit Kochnische als ein ständiges an- und abschwellendes Rauschen zu hören, so als würde man neben einem synthetischen Ozean leben. Er wohnte ganz allein – er war ohne Familie nach Toronto gekommen. Ein unerschrockener junger Mann, der alle Dokumente einreichte, die nötigen Anträge stellte und es schaffte, zur richtigen Zeit auf das richtige Pferd zu setzen. Ehrgeiz wirkt auf Frauen immer attraktiv, vor allem, wenn er mit realistischem Urteilsvermögen gepaart ist, wie es bei ihm der Fall war, und sie bildete da keine Ausnahme, aber das war erst der Anfang. Der Rest bestand in dem Ineinandergreifen zweier Individuen, der Haken und Ösen ihrer Persönlichkeiten, die sich auf wundersame Weise irgendwie passend zusammenfügten. Wie hoch war die Wahrscheinlichkeit, dass so etwas passierte? Bei all den Schrullen, Untugenden und Seltsamkeiten eines Menschen, die unter der Oberfläche der öffentlichen Maske brodeln, besteht so wenig Hoffnung, jemanden zu treffen, der die richtigen Schlitze für die eigenen Laschen und die passenden Stecker für die eigenen Steckdosen hat. Aber bei den beiden besaßen diese Steckverbindungen genau die richtigen Maße, so dass es sich anfühlte, als wären sie, sobald der entscheidende Kontakt hergestellt war, schon immer dafür bestimmt gewesen, eins zu sein.

Es erstaunte sie nur, wie reibungslos dies geschah. Sie war so sehr an den Schmerz und die Enttäuschung gewöhnt, die man erlebte, wenn die Masken fielen, wenn man von einer schrecklichen Überzeugung, einer widerwärtigen politischen Meinung oder einem tief sitzenden Persönlichkeitsmerkmal getroffen wurde wie von einem Messerstich, aber in seinem Fall konnte sie alles, was von seiner Seite kam, immer mühelos, sogar freudig aufnehmen. Sie wiederum konnte ihm gegenüber vollkommen sie selbst sein, offen und ehrlich, nicht nur physisch im Bett, wie sie es zuvor schon bei anderen erlebt hatte, sondern auch mit Worten und Gefühlen. Sie fühlte sich akzeptiert und geliebt, musste ihre Ecken und Kanten nicht verbergen und empfand nie das Bedürfnis, nach der ersten nervösen Offenbarung einer jeden Macke zu versuchen, sie hinter einer vorgetäuschten Haltung zu verstecken, die die Zukunft der Beziehung so sicher wie ein Loch in einem Boot oder eine tödliche blutende Wunde zum Scheitern gebracht hätte.

Er besaß einen Hochschulabschluss in Biologie, den er im Ausland erworben hatte, und hatte es geschafft, ein verlängertes Arbeitsvisum zu erhalten, den ersten Schritt auf dem Weg zur Staatsbürgerschaft. Er jobbte in einer Autowaschanlage, um über die Runden zu kommen, und bemühte sich gleichzeitig um eine Anstellung als Pathologe oder (seine erste Wahl) auf dem wachsenden Gebiet der Molekulargenetik, dem Science-Fiction-Versprechen perfekter Nutzpflanzen und der Eliminierung von Erbkrankheiten. Sie schaute nicht auf seinen Job in der Autowaschanlage herab, vor allem, weil er überraschend gutes Geld in Form von Trinkgeldern verdiente (eine Standardwäsche kostete acht Dollar, und die Kunden rundeten für gewöhnlich auf zehn Dollar auf), und während er in der Kabine auf die Autos wartete, verbrachte er seine gesamte Zeit damit, Biochemiewerke für Experten zu studieren oder online seine Bewerbungen zu verschicken. Ein paar Mal war er schon zu Bewerbungsgesprächen eingeladen worden, und es bestand kein Zweifel daran, dass er bald seine erste Stelle in der Branche seiner Wahl finden und so die natürliche Geschichte des ehrgeizigen jungen Mannes fortsetzen und Karriere machen würde.

Sie arbeitete in einer »Unternehmensumgebung« – der Umschreibung für einen Computerbildschirm und eine Einheit in einem Großraumbüro –, ein abstrakter Job (den sie durch ihren Master in Betriebswirtschaft bekommen hatte).

Ihre »Position« innerhalb des »Organigramms« wechselte ständig, aber zu dieser Zeit war sie an der Erstellung von Tabellenkalkulationen beteiligt, in denen Anleiherenditen und Fertigungsstatistiken verfolgt und korreliert wurden. Es war befriedigend, Diskrepanzen in den Zahlenmustern zu entdecken, wie ein Polizist auf der Spur eines Hinweises, aber vieles davon war langweilig. Sie hatte ein Foto von ihm an die Bürowand geheftet.

Als sein Mietvertrag am Ende eines weiteren Jahres erneuert werden musste, beschlossen sie, dass er den grauen Wohnblock verlassen und bei ihr einziehen sollte. Ob es seine oder ihre Idee gewesen war, hätte sie nicht sagen können – sie gingen einfach stillschweigend davon aus, dass sie beisammen bleiben würden.

Sie wohnte in einem kleinen Haus, das sie dreizehn Jahre zuvor gekauft hatte, bevor die Wohnungspreise in der Stadt auf ein Niveau hochgeschnellt waren, das für durchschnittliche Arbeitnehmer unerreichbar war, auch mit doppeltem Einkommen. Schon damals hatte sie einen stolzen Preis für dieses Häuschen bezahlt, das als »leicht renovierungsbedürftig, ideal für Handwerker« angeboten wurde – ein Euphemismus für gewelltes, von Kifferglaspfeifen verbranntes Linoleum, Löcher in den Wänden und einen schmuddeligen, undichten Keller –, aber sie hatte sich die Raten von ihrem guten Gehalt abgespart und mit Fleiß und kluger Organisation ihren Betriebswirtinnen-Verstand auf die Instandsetzung verwendet. Sie hatte das Haus zu ihrer Zufriedenheit renoviert, wobei sie einen Großteil der Arbeit an Wochenenden und Abenden eigenhändig erledigt hatte. Das Obergeschoss und den Keller vermietete sie und zahlte mit Hilfe dieser Einnahmen und eines extrem sparsamen Lebensstils (keine Kinder, kein Urlaub) ihre Hypothek ab.

Sie hatte hier noch nie mit einem Mann zusammengewohnt, aus Angst davor, dass die häusliche Gemeinschaft ohne Partnerschaftsvertrag oder Ehe sie unvorsichtig werden lassen und ihre finanzielle Zukunft gefährden könnte, da die Immobilie im Grunde das einzige Vermögen war, das sie besaß. Ihr ureigener Instinkt, sich zu schützen, war stärker als alle Unannehmlichkeiten, die damit einhergingen, nämlich dass sie bei dem Mann übernachten oder ihn um vier Uhr morgens oder an einem Sonntagabend wegschicken musste. Lebte man lange genug mit einem Partner (oder einer Partnerin) zusammen, wurde daraus eine Beziehung nach dem Gewohnheitsrecht, und obwohl das Gesetz derzeit das Vermögen, mit dem man in die Beziehung ging, schützte, fürchtete sie dennoch eine Gesetzesänderung oder einen schmutzigen Prozess, bei dem das Haus oder ein Teil davon an den Ex fallen würde. Eine Art von Angreifbarkeit, zu der sie es bisher noch nie hatte kommen lassen. Nicht nachdem sie so lange so hart gearbeitet hatte, um dieses Haus zu besitzen.

In der Beziehung zu ihm hatte sie es jedoch irgendwann satt, zwischen ihrem Haus und seinem trostlosen, weit entfernten Viertel hin und her zu pendeln, die Nächte auf seiner Matratze auf dem Boden zu verbringen oder ihn nach Hause zu fahren und ihn nach langen Abschiedsküssen draußen abzusetzen – all das fühlte sich künstlich an, so albern und würdelos wie Stützräder am Rad eines erfahrenen erwachsenen Fahrers. Denn dieser Mann war anders. Hochzeit. Das Thema musste er zur Sprache bringen, sie würde es nie auch nur andeutungsweise erwähnen. Aber vorher musste sie seine Familie kennenlernen, die entscheidende Prüfung des Partners, um sicherzustellen, dass er sich gut in das eingespielte Ökosystem einfügte, das in den Zweigen des Familienstammbaums herrschte. Selbst heute, wo Paare tun, was sie wollen, existiert noch immer das Bedürfnis, die Verbindung von den Eltern absegnen zu lassen. Er musste sie auf die Insel mitnehmen, damit sie mit eigenen Augen sehen konnte, wo seine Wurzeln lagen. Und sie musste mit ihm ins Ottawa-Tal fahren, wo dieses Land gegründet worden war, am Grenzfluss zwischen französischem und englischem Teil, nah bei den Reservaten der First Nations und stromaufwärts vom Parlamentshügel, von wo aus sie alle regiert wurden. Dort, in den ländlichen Counties und kleinen Dörfern, bildeten ihre Angehörigen – Generationen von Landwirten – nicht die Minderheit, sondern praktisch die einzige Bevölkerungsgruppe. Und er war begierig darauf, das »wahre Kanada« zu sehen und »die echten Kanadier« kennenzulernen. Da war er wieder, dieser Begriff »echt«, wie damals, als er sie als »waschecht« bezeichnet hatte. Was bedeutete das? Sie erkannte, dass er von den Architekten seines kanadischen Paradieses fasziniert war, von denen, die dieses Land gegründet hatten, damit alle Guten kommen und sich versammeln und in Harmonie zusammenleben konnten.

Das Leben in der winzigen Wohnung war kein Leben. Sie wollte, dass er ein Zuhause hatte. Mit ihrem Geschäftssinn fand sie die Lösung, eine Idee, die sie ohnehin schon seit einiger Zeit im Hinterkopf gehabt hatte. Sie würde auch noch die Etage vermieten, in der sie derzeit wohnte, und das Haus zu einer Einkommensquelle machen. Mit der Miete und ihrem Gehalt könnte sie ein anderes Haus kaufen, das ihnen gemeinsam gehören würde – neutraler Boden. Er würde sich um alle Haushaltsausgaben kümmern und sie um die Abzahlung des Kredits und die Mietverwaltung; sie würden eine offizielle Vereinbarung darüber treffen, was mit der Immobilie im Fall einer Katastrophe in ihrer Beziehung, einer Trennung, geschehen sollte. (Obwohl sie in Wahrheit mit ihm kaum etwas befürchtete und allein das Vertrauen ihrer seelischen und körperlichen Verbundenheit eine größere Garantie war, als sie jedes unterzeichnete Stück Papier jemals bieten konnte, wollte sie es haben – dieses Stück Papier.)

Sechs Monate lang verbrachten sie die Wochenenden und Abende damit, sich dem quälenden Ritual des Hauskaufs auf einem Immobilienmarkt zu unterziehen, auf dem andere Paare sie als potentielle Bieterkonkurrenten genauso kritisch beäugten, wie sie die Häuser begutachteten. Zugleich wurden sie von salbungsvollen Maklerinnen und Maklern umworben, die ihnen ihre E-Mail-Adresse entlocken wollten, um sie auf eine Mailingliste zu setzen.

Sie gaben Gebote für mehrere Häuser ab, aber jedes Mal waren viele andere bereit, mehr zu zahlen. Erst im Sommer nach Donald Trumps atemberaubender Wahl zum Präsidenten der USA begann der Immobilienmarkt abzukühlen, und dann, sechs Monate später, als der erste heftige Schneefall auf die himmlische Stadt niederging, erfuhren sie zu ihrem Erstaunen, dass eines ihrer Angebote auf Anhieb Erfolg gehabt hatte.

Es handelte sich um ein freistehendes altes viktorianisches Haus ganz ähnlich wie ihr erstes, aber auf der anderen Seite der Stadt, weit westlich der Trennlinie der Yonge Street, in einer Gegend, die vor langer Zeit von Einwanderern von den Azoren besiedelt worden war. Inzwischen zogen jedoch immer mehr junge Familien dorthin, wo sie die ländlichen Spaliere mit Tomaten oder Weinreben und bleichen Marien-Statuen im Vorgarten durch dänisch-modernistische Möbel aus lackiertem Kiefernholz oder Zen-ähnlichen Beeten aus weißen Flusssteinen ersetzten.

Am Tag nach der Vertragsunterzeichnung packte er all seine Sachen in einen Chevrolet-Van, den er sich von seinem »Freund« geliehen hatte – dem serbischstämmigen Autowaschanlagenbesitzer, der einen Narren an ihm gefressen hatte und ihn mit Gerede über Franchise-Eigentum und zinsgünstige Darlehen zu einer Zukunft im Autowaschanlagengeschäft zu bewegen versuchte. Sie luden mit eiskalten Fingerspitzen im Schneetreiben aus und kicherten mit vor Kälte tauben Lippen über das verrückte Abenteuer. Drinnen machte sie ihnen heiße Schokolade mit Brandy und Marshmallows. Sein Zuhause. Ihr gemeinsames Zuhause.

Sie wanderten barfuß Hand in Hand über die nackten, knarrenden Holzböden und atmeten die Gerüche ein, die ihre Vorgänger, ein Rentnerehepaar, das nach Portugal zurückgekehrt war, hinterlassen hatten. »So viel Platz!«, staunte er. Die Portugiesen hatten typischerweise im Keller eine Küche und eine winzige Toilette eingebaut. Er lächelte sie an. »Wenn wir uns streiten, kannst du mich jederzeit runter ins Exil schicken.« Aber es gab keine ernsthaften Streitigkeiten, sondern nur die kleinen Anpassungsrangeleien aller Paare. Sie musste lernen, den Verschluss wieder auf die Zahnpastatube zu schrauben, da ihn die ausgelaufene, klebrige blaue Zahncreme auf der Ablage maßlos nervte, und er musste lernen, dass sie das dringende Bedürfnis hatte, sämtliches Geschirr abzuwaschen und gründlich aufzuräumen, bevor sie den Nachtisch vor dem Fernseher essen konnten. Erst die Arbeit, dann der sündhafte Genuss von Beeren-Crumble mit Eis oder einer Tafel Schokolade.

Sie verschwendeten keine Zeit, unterschrieben ihre Vereinbarung und begannen dann, gegen die natürliche Winterträgheit durch die frühe Dunkelheit und die strenge, energieraubende Kälte ankämpfend, mit den mühsamen, aber notwendigen Renovierungen. Sie rissen die Tapeten von den Wänden und strichen sie, entfernten die alten Küchenschränke und installierten stattdessen eine geschmackvolle neue IKEA-Küche, fliesten und verfugten die Badezimmer neu. Die Nachbarn aus der Umgebung kamen ungebeten vorbei, um sich vorzustellen, stapften in wasserdichten Stiefeln und mit tief über die Ohren gezogenen Mützen den Bürgersteig hinunter, mit kleinen Kindern auf dem einen Arm und im ausgestreckten anderen Kuchen, Torten oder einen Topf hausgemachter Suppe (immer mit der geflüsterten Bitte, ihnen den Topf wieder zurückzugeben).

»So was gibt es bei uns zu Hause nicht«, sagte er.

»Warum, was würden die Nachbarn dort tun?«, fragte sie.

»Gift ausstreuen«, sagte er. »Steine durch die Fenster werfen.«

»Na klar.«

»Nein, im Ernst.«

»Aber warum?«

»Weil du eine westliche Hure bist«, sagte er und lachte über ihren Schock. Er biss in ein Stück Schokoladenkuchen von den Nachbarn, schmatzte mit den Lippen, schüttelte den Kopf und deutete mit der glasurüberzogenen Gabel durch das Küchenfenster nach draußen auf die wirbelnden, kometenartigen weißen Schneestreifen, die sich unerbittlich auf der Harrows Avenue ansammelten. »Ich hab's dir doch gesagt – der Himmel auf Erden!«

In jenem Winter beschloss sie, ihr erstes Haus zu verkaufen – sie wollte sich von dem Ärger mit den Mietern und dem Gefühl befreien, noch mit einem Fuß in ihrem alten Leben zu stehen. Sie wollte sich ganz auf ihren neuen Mann in ihrem neuen Zuhause einlassen. Den Erlös aus dem Verkauf nutzte sie dazu, einen Teil ihrer Schulden zu tilgen, und sie beschlossen, die Zahlungen für die neue Immobilie künftig gleichmäßiger zu verteilen. Ein sauberer Start. Vielleicht war es finanziell nicht die klügste Entscheidung, aber es fühlte sich richtig an für sie, für sie beide. Geteilte Verantwortung. Sie arbeiteten den ganzen dunklen Winter hindurch hart und wurden mit den Renovierungsarbeiten gerade rechtzeitig fertig, um den Beginn des Frühlings zu genießen, der mit Macht einzog wie ein rächender heldenhafter Ritter, der das Eis und die schmutzigen Schneehügel in epischer Manier mit brennenden Lanzen aus gelbem Sonnenlicht attackierte.

Sie öffneten die Fenster und ließen die abgestandene Heizungsluft abziehen, so dass Vogelgezwitscher und die gurgelnden, tropfenden Geräusche der Frühlingsschmelze einziehen konnten. Auch dies begeisterte ihn an seiner neuen Heimat: diese Jahreszeitenwechsel, die die rauhe Kälte und die übermäßigen Schneemassen mit der späten und ersehnten Belohnung durch weiche, warme Luft und Sonnenlicht auf den Wangen kompensierten. Man wurde dadurch an das Verrinnen der Zeit erinnert und lerne, jeden Augenblick zu genießen. Doch sie runzelte die Stirn, so dass zwei steile Falten über ihrer Nasenwurzel erschienen – sie wusste das und konnte es dennoch nicht lassen. Draußen ertönte ein weiteres Zischen und lautes Platschen, verursacht vom nächsten vorbeifahrenden Auto auf der Harrows Avenue.

»Was ist denn los?«

»Schhh. Ich zähle.«

Er gesellte sich zu ihr und konzentrierte sich auf das nächste sich nähernde Fahrzeug: Ein Lastwagen, der für Saputo-Milchprodukte warb, ließ die Pfütze am Straßenrand so heftig hochspritzen, dass der traurige Fleck von einem Vorgarten durchnässt wurde, und raste dann mit krachenden Gängen und röhrendem Dieselmotor vorbei, durch dessen Vibration die dünnen Scheiben des Küchenfensters erzitterten. Als Nächstes kam ein Mercedes, aus dem finstere Hip-Hop-Sounds pumpten, ein Refrain, in dem alle naslang das tabuisierte, rassistische Unwort »Nigger« sowie die ebenso hässliche weibliche Entsprechung »Bitch« vorkamen. Als Nächstes tuckerte ein Kleintransporter vorbei, zu langsam für den Toyota hinter ihm, der daraufhin ein Morsecode-ähnliches Hupkonzert anstimmte, nervtötender als jedes Hundegebell oder Fingernägel auf der Kreidetafel, während als Reaktion darauf irgendwo weiter hinten in der Fahrzeugschlange auch ein Ford-Pickup zu hupen begann. Die Prozession zog allmählich vorbei. Nach einer kurzen Pause folgte ein weiterer Lieferwagen, beladen mit blauen Kanistern voll Quellwasser, der so schnell fuhr, dass sein mächtiger Sog die Bäume mit ihren schwarzen, vom Winter misshandelten Gliedern flattern ließ wie große Vögel, die vergeblich versuchten, sich in die Luft zur erheben. Danach folgten ein Ford Neon und dann ein unheimlich brummender, elektrischer Tesla mit seinem grünen Nummernschild und dann ein Porsche suv und dann drei grüne und orangefarbene Taxis hintereinander und dann … andere, viele andere. Immer wieder neue.

»Bestimmt gibt es irgendwo eine Umleitung, eine Baustelle«, mutmaßte sie.

Er machte sich allein auf den Weg, um zu ermitteln. Sie lehnte es ab, ihn zu begleiten – irgendwo im Inneren spürte sie bereits, dass etwas Schlimmes sich zu entfalten begann. Es war ein Bauchgefühl jenseits der Logik, das unfehlbar zu einem intuitiven Begreifen wurde. Ihre Stirn schlug bereits Falten und spiegelte damit die Emotionen in ihrem Inneren wider, noch bevor sie sie bewusst analysiert hatte.

Als er wieder hereinkam, lag ein sanftes, bedauerndes Lächeln auf seinem Gesicht, doch er schüttelte den Kopf. »Keine Straßenbauarbeiten, weit und breit keine Baustelle.« Dann legte er den Arm um sie und versuchte, die hässliche Grimasse buchstäblich aus ihrer Miene zu quetschen. »Aber die Gegend ist wunderbar! So schöne alte Bäume.

Und Häuser ohne Mauern, alle sagen hallo und fragen dich, wie es dir geht ...«

Angst.

Ein fauliges Loch im Darm. Und der Eiter der Schuld quoll heraus und brütete eine Art Fieber aus, das ihr den Schlaf, die Behaglichkeit raubte. All das investierte Geld, ihre gesamten Ersparnisse, die an schwankende Zinssätze gebunden waren, und noch etwas anderes – dieses Haus als Symbol für das, was er und sie zusammen hatten. Eine Oase, eine Insel, ein ruhiges und verlässliches Zentrum. Dass all dies bedroht wurde, hieß, von einem Strudel erfasst zu sein, wo es nichts anderes als festen Boden hätte geben sollen.

Sie versuchte, sich zu beschäftigen. Ihr wurde nun klar, dass sie den ganzen Winter hinter dämpfendem Schnee und fest verriegelten Fenstern eingeschlossen gewesen waren und selbst Renovierungslärm verursacht (und aus dem Radio entweder ihr Klassik-Rock dröhnte oder eine seiner CDs mit dem schrillen, klimpernden Ethno-Pop von zu Hause) und bis spät in die Nacht gearbeitet hatten, so dass sie erschöpft ins Bett gefallen waren. Erst jetzt, als sich die dunkle, drückende Last des Winters von ihren Schultern hob und ihre eigene Geräuschkulisse verstummt war – nachdem sie die Scheuklappen abgenommen und die Ohrstöpsel herausgezogen hatte –, wurde ihr das Ausmaß ihres Fehlers bewusst: Sie hatte es versäumt, die Verkehrssituation auf der Straße draußen zu berücksichtigen. Ihr wurde klar, dass dies der Grund dafür war, dass sie das Haus zu dem Preis bekommen hatten und sie nicht wie bei den anderen überboten worden waren. Niemand wollte an einer so belebten Straße leben – nicht für diesen Preis.

Keine Panik, sagte sie sich.

In den folgenden Wochen klärte sich die Situation in vollem Umfang. Die Harrows Avenue hatte – auf ganzer Länge, nicht nur auf ihrem Abschnitt – eine Fahrspur für jede Richtung. Darüber hinaus verband sie ein Einkaufszentrum im Osten mit einer Hauptverkehrsader im Westen, und ihr Haus lag auf halbem Weg dazwischen. Sie war blind davon ausgegangen, dass die Harrows den neunundneunzig Prozent der Straßen in den Wohngebieten im Stadtzentrum Torontos entsprechen würde (auch der vor ihrem alten Haus im Osten) und verkehrsberuhigt war durch offizielle Regeln, die fremde Fahrzeuge auf die Hauptverkehrsadern drängten, wo sie hingehörten. Hauptsächlich griff die Stadt dabei auf Einbahnstraßen zurück, so dass die Wohnviertel Labyrinthen mit widersprüchlichen Richtungen glichen, die für Fahrer von außerhalb der reinste Alptraum waren. Auf diese Weise konnten die Anwohner, die die hohen Grundstückssteuern bezahlten und ein Vermögen investierten, um in der Innenstadt zu leben, sicher sein, dass sie nicht von Verkehrslärm belästigt wurden.

Das galt jedoch nicht für die Harrows Avenue. Eine der wenigen Ausnahmen. Irgendeine Panne in der Vergangenheit, irgendein Planungsversehen oder ein städtischer Fauxpas hatte sie aus der allgemeinen Politik ausgeklammert – sie war nicht nur keine Einbahnstraße, sondern auch eine entscheidende Verbindungsader und bildete eine Abkürzung, wie ein Grashalm über einer Pfütze zwischen zwei Ameisenkolonnen. Und wie eine Ameise hatte der unaufhörliche Verkehr die Brücke ertastet und erschnüffelt und schwärmte nun fröhlich in unaufhörlichen Clustern über sie hinweg. Die Kunden des großen Einkaufszentrums auf ihrem Hin- und Rückweg. Die Taxifahrer, spät dran für das Gebet in der örtlichen Moschee. Die Mütter in SUVs, die beim Herumkutschieren ihrer Kinder ein paar Minuten einsparen konnten.

Was für eine freudige Erleichterung es für sie sein musste, wenn sie sich von der College oder der Dundas Street oder einer anderen verstopften Hauptschlagader absetzen und stattdessen in Freiheit durch die grünen, schattigen Wohngebiete kreuzen konnten. Nichts als hübsche Häuser und Vorgärten rechts und links und nur ein paar Fahrbahnschwellen und Stoppschilder, die man getrost ignorieren konnte, da die Polizei dort nie patrouillierte, die Höchstgeschwindigkeit von 40 kmh und das Verbot von Lastwagen nichts als ein trauriger Witz. Und so braisten Tag und Nacht die Autos mit sechzig oder fünfundsiebzig Sachen an ihrem Haus vorbei und beschleunigten nach den Bodenwellen wie beim Start eines Dragster-Rennens; schwere Lieferwagen verhöhnten mit ihren zischenden Druckluftbremsen und schleifenden Getrieben das Schild mit dem Bild eines durchgestrichenen Lastwagens.

Nicht nur die Frühlingsluft drang aus der Außenwelt in die versiegelte Oase ihres neuen Zuhauses ein und zeigte ihr das Ausmaß des Problems: ihre abgrundtiefe Naivität als dämliche Käuferin einer Immobilie, die rund um die Uhr von einer giftiges Kohlenmonoxid furzenden Blechlawine belagert wurde. Zusätzlich machte sie eine Schrulle des menschlichen Gehirns, das, nachdem es einmal etwas bemerkt und als Problem erkannt hat, darauf fixiert bleibt auf jedes Fahrzeuggeräusch aufmerksam, das sie vorher überhört hatte. Sie hatte den Garten Eden ihrer Unwissenheit verloren, indem sie in die Wissensfrucht biss, die ihr ihre missliche Lage verriet. Nun löste jedes vorbeifahrende Fahrzeug gleichsam eine Sirene in ihrem Nervensystem aus, die Kaskaden von Schuldgefühlen und Selbsthass verursachte. Blöde Kuh! Idiotin! Versagerin! Sie hätte dem geschenkten Gaul ins Maul schauen sollen, dann hätte sie die verfaulten Backenzähne hinten gesehen …

Er tat alles, was von guten »Partner:innen« erwartet wurde – ein Wort für Noch-nicht-Ehegatte und Nicht-Nur-Freund:in, das aus der kommerziellen Arbeitswelt mit all ihren faden und bürokratischen Untertönen stammte, dieser allzu bevormundenden Sprache –, und bot »Unterstützung« in Form von vernünftigen Monologen darüber an, dass es doch nicht so schlimm sei und dass es ihr bald schon gelingen würde, die Geräusche wieder auszublenden. Er – als Migrant von seiner »kaputten« Insel, wo Schweine im Schatten unter den Stelzenhäusern im Dreck grunzten und ein sauberes Zimmer mit weißen Fliesen ein Luxus für die Reichen war, ganz zu schweigen von der Klimaanlage, er, der die letzten Jahre in seiner unmöblierten ungemütlichen Wohnung mit Blick auf die Autobahn verbracht hatte (apropos endloser Verkehr!), wo es Kakerlaken unter der Spüle und Rattenkot in den Ecken gegeben hatte, in denen Rohre aus den Wänden ragten; wo er Nachbarn oben und unten und auf beiden Seiten tolerieren musste, die sich zu jeder Stunde in verschiedensten Sprachen (europäischen, afrikanischen, asiatischen und südamerikanischen) zankten, mit einem Chor von kreischenden Kindern und trampelnden Füßen, mit ihren Gewürzdüften, die ihm in der Nase stachen und endlosem Fernsehgebrüll –, *er* war von den Fahrzeugen draußen gänzlich unbeeindruckt. In der Tat war er immer noch sehr verliebt in das neue Haus und das Viertel, in dem man zu Fuß gehen konnte, wenn man eine Tüte Milch oder ein gutes Baguette kaufen wollte, anstatt erst fünfzehn Stockwerke hinabsteigen und dann den Bus nehmen zu müssen. Er liebte die Gärten mit ihren Frühlingsblumen, die jetzt zum Leben erwachten, und die Art, wie Nachbarn, die mit Hunden spazieren gingen, Kinder zur Schule brachten oder mit dem Fahrrad zur Arbeit fuhren, ihn mit einem Lächeln und einem herzlichen, lauten »Wie geht's?« grüßten.

Er redete ihr gut zu, dass sie sich wieder an den Verkehr gewöhnen werde und aufhören müsse, ständig darüber nachzudenken. Aber das konnte sie nicht. Sie lag nachts wach und hörte den brummenden Motoren zu, die für sie wie das höhnische Glucksen eines Gewalttäters klangen, der ungestraft immer wieder ihren Frieden und ihre Ruhe schändete. Es war die Ungerechtigkeit des Ganzen, die ihr am meisten zusetzte. Warum sollten sie beide – er und sie, ein hart arbeitendes, gesetzestreues Paar – die Einzigen sein, die an einer zweispurigen Straße leben mussten, wenn alle anderen das Recht auf eine Einbahnstraße hatten? Zahlte sie nicht genauso ihre Steuern wie sie, besaß sie nicht die gleichen Bürgerrechte? *Caveat emptor* lautete der Rechtsgrundsatz: Möge der Käufer sich in Acht nehmen. In Toronto kannte ihn jedes Kind. Schon Achtjährige wussten, dass Werbespots voller Lügen sind.

Er kam auf die Idee, in Erwiderung der herzlichen Willkommensgrüße und Leckereien, die sie im Winter erhalten hatten, eine Party für die Nachbarn zu schmeißen, und zwar nicht nur um sich zu revanchieren, sondern auch um ihre selbst durchgeführten Renovierungen zu zeigen. Sie ging von Tür zu Tür, allein, weil sie mehr Freizeit hatte als er (der immer noch nach Arbeit suchte und zwölfstündige Schichten in der Autowaschanlage schob). Als sie so zu Fuß unterwegs war, fand sie heraus, dass ihre Harrows Avenue im Vergleich zu den Einbahnstraßen, die einander gegenüber endeten, endlos weiterging. Sie stellte fest, dass Einbahnstraßen von beiden Seiten in die Harrows einmündeten, man jedoch wegen der Fahrtrichtung in keine abbiegen konnte. Es war schlimmer, als sie gedacht hatte, und setzte dem Ganzen noch die Krone auf: Nicht nur wurden sie nicht durch Einbahnstraßen geschützt, sondern die ganze Gegend lenkte aktiv noch zusätzlichen Verkehr auf ihre Straße, wie bei einer Drückjagd.

Sie ging die Harrows Avenue in ihrer gesamten Länge ab und absolvierte systematisch ihre Besuche. Dafür benötigte sie die Wochenenden von zwei ganzen Monaten. Fuhr man an den Häusern vorbei, kam es einem so vor, als seien es nur ein paar, aber wenn man an jedem einzelnen anhielt, erkannte man, wie viele es waren. Und bei jedem einzelnen musste sie sich wappnen, um den gefühlt ewig langen Weg vom Bürgersteig bis zur Haustür zurückzulegen und dabei gegen ihre kanadische Natur anzukämpfen, die auf Toleranz und gute Manieren (die ihrerseits in langen Wintern aus der Not der Enge heraus geboren worden waren) geprägt war. Es galt, andere Leute nach Möglichkeit nicht zu stören, allen ihren Platz einzuräumen, höflich zu sein oder, noch wichtiger, *niemals unhöflich* zu sein.

Sie entdeckte, dass die Allee hauptsächlich von Häusern gesäumt wurde, die in einem ähnlichen Zustand waren wie ihres beim Kauf. Sie waren jedoch größer (schmale Giebel und Queen-Anne-Stil, einst pompös, jetzt heruntergekommen). Aufgrund des Durcheinanders von Türklingeln und mehreren Briefkästen, angeketteten Fahrrädern und blassen, zifferblattähnlichen Kreisen der separaten Stromzähler an den Außenwänden schlussfolgerte sie, dass diese Häuser in Mieteinheiten unterteilt waren. In der Regel lebten die Besitzer nicht darin, was den tristen Schmutz, die abblätternde Farbe und etliche nötige Reparaturen erklärte. Popsongs schallten leise von den Balkonen im hinteren Teil des Hauses, und oft musste sie mehrere Türklingeln betätigen, um trotz Lebenszeichen im Inneren eine Reaktion zu erhalten. Manchmal erschien ein Gesicht an der Tür, manchmal rief jemand etwas von oben. Junge Gesichter über tätowierten Körpern. Studierende? Leute, die im Einkaufszentrum arbeiteten? Nein, ich wohne nicht hier, ich bin nur ein Freund von Cam oder Sarah oder Jackie. Ab und zu hatte sie das zweifelhafte Glück, auf tatsächliche Besitzer zu stoßen. Ein altes vietnamesisches Ehepaar mit einem Gemüsegarten vor dem Haus, der mit einem Aufbau von Eimern und Töpfen ausgestattet war, blaffte sie an, von ihrem Grundstück zu verschwinden, sonst würden sie die Polizei rufen. Eine freundliche jamaikanische Dame lud sie ein, sich auf eine Tasse Tee zu ihr auf ihre Veranda zu setzen, begann dann aber von Spionen der Regierung

zu sprechen, die sie festnehmen wollten, bis eine Krankenschwester kam und sie ins Haus holte.

Erst als sie die Harrows verließ und in die Matrix der
Einbahnstraßen auf beiden Seiten eindrang, die alle buko-
lische, mit Wasser verbundene Namen trugen (Willow,
Lillypad, Pond, Canal), traf sie auf die gepflegten Häuser
der jungen Familien, die ihnen im Winter die Geschenke
vorbeigebracht hatten. Hier spielten die Kinder Straßen-
hockey, und die Nachbarn saßen mit Laptops auf ihren Veranden oder werkelten in ihren makellosen Vorgärten mit
Baumscheren und Gummihandschuhen und führten Gespräche mit Passanten oder jemandem auf der gegenüber-
liegenden Veranda. Hier gab es Katzen mit fein gebürs-
tetem Fell, die sich träge an Beine schmiegten, und kleine
Spielzeughäuschen mit schrägen Dächern, die mit Büchern
gefüllt waren (kostenlose Bibliotheken für Passanten),
während auf Schildern Parolen für einen fairen Mindest-
lohn, für die Aufnahme von Flüchtlingen und gegen die
Durchführung von Ölpipeline-Projekten plädierten. Bei
den Sachen zum Mitnehmen auf dem Bürgersteig, die die
alten, faltigen, chinesisch aussehenden Frauen und Männer
in ihren klappernden Trolleys mitnahmen, in denen sie
auch Pfandflaschen sammelten, bemerkte sie unter anderem dicke Stapel von Inneneinrichtungsmagazinen sowie
schicke Kaffeekocher, die nicht mehr gebraucht wurden,
alte Mikrowellen, Telefone, Drucker, Scanner und Fernseher. Auf den Klebezetteln stand: *Zum Mitnehmen* oder
Bitte bedient euch.

Die Fülle des Himmels.

Es fiel ihr nicht schwer, in diesen Einbahnstraßen die

Einladung zu einer Einweihungsparty zu verbreiten. Sie hatten sich für einen Samstagabend entschieden und waren ganz nervös, weil sie einen guten Eindruck machen wollten, obwohl sie sich gegenseitig versicherten, dass das nicht wichtig sei. Sie stellten einen Tisch für Spirituosen und Snacks, Bier und Wein auf, die die Gäste mitbringen würden. Sie hatte es ihm überlassen, die Playlist zusammenzustellen, und wurde mit Komplimenten für seine Auswahl belohnt. Die Neuartigkeit der Musik seiner Insel wurde mit dem respektvollen Kopfnicken der Torontoer quittiert, die daran gewöhnt waren, die kulturelle und kulinarische Exotik ferner Länder zu schätzen. Er war es auch, der versuchsweise das Verkehrsproblem zur Sprache brachte und sie damit überraschte, während sie im Wohnzimmer, das zum Tanzen ausgeräumt war, bei gedämpftem Licht und flackernden Kerzen die Dessertkuchen und den Kaffee hinstellte.

»… es hört nie auf und ist wirklich deprimierend für sie«, hörte sie ihn zu einer Gruppe von Gästen sagen. »Das ist der einzige Nachteil hier … mich stört es nicht so sehr, aber ich sage dir, Mann, ihr ruiniert es praktisch das ganze Leben.«

Er war vom Alkohol entspannt und hemmungslos vertrauensvoll. Sie tat so, als hätte sie nichts gehört, errötete aber vor kribbelnder Verlegenheit. Doch sie blieb, wo sie war, und hantierte mit den Tellern herum.

»Oh, das ist schrecklich!«, rief die koreanische Frau des schlaksigen Burschen aus Guyana. Beide waren im medizinischen Sektor tätig; er als Onkologe, sie forschte im Kinderkrankenhaus.

»Ich hatte keine Ahnung, dass es so schlimm ist«, sagte der glatzköpfige Versicherungsmakler, während sich seine erdbeerblonde Frau mit der durch eine misslungene Schönheitsoperation seltsam gedehnten Stirn vorbeugte und mit der Zunge schnalzte.

Ihre Verlegenheit nahm noch zu, als die immer größer werdende Gruppe feststellte, dass sie in ihrer Nähe stand. Sie lächelte im Scheinwerferlicht ihrer Aufmerksamkeit. Ihr blieb nichts anderes übrig, als etwas zu sagen. Andere traten hinzu. Der Zahnarzt mit der Architektin, das Paar, das sozialistische Dokumentarfilme in Eigenregie drehte, wenn es nicht gerade an großen Studioprojekten im Norden Hollywoods arbeitete. Das schwule Paar, dem die Steinofen-Pizzeria in der King Street gehörte.

Sie versuchte ruhig zu sprechen, indem sie die Situation rational darlegte, aber auch sie war vom Alkohol enthemmt, so dass die Emotionen heiß in ihr emporsprudelten und sie für einen Moment den Zeigefinger gegen die Oberlippe drücken und den Blick senken musste, was eine unbehagliche Stille herbeiführte, die zufällig mit einer Pause zwischen den Musikstücken zusammenfiel. Doch der schlaksige Guyaner durchbrach sie, indem er ihr einen seiner langen Arme um die Schultern legte und mit tiefer Stimme rief: »Wir werden dem ein Ende setzen!«

Seine koreanische Frau schlug in ihrer leicht überdrehten Art (Stimme zu laut, Gesten opernhaft) vor, jetzt sofort nach draußen zu marschieren und eine Barrikade im Stil der Revolution zu errichten. Sie in Brand zu setzen. Die Filmemacher lachten zynisch und erwiderten, dass die Kanadier von Natur aus zu jeder Art von Protest unfähig seien, ganz zu schweigen von der gewalttätigen Variante – wir tun, was man uns sagt, wir sind zahm wie Haustiere. Das führte zu einem Witz über einen Kanadier, der zu einem Einbrecher in seinem Haus sagt: »Entschuldigen Sie bitte die Störung. Kann ich Ihnen etwas anbieten?« Lachend folgten sie dem Versicherungsmakler ans Fenster, wo sie die Jalousien hochzogen und vorbeifahrende Fahrzeuge zählten – es waren wirklich viele, die grellen Scheinwerfer erhellten den Raum.

»Sie sollten einen Ausschuss zusammenstellen«, schlug die Anwältin aus der Bay Street nüchtern vor. Ihr Ehemann, der zu Hause für die drei Söhne zuständig war, pflichtete ihr bei.

Man klopfte ihr auf die Schultern, versprach ihr Unterstützung. »Ihr seid jetzt Teil unserer Gemeinschaft«, sagte die Innenarchitektin.

Später im Bett weinte sie. Ihre Emotionen brachen sich Bahn, sie war überwältigt davon, dass endlich echte Hoffnung geboten wurde – der erste Silberstreif am Horizont. »Siehst du«, sagte er und streichelte sie. »Ich habe dir doch gesagt, es ist der Himmel.«

Sie begannen, sich regelmäßig im Haus des Versicherungsmaklers und der (missglückt) operierten Ehefrau zu treffen, die keinen Beruf hatte und für die Gruppe Brownies backte. Obwohl das Haus nicht an der Harrows Avenue lag, unterstützten sie voll und ganz die Forderung, dass diese denselben Einbahnstraßenstatus erhalten sollte, den sie in der Pond Street genossen. Ebenso reagierten die anderen Paare, die (neben den Stammgästen) kamen und gingen und alle Anwohner der nahegelegenen Einbahnstraßen waren: die Anwältin aus der Bay Street, die mit ihrer ruhigen Autorität sprach, der pensionierte Lehrer, der Physiotherapeut mit dem Kristallarmband, die Filmleute. Alle waren sich einig, wie hässlich der moderne Verkehr war, wie viel besser es der Erde ohne Autos ginge und dass alle Fahrrad fahren und Ökostrom beziehen sollten, um die Umwelt vor einer Klimakatastrophe und ihre Lungen vor Verschmutzung zu retten.

Der Strategie der Anwältin entsprechend bestand ihr erster Schritt darin, mit dem örtlichen Stadtrat Kontakt aufzunehmen, der zufällig aufgrund seines Alters (er war einer der jüngsten jemals gewählten Stadträte) und seiner Herkunft berühmter war als andere Stadträte – ein junger schwarzer Muslim, Sohn einer alleinerziehenden Mutter und in einer Sozialwohnung aufgewachsen, der wegen Körperverletzung im Gefängnis gesessen hatte, bevor er sich erfolgreich der Kommunalpolitik zuwandte. Er war für seinen extravaganten, charismatischen Sprachstil bekannt, der ihn häufig in die Nachrichten brachte, wo er sich zu allgemeineren aktuellen Themen äußerte, insbesondere zu Einwanderung und Geflüchteten. Offensichtlich strebte er eine Karriere in der Provinz-, vielleicht sogar eines Tages in der Bundespolitik an, ein zukünftiger Liebling der sozialistischen Linken.

Die Reduzierung des motorisierten Verkehrs (nicht des Fahrradverkehrs!) ist eine Sache der Linken – das war der Ansatz, den sie gegenüber seinem Büro verfolgte (der Mann des Volkes war nicht leicht zu erreichen, geschützt durch eine Phalanx von Sekretärinnen, eine für die Anrufe, eine für die E-Mails), und schließlich erwirkte sie ein Treffen. Es fand in einem italienischen Café statt, und sie musste warten, bis sie an der Reihe war, fünf Minuten Audienz, wie eine Bittstellerin beim Papst oder bei einem Ayatollah. Während sie sprach, hämmerte er mit den Daumen auf seinen Blackberry ein, verschickte sms oder spielte ein Videospiel, schwer zu sagen, und er redete nicht so wie im Fernsehen, lächelnd, sein weißes Gebiss entblößt und mit häufigem tiefem Glucksen, das ihn sympathisch wirken ließ, sondern schnippisch, fast offen feindselig. Er fragte sie, was sie eigentlich erreichen wolle?

Erst als sie die Worte »Nachbarschaftskomitee, dessen Vorsitz ich innehabe« gebrauchte, merkte er auf und hörte ihr richtig zu. In dem Moment verstand sie den berechnenden politischen Geist des Menschen, der ihr gegenübersaß. Es ging nicht nur um sie, irgendeine verärgerte Hauseigentümerin, sondern sie vertrat viele – alles potentielle Wählerstimmen. Er riet ihr, sie solle sich Unterstützung schwarz auf weiß mittels einer Petition einholen. Er nannte ihr auch den Namen des richtigen Ansprechpartners im Straßenverkehrsamt.

»Diese Petition – wer soll die unterschreiben?« Sie dachte an all die Häuser an der Harrows Avenue, an die Mühe, die erforderlich war, um von Tür zu Tür zu gehen, noch ein zweites Mal.

»Versuchen Sie, alle Bewohner auf Ihre Seite zu bekommen«, sagte er, »wenn Sie können.«

»Und die anderen Straßen in der Nachbarschaft?«

Er zuckte mit den Schultern. »Wenn Sie mehr bekommen können, ist das großartig. Aber wir reden über eine Änderung der Harrows Avenue, richtig? Nur der Harrows.«

»Richtig.«

»Dann brauchen Sie für Ihre Petition nur die Anwohner der Harrows Avenue.«

»Gut. Und was dann?«

»Dann werden wir eine Sitzung abhalten, um die nächste Phase einzuleiten. Aber sprechen Sie zuerst mit den Leuten beim Straßenverkehrsamt.«

Das Amt überraschte sie mit seiner schnellen Reaktion. Man bot an, eine Verkehrsstudie durchzuführen, um genau zu ermitteln, wie viele Fahrzeuge die Avenue benutzten. Bald wurden Gummischläuche, die an grauen Schalterkästen befestigt waren, über den Asphalt gelegt und zwei Wochen lang dort belassen. Zu gegebener Zeit wurde festgestellt, dass alle vierundzwanzig Stunden sechs- bis achttausend Fahrzeuge die Harrows Avenue befuhren.

Sie war so glücklich, dass sie hätte tanzen können! »Da haben wir's! Harte Fakten. Jetzt müssen sie etwas unternehmen! Diese Zahlen sind doch der Wahnsinn!«

Die logische Folge konnte nur die Umwandlung der Harrows in eine Einbahnstraße sein, aber da irrte sie sich.

Das Straßenverkehrsamt informierte sie darüber, dass die Harrows Avenue tatsächlich als Sammelstraße konzipiert war: ein Verkehrsweg, der eine Anliegerstraße mit einer Hauptverkehrsstraße verbindet. Für eine Sammelstraße lagen achttausend Fahrzeuge pro Tag innerhalb der Toleranzgrenze.

»Aber es ist eine Wohnstraße«, erwiderte sie am Telefon und in E-Mails. »Es ist eindeutig eine Anliegerstraße.« Die Mitarbeiter des Straßenverkehrsamts waren verständnisvoll, konnten aber nichts tun – die Bezeichnung stand in den Rechtsdokumenten, und selbst wenn es zutreffen sollte, dass die Straße eng und von Häusern gesäumt war, reichten die empirischen Fakten vor Ort nicht aus, um die Kategorisierung zu ändern, die ein halbes Jahrhundert zuvor mit der ganzen Kraft des bis heute »verbindlichen« Rechts getroffen worden war. Zum ersten Mal dachte sie über die Wurzel des Begriffs »verbindlich« nach.

Der Verkehrsausschuss im Haus des Versicherungsvertreters machte ihr wieder Mut. Sie (die Anwohner in den Einbahnstraßen mit den Wassernamen, mit ihren gepflegten Katzen und Hecken, ihren schicken ausrangierten Kaffeekochern und den trendigen Protestschildern) standen alle hinter ihr, und das erfüllte sie mit Entschlossenheit. Geh los und sammle Unterschriften, sagten sie. Stell die Petition fertig und mach damit weiter. Allerdings waren sie selbst bedauerlicherweise nicht in der Lage, bei der eigentlichen Laufarbeit zu helfen, dem trostlosen Trott von Tür zu Tür, von Mieteinheit zu Mieteinheit, dem Versuch, apathische junge Leute zu überzeugen oder abwesende Vermieter zu erreichen … zumindest boten sie ihr moralische Unterstützung (wobei sie die selbstgebackenen Brownies aßen und den importierten, gut gerösteten Kaffee tranken) und verbreiteten ihre E-Mails untereinander.

Monate geduldiger Arbeit waren nötig, bis sie die ganze Straße abgeklappert hatte, wobei sie nicht nur die Wochenenden opferte, sondern auch abends loszog, wenn sie so müde von der Arbeit war, dass sie eigentlich nur noch ihr Gehirn vor dem Fernseher auf Leerlauf stellen wollte. Aber das Röcheln und Husten des anhaltenden Verkehrs, wie ein bedrohliches Symptom einer schrecklichen Krankheit, war immer da, um sie anzuspornen.

Entschlossenheit. Harte Arbeit. Das war in ihren Farmer-Siedler-Genen verankert. Wie in dem Lieblingsspruch ihres Großvaters: »Nichts Gutes ist jemals ohne Schmerzen gewachsen.«

Das alles führte zu einer gewissen Entfremdung zwischen ihr und ihrem Partner, als lebten sie in zwei verschiedenen Ländern – er verbrachte seine Zeit in der Autowaschanlage und mit der Vorbereitung auf die Bewerbungsgespräche, während sie, wenn sie nicht gerade mit der Unterschriftensammlung beschäftigt war, ihren Unternehmergeist auf Internet-Recherchen verwendete, das Herunterladen von Verkehrsdaten und das Lesen in den Foren anderer Betroffener in anderen Städten, die erfolgreich für das Recht auf relative Ruhe gekämpft hatten.

Sie blickte jedoch jedes Mal auf, wenn er seinen Anzug mit den breiten Schultern trug – seine Bewerbungsgesprächs-Uniform. »Wie ist es gelaufen?«

»Sehr gut! Sie haben gesagt, sie fänden mich toll. Das haben sie wortwörtlich gesagt! Und sie haben immer wieder betont, dass es sie sehr beeindruckt, wie weit ich gekommen bin, wenn man bedenkt, wo ich angefangen habe …«

Aber dann der unvermeidliche Brief zwei Wochen später. Zwei oder drei Sätze, um das eine lebenswichtige Wort auszudrücken – Nein, ohne Angabe von Gründen und im passenden Juristenenglisch, das Schuld oder Haftung ausschloss, in der feigen diplomatischen Sprache der Gerichte und der Politik.

»Ich verstehe das nicht«, sagte er dann jedes Mal. »Warum haben sie mich beim Vorstellungsgespräch so gelobt, wenn ich für die Position gar nicht geeignet bin?«

Die »Position« – weiterer Jargon, den er aufgepickt hatte. Als wäre jeder Job eine Rolle im Theater, und vielleicht war das heutzutage auch so, wo Firmen von ihren Mitarbeitern verlangten, dass sie ihre Verhaltenskodizes und Wertesysteme akzeptierten und über die Arbeitszeit hinaus ein Verhalten zeigten, das für das gewinnorientierte Unternehmen nützlich war. Ein so lächerlicher und menschlich unmöglicher Standard konnte nichts anderes als eine Maske, eine öffentliche Pose sein – die Definition einer vorgetäuschten Rolle.

Sie riet ihm, geduldig zu sein, und ihre eigene Geduld zahlte sich gerade jetzt in Form einer fertig ausgefüllten Petition aus – fast jedes einzelne Haus (!) an der Harrows Avenue stand inzwischen darauf –, und es wurde wieder Zeit, sich mit dem Büro des Stadtrats in Verbindung zu setzen. Es dauerte mehrere Wochen, bis ein weiteres Treffen zustande kam (diesmal in einer somalischen Shisha-Lounge), und nachdem er mit langem Gesicht und trauriger Miene die Petition überflogen hatte, grunzte er und sagte: »Okay. Treffen wir uns alle mit meinem Ansprechpartner vom Straßenverkehrsamt. Dann sehen wir weiter.«

»Alle?«

»Alle, die die Harrows-Petition unterschrieben haben.«

»Aber das verstehe ich nicht. Sie haben doch schon alle unterschrieben.«

»Dann sollten sie auch kein Problem damit haben, aufzutauchen.«

Da wurde ihr klar, dass der Politiker die Menschen hinter den Unterschriften sehen wollte. Er wollte die Gelegenheit haben, ihnen die Hand zu schütteln, sich in ihr Leben einzumischen und so seine Wählerbasis für die Zukunft aufzubauen. Um ihr Politiker zu sein – ihr Retter.

Ihre Helfer bei der wöchentlichen Sitzung des Verkehrsausschusses in der Pond Street mit Gebäck und Kaffee waren voll des ekstatischen Lobes für sie. Sie hatte es geschafft, sie hatte sich durchgesetzt! Von einer Sitzung im Rathaus war es nur noch ein kleiner Schritt bis zur Änderung der Straßenkategorie und hin zur Einbahnstraße, die sie sich so verdient hatte. Ein befreundeter Grafikdesigner entwarf rasch (kostenlos) ein Flugblatt mit einer Ankündigung des Treffens, und alle trugen zum Verfassen des Textes bei und versprachen, beim Verteilen zu helfen. Vor lauter Dankbarkeit für ihre Unterstützung kamen ihr fast schon wieder die Tränen, wie an jenem ersten Abend, als neue Hoffnung in ihr aufgekeimt war. »Ihr seid die Besten!«, sagte sie zu ihnen. »Ihr seid Engel.« Das sind ja schließlich die Wesen, die den Himmel bewohnen.

Während die Ankündigung der Sitzung verteilt wurde, erhielt ihr Partner erneut drei Absagen. Sie fand ihn im selbstgewählten Exil unten im Keller-mit-Küche, ein Molson Canadian in der Hand und zwei leere Flaschen auf der Anrichte vor ihm. Er erzählte ihr, dass er heute schon wieder bei einem Bewerbungsgespräch gewesen sei und man ihn erneut derart gelobt und ermutigt hatte, dass er vor lauter Optimismus zur Feier des Tages ein vorbeifahrendes Taxi angehalten habe, anstatt eine halbe Stunde auf eine überfüllte Straßenbahn zu warten.

»Das klingt ja großartig!«, sagte sie.

Doch er trank noch einen Schluck Bier und sprach mit der gleichen deprimierten Stimme weiter wie zuvor, ohne sie anzusehen. Der Fahrer war so gesprächig gewesen, wie es für die hiesigen Taxifahrer typisch zu sein schien, und vom Aussehen her hätte er aus seiner Heimat stammen können. Tatsächlich – typischer Toronto-Zufall – kam er von derselben Insel wie er, wenn auch aus einer anderen Gegend und einer rivalisierenden ethnischen Gruppe – - einer, die für brutale Angriffe auf sein eigenes Volk verantwortlich war; und doch grinsten sie sich auf dem neutralen Boden eines neuen Lebens in der Multikultur Torontos an und lachten. Sie empfanden eine Wir-gegen-die-anderen-Kameradschaft, basierend auf Sprache und gemeinsamer Heimat, auf nostalgischem Wissen über Speisen, Lieder und Wetter, tief unter der Haut – und so wurden die ethnischen Konflikte beiseite gewischt, kaum erwähnt und sogar überkompensiert, als sie miteinander plauderten wie zwei Brüder, die sich lange nicht gesehen hatten.

Doch jetzt, zu Hause, sagte er mit finsterem Gesicht: »Weißt du, was dieser Mann mir erzählt hat? Er sagte, er habe einen Doktortitel, fahre aber schon seit neun Jahren Taxi. Neun Jahre! Ich habe ihm von meinem Vorstellungsgespräch erzählt« – seine erregte Karatehand fuhr durch die Luft, in der anderen hielt er das Bier –, »und da hat er gelacht und gesagt, vorne lächeln sie dir ins Gesicht, und von hinten stechen sie dir das Messer in den Rücken, so ist das hier. Und dann hat er einen Ausdruck benutzt, den wir zu Hause verwenden. *Die Hunde bellen die Wäsche an.* Das bedeutet, dass nur Hunde dumm genug sind, an der Leine flatternde Kleidung für echte Menschen zu halten. Es bedeutet, ich wurde reingelegt, für dumm verkauft, betrogen!«

Sie nannte ihn beim Namen und versuchte, sein ausdrucksloses Gesicht zu berühren, aber er wehrte sie ab.

Am nächsten Morgen bat er sie, zu vergessen, was er gesagt habe. Es sei ein Ausrutscher gewesen. Es würde nicht wieder vorkommen. Er dürfe nie vergessen, wie es zu Hause war, und die Sünde begehen, sich über den Himmel zu beklagen. Besonders nicht wegen des dummen Geredes eines … und er benutzte einen Begriff in seiner Sprache, den er sich weigerte zu übersetzen, bis sie ihn drängte. Ein schmutziger Affe – nichts anderes war dieses Mitglied der anderen Ethnie, das sein Selbstvertrauen untergraben wollte, und das würde er nicht zulassen.

Sie lachte, obwohl sie innerlich beunruhigt über den impliziten Rassismus dieser Beleidigung war. Doch sie war zu erleichtert darüber, dass er wieder der Alte war und seinen vertrauten Optimismus zurückgewonnen hatte, deshalb wollte sie ihn jetzt nicht gleich darauf ansprechen, nicht zuletzt, weil er gerade so labil war. »Ich habe übrigens gute Neuigkeiten«, sagte sie. »Ich habe es dir gestern Abend nicht gesagt, aber schau mal …« Sie zeigte ihm den Handzettel mit der Ankündigung der Verkehrssitzung im Rathaus. »Der Verkehrsausschuss, unsere Nachbarn! Sie helfen dabei, ihn zu verteilen. Um sicherzustellen, dass die Beteiligung groß genug sein wird. Sobald der Stadtrat ihnen gegenübersteht, ist die Sache geritzt!«

»Deine Einbahnstraße«, sagte er, »ist schon so gut wie vor der Tür.« Sie umarmten sich.

Die Happy Ends des Himmels. Das Treffen fand an einem Dienstagabend im zweiten Stock der Toronto City Hall statt. Die schräg zueinander ausgerichteten C-förmigen Teile des grauen Betonbaus ragten wie die beiden Hälften eines riesigen vertikal halbierten Weinfasses empor, eine etwas höher als die andere. Davor lag der Platz mit der Eislaufbahn zur Queen Street hin und dem etwas düsteren, mit Wasserspeiern geschmückten neoromanischen Bau des Alten Rathauses im Osten, das schon lange als Gerichtsgebäude diente. Trotz ihrer Größe war die City Hall am Abend still, dunkel und größtenteils menschenleer, die Büros verlassen. Der Politiker-Wunderknabe mit dem telegenen Gesicht trug einen smarten Anzug und wartete zusammen mit seinem Ansprechpartner vom Straßenverkehrsamt im Sitzungssaal eines oberen Stockwerks auf sie.

Sie kamen früh und setzten sich an den großen Tisch, und sie fragte sich nervös, ob genügend Anwohner von der Harrows auftauchen würden, so dass der Stadtrat das Gefühl haben würde, seine Zeit sei gut investiert. Der Politiker begrüßte sie mit einem angedeuteten Nicken und tippte hektisch auf seinem Blackberry herum. Als der Beginn des Treffens immer näher rückte, hörte sie Stimmen draußen und sah durch den kleinen Spalt in der Tür eine überraschend große Menschenmenge (ihr Herz machte einen Sprung), die sich draußen drängte und unterhielt. Sie fragte sich, warum die Leute nicht hereinkamen.

Zur vollen Stunde öffnete die Assistentin des Stadtrats die Tür, und die Leute strömten in den Raum, und sie sah mit Erstaunen zahlreiche vertraute Gesichter in der Menge – aber keine Bewohner der Harrows Avenue. Nein, das waren die Nachbarn, die in den Einbahnstraßen mit den Wassernamen wohnten.

Beinahe wäre sie aufgesprungen vor Überraschung, als

sie sämtliche Mitglieder ihres Verkehrsausschusses dort unter ihnen bemerkte. Sie alle hatten ihr gesagt, dass sie nicht kommen würden, dass sie überflüssig seien – doch nun war nicht nur der harte Kern erschienen, der Versicherungsmakler mit seiner schönheitsoperierten Frau, die linken Filmemacher und die Bay-Street-Anwältin (mit Ehemann), der pensionierte Lehrer, sondern auch die eher peripheren Mitglieder wie die schwulen Pizzeriabesitzer und der guyanische Onkologe mit der koreanischen Frau.

Als sie lächelte und ihnen zuwinkte, erwiderten sie ihren Gruß jedoch nicht, sondern schauten weg, und sofort erkannte sie die spürbare Feindseligkeit der Gruppe als Ganzes, eine hässliche militante Stimmung, die sich als Härte in den Gesichtern und Steifheit in der Körpersprache zeigte. Sie ergriff die Hand ihres Partners und drückte sie fest, und er sah sie verwirrt an und dachte immer noch, dass dies die Anhänger und Freunde seien, die Engel. Sie selbst jedoch wusste jetzt mit einem hohlen Gefühl in der Magengrube, dass das Gegenteil der Fall war.

Alle Plätze rund um das große Oval des Tisches waren besetzt, und wegen des Andrangs mussten zusätzliche Stühle herbeigeschafft und hinten im Raum aufgestellt werden. Es waren lauter Einbahnstraßen-Leute. Die Anwohner der Harrows Avenue, die jungen, tätowierten Mieter, gehörten nicht zu denen, die ihren Dienstagabend opferten, um wegen einer Angelegenheit im Rathaus zu erscheinen, die sie nicht interessierte und die ihnen in ein oder zwei Jahren, wenn sie anderswohin gezogen waren, vollkommen egal sein konnte.

Die Stille und die feindseligen starren Gesichter verunsicherten sie so sehr, dass sie sich zu Beginn des Treffens wie in einem Traum fühlte. Dennoch erhob sie sich und begründete die offensichtliche Notwendigkeit, dass die Harrows Avenue zu einer Einbahnstraße und damit einer Wohnstraße wie alle anderen im Herzen der Stadt gestaltet werden würde. Sie argumentierte mit routinierter, betriebswirtschaftlicher Effizienz und zitierte die relevanten Verkehrsstatistiken, die Politik und die Praktiken der Stadt in Bezug auf das Verkehrsflussmanagement. Die Argumente waren stichhaltig und systematisch dargelegt.

Als sie sich hinsetzte, stand der Versicherungsvertreter auf und sprach »im Namen aller hier« darüber, warum eine Umwandlung der Harrows Avenue in eine Einbahnstraße »eine absolute Katastrophe für den Wohnbezirk« wäre. Sämtliche Fakten und Zahlen, die sie sich so hart erarbeitet hatte, machte er sich nun (genauso systematisch, wie sie sie präsentiert hatte) zunutze, um ihrer Argumentation zu widersprechen. Dabei kannte er diese Einzelheiten nur deswegen, weil sie sie mit ihm in seinem Haus in der Pond Street bei Brownies und Kaffee besprochen hatte, als er ihr – genau wie alle anderen – beruhigend versichert hatte, dass solche Einwände nicht stichhaltig seien und dass niemand auf die Idee käme, sie vorzubringen, noch während sie sie aus ihr herausgequetscht hatten. Wie ein Kind, das von einem älteren Kinderschänder umschmeichelt wurde, hatte sie ihnen vertraut und ihnen genau die Munition geliefert, die sie benötigten, um ihr Projekt zu torpedieren.

Zum Beispiel hatte sie bei ihren Nachforschungen die wenigen Ausnahmen von der Einbahnstraßenregel herausgefunden, und jetzt listete er sie alle auf, als wolle er absurderweise versuchen zu argumentieren, dass in Wohngebieten zweispurige Straßen üblich seien. Sie hatte befürchtet, dass die Harrows Avenue schon so lange zweispurig war und deshalb aus Gründen des Denkmalschutzes nicht anders genutzt werden könne. Nun war er schnell dabei, diesen Punkt zur Sprache zu bringen und nachdrücklich darauf hinzuweisen, dass »Althergebrachtes erhalten werden muss und nicht zerstört und verschandelt werden darf«.

Der Saal applaudierte explosionsartig.

Als er sich setzte, starrte sie zu ihm hinüber, und er sah ihr völlig unverfroren in die Augen. Die schönheitsoperierte Gattin blickte sie an, als hätte *sie* ihnen irgendetwas Schlimmes angetan. Und dann erhob sich ein Mitglied der Gruppe nach dem anderen, um sie anzuprangern. Während sie sprachen, machte eine Kopie des Handzettels für das Treffen die Runde. Es war ein ganz anderer als der, den sie mit ihnen zusammen entworfen hatte. Dieser war ein Ruf zu den Waffen und stellte ihren Vorschlag als einen Angriff auf die Gemeinschaft dar.

Vorne lächeln sie dir ins Gesicht, und von hinten stechen sie dir das Messer in den Rücken, so ist das hier ... – dieser Inselbewohner, der Taxifahrer, hatte längst erkannt, was sie nicht hatte sehen können, nicht sehen wollte.

Es dauerte lange, bis sie all ihre harten rechtschaffenen Worte wie Steine auf sie und ihren Vorschlag geworfen hatten, und am Ende vollführte der Wunderknabe eine geschickte Kehrtwendung. Er entschuldigte sich bei der gesamten Versammlung und behauptete, ihm sei nicht klar gewesen, dass sie nicht die »Kommunikation« mit den »Interessenvertretern der Gemeinschaft« gesucht habe, und fügte hinzu, er habe sie bei zahlreichen Gelegenheiten »darauf hingewiesen und ermahnt«, dies zu tun. Sie meldete sich zu Wort – sie musste es einfach tun – und sah ihm direkt ins Gesicht, während er ihre Augen mied. »Sie haben mir gesagt, ich müsse nur die Bewohner der Harrows Avenue ansprechen. Das waren Ihre genauen Worte.«

»Das stimmt nicht«, sagte er zu der Menge. »Auf keinen Fall. Diese Frau wurde darüber informiert, dass sie eine bezirksweite Genehmigung einholen muss. Das war der angegebene Parameter.«

Dann wurde sie ausgebuht, ein böses Grollen, bei dem Stimmen laut wurden, dass sie diese Arbeit nicht für nötig befunden habe, dass sie faul, bösartig und hinterhältig sei.

Sie erhob sich. Ihr Partner stand mit ihr auf und nahm ruhig ihre Hand. Sie verließen den Raum, der sie verhöhnte, wobei alle langsam und verächtlich klatschten.

Draußen beschlossen sie, den langen Weg nach Hause zu Fuß zu gehen. Er sagte nichts, reichte ihr ein Taschentuch. Nach einer Weile seufzte er. »Ist doch nicht so schlimm«, sagte er. »Nur ein paar Autos …«

Sie blieb stehen und starrte ihn an. Er griff nach ihrem Arm, aber sie riss ihn weg. Er lächelte sanft und neigte den Kopf. »Weißt du, böse Menschen gibt es überall«, sagte er zu ihr. »Sogar im Himmel. Komm. Lass uns nach Hause gehen.«

Willkommen im Eishotel

Sommer

Von hinten sah er nur ihren struppigen schwarzen Bob, der unter der Barbeleuchtung an eine Pelzmütze erinnerte. Er war gespannt, ob seine Verabredung diesmal dem Bild auf seinem Handy entsprach, dem inszenierten oder geschickt eingefangenen Moment maximalen Sexappeals (denn wer würde sich schon anders darstellen beim digitalen Balztanz, der die Grundlage moderner Paarungsrituale bildete? Ein Foto, kalkuliert oder ausgewählt mit dem instinktiven Wissen ihrer Generation, deren Welt seit langem überflutet, ertränkt wurde in unendlichen Ozeanen wogender digitaler Bildwelten und die inzwischen so weit entfernt von den analogen Tagen der Kameras mit genau bemessenen Filmrollen war wie das Zeitalter nach der Sintflut, die Noah und seine kleine Herde hochgehoben und die Erde von anderem, angeblich barbarischerem Leben gereinigt hatte, von dem davor).

Doch als er die Bar erreicht und sich auf den Hocker neben ihr geschwungen hatte, mit der üblichen Verlegenheit der ersten Begegnung im *Reallife* nach dem Pseudoleben des regen Austauschs von Texten und Fotos, grinste er, um den Schock ihres Äußeren mit seinen vielen unmittelbaren visuellen Enttäuschungen zu überspielen. Älter: nicht nur als auf ihren Fotos, sondern auch als er. Möglicherweise hatte sie bereits das absurd hohe Alter von dreißig erreicht. In die weiße Haut um den breiten Mund herum hatten sich Linien eingegraben. Und irgendetwas stimmte nicht mit der Stirn, die von den Augenbrauen bis zum Haaransatz nur halb so hoch war, wie sie hätte sein sollen, und gegen die Gesetze der Symmetrie verstieß. Der Körper, der so viel hätte wiedergutmachen können – sowohl als Objekt der Begierde als auch, vielleicht noch wichtiger, als ein Symbol der Selbstdisziplin und Gesundheit –, vermittelte, pummelig und mit schlechter Haltung unter der gestrickten Uniformjacke, den Eindruck von Rückgratlosigkeit und weicher Schlaffheit. Außerdem war sie viel zu klein für ihn; ihre Füße baumelten vom Hocker über dem Boden wie die eines Kindes.

Sie nickte schnell, fast spastisch, wenn sie sprach, zappelte mit der linken Hand in der Luft herum, und ihre Worte prasselten – in einem Strom von gallenbitterem Atem mit gelegentlichen Spucketröpfchen – in Salven wie aus einem Maschinengewehr auf ihn ein. Nachdem die ersten Drinks sie etwas lockerer gemacht hatten, schmeichelte sie ihm damit, dass er in Wirklichkeit besser aussehe als auf den Fotos. Das kam nicht ganz unerwartet, daher nickte er nur und behielt seine Unterstellungen von Rassismus für sich. Die meisten Aufnahmen stammten nämlich aus Indien und Vietnam, wo die tropische Sonne seine Haut verbrannt und seine latenten afrikanischen Gene zum Vorschein gebracht und wo Wind und Salzwasser sein dichtes Haar gelockt hatten. Er hatte diese Aufnahmen nicht so sehr wegen ihrer Attraktivität ausgewählt als vielmehr, weil sie seine gemischtrassige Herkunft betonten (warum genau er das getan hatte, war ihm noch nicht klar – vielleicht, weil es sich für ihn wie ein notwendiger Filter anfühlte, besonders für weiße Mädchen wie dieses?); während hier zu Hause in Toronto, wo er geboren war und sein ganzes Leben verbracht hatte, der bewölkte Himmel und die nördliche Luft immer schnell die Locken in seinem Haar glätteten und seine Hautfarbe bleichten, so dass er weniger afrikanisch aussah als die meisten Sizilianer auf den Straßen von Little Italy.

»Du erinnerst mich total an diesen Typen, der diesen Typ, diesen Typ in *Emergency* spielt.«

»Ich weiß nicht, wen du meinst.«

»Blake, yo, hast du noch nie *Emerj* gesehen? Hey, da ist dir echt was entgangen. Die alte Krankenhausserie? Milzriss. Herzstillstand. Kind mit Pfeil im Auge.«

»Klingt ja toll«, sagte er.

»Ja, echt lustig, du lachst dich kaputt! Krebs! Lepra! Heiße Ärzte, die Leuten den Arsch retten, yeah! Was will man mehr?« Ihre Hand zappelte zwischen ihnen herum, und sie lachte in schnellen Stößen durch die Nasenlöcher, womöglich versuchte sie aber auch nur, ihre Nebenhöhlen freizukriegen. Sie brachte ihn zum Lachen, aber ihre Lustigkeit wirkte irgendwie frenetisch, gezwungen, als hätte sie zu viele Stand-up-Comedys gesehen und parodierte ihre abgedroschenen Methoden.

Sie lebte in einer umgebauten Schweinefleischkonservenfabrik in der Bulwark Street im East End, einer hässlichen Sackgasse in einem zwielichtigen Teil von Sherbourne.

Sie fuhren zusammen mit der Straßenbahn, und dann stieg er an ihrer Haltestelle aus und ging mit ihr durch Gassen an Kapuzentypen vorbei, einem Haufen abgefuckter Gestalten vor einem Coffee Shop, den sie in ihrer bissig fröhlichen Art als »günstig gelegene Crack-Bar« beschrieb, die »auch liefert« und »manchmal sogar Blowjobs anstelle eines dicken Trinkgelds annimmt«, aber nur, wenn »man zuerst seine falschen Zähne rausnimmt«.

Der Hauseingang roch nach Urin. Sie fragte ihn, ob er noch mit raufkommen wollte. Er wollte nicht wirklich. Höchstens aus Neugierde auf ihre Wohnung. »Okay, klar«, sagte er. »Aber ganz ehrlich? Ich hab nicht richtig Lust auf Sex.«

»Hey, ganz ruhig, Cowboy«, sagte sie und lehnte sich zurück. »Immer schön langsam. Wie sollte ich denn auch auf so eine Idee kommen? Bloß weil du ein geiles Foto in einer App für schnellen Sex gepostet hast? Echt jetzt!« Sie verdrehte die Augen.

»Sehr lustig«, sagte er.

»Entspann dich, Kumpel«, sagte sie und ging ihm voraus die breite Stahltreppe hinauf. »Du bist mir keine Höflichkeit schuldig, auch nicht die eines anständigen Orgasmus, ich werde dich bestimmt nicht dazu zwingen.« Hatte er da gerade richtig gehört?

Sie lebte allein mit vier kleinen pelzigen Hunden, und die Dachwohnung stank salzig nach ihren Tierausdünstungen. Wegen eines kaputten, total verstaubten Flippers ließ sich die Eingangstür nicht ganz öffnen. Drei unterschiedliche Sofas drängten sich im Raum und hockten in schiefen Winkeln zueinander auf einem dicken wolligen

Teppich. Eine Art Disco-Scheinwerfer tauchte alles in ein dämmriges rötliches Licht, das von Schatten wie von Würmern befallen war. Die vier kleinen Hunde hüpften wie lebendige Pelzbälle aufgeregt um sie herum, und auf dem schiefen Wohnzimmertisch häufte sich ein Durcheinander von soßenverkrusteten Tellern, aufgeschlagenen Zeitschriften, Kauspielzeug, verhedderten Kopfhörerkabeln und einem alten Dell-Laptop. Ansonsten lagen ein Star-Wars-Plastik-Laserschwert, eine leere Honey-Puffs-Schachtel, ein Fellpantoffel, ein zerrissenes Stephen-King-Taschenbuch und ein großer weißer Gummihai mit aufgerissenem Maul herum. Zwischen den langen dichten Wollfäden des Teppichs entdeckte er einen getrockneten Scheißhaufen, Bröckchen von Hundefutter oder Müsli, Dame-Spielsteine, Pokerkarten, Pinsel mit steif getrockneten Borsten, einen zerkauten Tennisball, eine leere Pepsi-Dose, ein aufgeschlagenes *Richie-Rich*-Comicheft, ein rosa Plüschnilpferd und einen Föhn. Je länger er sich umschaute, desto mehr gab es zu sehen, und zwischendrin lagen überall Staubmäuse und Knäuel von Hundehaaren.

Sie räumte einen Platz auf der Couch für sie frei und ging zur Spüle, in der sich schmutziges Geschirr und dreckige Plastikbecher türmten. Er blieb mit verschränkten Armen auf dem Sofa sitzen und wurde von den hechelnden Hündchen mit ihren kleinen löwenähnlichen Schnauzen beäugt, eins auf jeder Seite, zwei zu seinen Füßen. Alles im Zimmer wirkte wackelig, drohte zu kippen oder umzufallen. Mein Gott – ein Messie! Er hatte im Fernsehen Sendungen über solche Leute gesehen und wie ihnen beim Entrümpeln geholfen wurde. Er hatte (durchs Zuschauen) gelernt, dass es sich um eine psychische Störung handelte, die oft unheilbar war. Seine Diagnose verschlug ihm kurz den Atem.

Sie kehrte mit heißem Tee zurück, und nachdem sie die Tassen auf dem schiefen Kaffeetisch ausbalanciert hatte, ohne ein einziges Wort zu sagen oder ihm auch nur einen Blick zuzuwerfen, ob verlegen oder nicht, stürzte sie sich auf ihn und küsste ihn leidenschaftlich. Fast sofort war er schmerzhaft erregt. Er hatte viele verschiedene Frauen geküsst, die meisten davon mit der Art von schönem Gesicht, stark und glamourös, das alle Blicke in einem Raum auf sich zog, und fast alle hatten konventionell begehrenswerte Körper gehabt, aber noch nie hatte sein Körper auf den einer Frau mit solcher Intensität reagiert. Es war, als hätte er unabhängig entschieden, dass ausgerechnet dieser Schoß der ideale Boden für seinen Samen war.

Ihre Kleidung flog nach allen Seiten, wie von einer wilden Maschine weggeschleudert, während sie sich wälzten und keuchten und die pelzigen Köter alarmiert kläfften. Harte kleine Dinge pressten sich in seinen nackten Rücken und seinen Hintern, aber er bemerkte es kaum. Ihr weicher, kompakter Körper, milchig blass und mollig, zog sich vor ihm zurück, entfaltete sich und war alles, was es gab – sein Verlangen packte ihn wie ein Stromschlag, seine Zähne knirschten. Er hielt kaum inne, um die Kondomverpackung aufzureißen. Als sie fertig waren, als er sich selbst verloren und die äußerste Grenze seines extremsten körperlichen Lustempfindens durchbrochen hatte, stellte er fest, dass sein rechtes Ohr klingelte, weil er so nahe an ihrem Mund gewesen war, während sie geschrien hatte, und dass sein Rücken von den Kratzern ihrer stumpfen

Nägel blutete. »Verdammt«, sagte sie. »Verdammt, verdammt!«

Er torkelte ins Badezimmer und wusch sich. Der Abfluss im Waschbecken war mit Haaren und Schleim verstopft. In der Toilettenschüssel schwamm etwas, das er im fauligen Margarinelicht der sterbenden Glühbirne darüber nicht genauer betrachten wollte. Stattdessen schaute er in die Badewanne und bedauerte es, denn darin lag zusammengerollt einer der Hunde, und der Duschvorhang war schwarz vor Schimmel. Tropfend suchte er nach einem Handtuch. Die meisten lagen neben der Toilette auf dem Boden. Immer noch nass, verließ er das Bad. Er hatte Gänsehaut aus Angst vor Krankheiten. Das Discolicht war aus, die Couch leer, sie war über die Trittleiter zum Bett oben auf einer Empore gegangen. Als er oben bei ihr ankam, war die berauschende Erregung zurück. Sie lag auf dem Futon in der dunklen Ecke, ein bleicher, aufgeblähter Seestern, der sich räkelte und stöhnte, wobei sich ihre Hände in der Mitte bewegten.

Er ging um vier Uhr morgens und fühlte sich, als wäre seine Seele von blauen Flecken übersät. Hinzu kam die Angst, als er durch die Gassen ging, in denen sich Gestalten in Hoodies regten. Er hatte keine Lust, einen Uber-Wagen zu rufen und hier stehen bleiben und warten zu müssen, so dass er beinahe ein vorbeifahrendes Taxi angehalten hätte, bis er im selben Moment die Straßenbahn kommen sah. Sein Blut pochte, als er mit der Stirn gegen das kalte Fenster gelehnt dasaß und die dunklen Gebäude draußen wie Eisberge auf einer schwarzen Meeresströmung vorbeiziehen sah. Blake fühlte sich befreit – erleichtert dachte er daran, dass er ihr nicht gesagt hatte, wo er wohnte. Er nahm sich vor, zu Hause als Erstes mit siedend heißem Wasser zu duschen, und zwar ausgiebig.

Er wohnte zur Zwischenmiete in einer Souterrainwohnung in der Nähe des Kensington-Marktes (gefunden auf Craigslist), deren Mieterin sechs Wochen lang in Ägypten unterwegs war. Sobald die Tür hinter ihm zu war, zog er sich aus und eilte in Richtung Bad, doch dann blieb er stehen und erinnerte sich. Das Herz schlug ihm bis zum Hals, und die Erregung erfasste ihn erneut. Er griff nach seinem Handy. Sie meldete sich beim ersten Klingeln. »Ich bin gerade nach Hause gekommen«, sagte er.

»Und, was machst du, Captain?«, fragte sie. »Was ist da drüben los? Führst du etwa rituelle Selbstmisshandlungen durch? Planst du eine Entführung? Einen Banküberfall?« Dann wurde ihre Stimme heiser. »Im Ernst. Ich will, dass du mir alles erzählst, was du mit dir machst, Blake. Jetzt sofort.«

Herbst

Sein Lebensgefüge – wenn man es so nennen konnte – spiegelte das der digitalen Technik wider, die ihn als Kind der späten neunziger Jahre ständig umgab (zwar hatte das Internet im Jahr seiner Geburt wahrscheinlich noch nicht richtig funktioniert – so vermutete er –, aber eine Maus und ein Bildschirm mit einem blinkenden Cursor gehörten auf jeden Fall zu seinen frühesten Erinnerungen). Der Klick. Das Draufgehen und Anklicken – die wesentliche digitale

Geste, entstanden aus einer grafischen Benutzeroberfläche, die auf einer Studie darüber beruhte, wie Kinder instinktiv Informationen aufnehmen, nämlich mit dem winzigen, ruhelosen Suchen des Zeigefingers – beherrschte im Grunde alles Leben um ihn herum. Daher war es nicht überraschend, dass auch sein eigenes dessen impulsiven Charakter widerspiegelte. Blakes Leben war eine Kür aus chaotischer Spontaneität, aus abrupten Sprüngen, die durch das Fehlen jeder nennenswerten Aufmerksamkeitsspanne hervorgerufen wurden, aus fiebrigen Erregungen, die bald wieder verflogen, und dem wilden Versprechen von etwas neu zu Entdeckendem, das immer knapp jenseits des Sichtbaren wartete, dem blitzschnellen Reflex einer weiteren Spontanentscheidung, so schnell wie der Finger auf einer Spielekonsole beim Anblick eines weiteren Videogegners oder einer Gelegenheit.

Klick, klick, blitz, blitz: Es gibt keine Hierarchie im Internet, keine Logikkette, der man folgen muss, keine Sprossen, die man hinaufsteigen kann. Mal studierte Blake ein Semester Wirtschaftswissenschaften, dann fuhr er mit einem Wodka-Eimer in der Hand auf einem Tuk-Tuk durch die feuchten Windböen einer Nacht in Bangkok; dann hockte er die ganze Nacht in einem Codier-Bootcamp und studierte die Sprache der Maschinen, von denen sein inneres und soziales Leben abhing, und anschließend lernte er in Rio brasilianisches Jiu-Jitsu mit dem Versprechen, dass die Hingabe an diese Kunst des unbewaffneten Kampfes ihn die nötige Disziplin lehren würde, von der er wusste, dass sie ihm so verzweifelt fehlte (aber nach sechs Wochen verließ er Rio, denn es gab eine Reitschule außerhalb Sevillas mit einer tollen Website, er hatte sich innerhalb von fünfzehn Minuten, nachdem er auf sie gestoßen war, dort eingeschrieben); danach studierte er Philosophie an einem Institut in Island, dann wieder demonstrierte er gegen Präsident Trump, inspiriert durch die Mitgliedschaft in einer Facebook-Gruppe, aber dann traf er jemanden auf Reddit, der ihm Links zeigte, die ihm die Augen für den Deep State und die Gefahren öffnete, die damit verbunden sind, und so schwand seine Trump-Besessenheit, und er entwickelte stattdessen eine Leidenschaft für Verschwörungstheorien.

Klick klick klick: alles wissen, nichts glauben. Das digitale Feuer des Internets brennt alles nieder, ohne Gnade oder Rücksicht. Es bleibt nicht einmal eine unbekannte Wüste zurück, denn es endet nie. Wie die Flammen des brennenden Dornbuschs im vierten Buch Mose verzehrt es und nährt sich von sich selbst und schwebt auf parasitäre Weise fortwährend um das organische Leben der Menschheit herum.

Mit achtzehn Jahren hatte Blake Morrow 216 000 Dollar von einem Onkel geerbt, den er kaum gekannt hatte. Der ältere, noch dickere Bruder seines Vaters hatte dieselben schmalen Augen und hohen Wangenknochen besessen, aber offensichtlich nicht die träge Natur und die Philosophie des Vaters, der sich am wohlsten fühlte, wenn er mit einem Bier auf dem Sofa hing und fernsah (Hockey, Curling, Fußball). Der Onkel hatte einen Anglerladen in dem Provinznest Barrie im Norden besessen und klammheimlich und völlig unerwartet ernsthaft Geld verdient. Das Erbe war für Blake eine absolute Überraschung gewesen. Es befreite ihn von der Notwendigkeit zu arbeiten, fast für immer, wie ihm schien, denn seine Ausgaben waren minimal. Im Winter hütete er das Haus seiner Eltern im Vorort Scarborough, während sie unten in Florida weilten (sie waren seit ihrer Pensionierung Zugvögel, hatten über viele Jahre hinweg einen Wohnwagen dort unten gemietet und dann während der Finanzkrise 2007 für ein Butterbrot eine Wohnung in St. Petersburg gekauft. Von ihrem Teil des Erbes erstanden sie schließlich ein schickes Condo), und wenn sie zu Hause waren, suchte er sich auf Craigslist oder über Facebook eine Wohnung zur Untermiete, arbeitete anderswo als Haussitter oder reiste in Entwicklungsländer, wo man für fünf Dollar die Nacht eine Hütte am Strand mieten konnte.

Natürlich war Blake nicht ohne Ehrgeiz, und natürlich war sein Traum in seiner Generation allgegenwärtig – eine Internetfirma zu gründen, die sich schnell zu einem Milliardenunternehmen entwickeln würde. Im Laufe der Jahre hatte sich seine heranreifende Big Idea nach und nach zu einer Website gemausert, die Haustieren gewidmet war, auf der die Besitzer ihre Gesichter mit denen ihrer Hunde, Katzen, Hamster oder Fische verschmelzen und dann Social-Media-Profile im Namen des Hybriden Mensch/Haustier erstellen konnten, um online mit anderen Haustier/Mensch-Hybriden zu interagieren. Blake hatte wenig Zweifel daran, dass dieses Konzept Millionen aktiver Nutzer anziehen würde, eine Datenbank, die Heimtierproduktfirmen dann mit tödlicher Präzision für ihr Marketing ausschlachten konnten. Nicht, dass er sein Leben mit diesem Marketing verschwenden wollte; sobald die Nutzer da waren, würde er die Firma für Hunderte von Millionen an einen der großen Player verscherbeln.

Zu seinen Phantasien gehörten der Besitz einer Insel und einer Fahrzeugflotte (Bentley, Lamborghini, McLaren) sowie eines Jets voller langbeiniger Models in Unterwäsche und eines Schlosses in Schottland, einer Villa in Rom und eines Rennstalls in Australien. Natürlich ähnelte das Traumleben, das er führte, (obwohl es ihm vermutlich nicht bewusst war) eins zu eins dem Internet in physischer Form, wobei eine Zahlung wie ein Mausklick war (eine passende Metapher für das blitzschnelle Hineinschlüpfen in Löcher in Richtung des Lichts oder eines verlockenden Duftes), der einen sofort zu irgendeinem neuen Spielzeug oder einer Geliebten katapultierte, an einen Ort von atemberaubender Schönheit, so augenblicklich, als wäre er physiologisch nicht mehr er selbst, sondern irgendein allmächtiger Astralreisender, der in Gedankengeschwindigkeit um den Globus streifte.

Aber an diesem Montagmorgen war Blake hier und nirgendwo sonst, in der schleppenden Schwere des wirklichen Lebens. Im Jetzt, das einen nie in Ruhe ließ. Es sei denn, man schlief oder war high oder so tief im Netz abgetaucht, dass man nicht nur die Zeit, sondern auch die eigene Existenz als eigenständiges Wesen, als Körper, vergaß.

Fast unbemerkt war es schon wieder November geworden, obwohl er das Gefühl hatte, der November wäre gerade erst vorbei, als wäre er durch einen seltsamen Trick über mehrere Spuren hinweg in der Zeit vorwärts gesprungen. Die Spitze des CN-Towers stach wie eine Nadel in den

Bauch eines weißen Himmels. Momentan wohnte er in einem Apartment zur Untermiete in einem zwanzigstöckigen Gebäude im lebhaften Annex-Viertel und arbeitete mit dem Laptop auf der Frühstückstheke in der Küche, von wo aus er auf den Balkon blicken konnte. Eigentlich hatte er sich vorgenommen, die neueste Version seines Web-Konzepts zu programmieren, das jetzt PetMorph dot com hieß, aber in Wahrheit konzentrierte er sich mehr darauf, seinen Nachbarn im oberen Stockwerk bei seiner täglichen Gewohnheit zu erwischen, Zigarettenstummel auf seinen Balkon zu schnipsen. Nebenbei dachte er darüber nach, dass er schon seit 2012, nein, sogar noch länger, an verschiedenen Versionen seines bahnbrechenden digitalen Projekts gearbeitet hatte (immer offline: Es musste perfekt sein, bevor es offiziell präsentiert wurde). Da es jetzt 2018 war, beinahe 2019, war seit dem Tod von Onkel Jay fast ein Jahrzehnt vergangen. Unmöglich. Die Kluft zwischen den Möglichkeiten, die ihm offen standen, und seinem tatsächlichen Leben, simuliert oder nicht, löste solche Ängste in ihm aus, dass er anfing, an den Fingernägeln zu kauen, den durchsichtigen oberen Bogen seines Daumennagels abzog und ihn gegen den Bildschirm spuckte. Er hatte Youtube-Lernvideos geöffnet, Java für Fortgeschrittene, da seine Programmierkünste nicht ausreichten für die Grafiken, die ihm für PetMorph vorschwebten, doch als ihn die erschreckende Erkenntnis überfiel, wie viel Zeit vergangen war und wie wenig er vorzuzeigen hatte, klickte er von Youtube zu Youporn.

Eine Stunde lang driftete er durch verschiedene Varianten von Perversität. Pornographie war für ihn so natürlich wie eine grundlegende biologische Funktion, so sehr war sie mit der Entwicklung seiner eigenen Sexualität verflochten: Wie ein parasitäres Unkraut, das in den Stamm seines jungen Ichs hineingewachsen war, gedieh sie nun unausrottbar weiter in der Rinde seiner erwachsenen Psyche und trieb ihre blutroten Blüten und giftigen Dornen. Man könnte sagen, dass Blake seine Jungfräulichkeit im Alter von neun oder zehn Jahren an den digitalen Bildschirm verloren hatte und dass dieser danach seine intimste und hingebungsvollste Geliebte geblieben war; aber es war eine Sexualität, die die männlich-weibliche Dynamik umkehrte, da er als Konsument von Pornos das empfängliche, weibliche Element war, das durch Augen und Ohren vergewaltigt wurde, wobei sein Verstand immer wieder mit unglaublich perversen Szenen imprägniert wurde: Jemand, der in früheren Zeiten solche Bilder besessen hätte, wäre gehängt oder verbrannt worden.

Als er nun mit dem digitalen Zeigefinger des Cursors über die Vorschaubilder fuhr, die neue Gesichter, neue Haut, neue Szenarien präsentierten, geschah es ohne jede Erregung, sondern mit demselben selbstverständlichen Gefühl der Notwendigkeit, wie man Blase oder Darm entleert. Auf diese Weise konnte er drei Frauen beobachten, die sich auf einer Yacht im Mittelmeer gegenseitig vernaschten, dabei aber die meiste Zeit eine Insel weit im Hintergrund betrachteten und sich dabei fragten, ob das dort auf dem Felsen eine Ziege war oder vielleicht ein Lamm oder ein Schäferhund?

Plötzlich hob er den Kopf, weil ihm der Balkon wieder eingefallen war. Wie immer hatte der Bildschirm seinen

Kopf leergefegt. Draußen kräuselte sich Rauch von einer Zigarettenkippe. Tauben saßen aufgeplustert und gurrend auf dem Geländer. Kopfschüttelnd ging Blake zur Schiebetür und verscheuchte dabei die Tauben unter dem Applaus klatschender Flügel. Er trat hinaus, drehte sich wütend um und starrte hinauf zum Balkon über ihm, aber natürlich stand niemand am Geländer – er hatte den Moment verpasst, rechtzeitig im Hinterhalt zu lauern. Der sich lebhaft kringelnde Rauch verriet, dass ihm der Raucher nur knapp entkommen war. Diese widerlichen noch brennenden Zigarettenkippen regneten nur einmal am Vormittag herunter; er würde es also morgen noch einmal versuchen müssen. Oder aber er ging jetzt sofort rauf und klopfte beim Nachbarn, aber das erschien ihm suboptimal: den Dreckskerl auf frischer Tat zu ertappen war viel besser. Blake hatte sich schon die richtigen Worte zurechtgelegt. Er drückte die Kippe mit der Ferse aus. Der Schmierfleck aus weißer Asche erschien ihm wie ein äußerst trauriges Objekt, ein Symbol seiner eigenen Bedeutungslosigkeit. Der Wind war rauh und kalt und verkündete prickelnd den nahenden Winter.

Er kehrte zurück zu den Pornos, aber sie genügten ihm nicht. Unversehens hatte er sein Handy in der Hand. Er stand hungrig am Kühlschrank (er hatte nicht gefrühstückt, und das Abendessen hatte aus den Resten eines Shawarmas zum Mitnehmen und der letzten gelben Scheibe eines käseähnlichen Produkts bestanden), aber er ignorierte das Grummeln in seinem Bauch und fuhr mit dem Daumen über die Gesichter – junge Frauen aus Toronto, die nach einem Date suchten. Letzten Monat hatte er sich zwölf Mal mit verschiedenen Frauen getroffen und bei drei dieser Dates Sex gehabt, aber alle Begegnungen waren hohl gewesen, eine davon sogar katastrophal, denn sein Körper hatte ihm (erst zum zweiten Mal in seinem Leben) die Zusammenarbeit verweigert.

Das war umso verwunderlicher gewesen, als die Frau, eine vierundzwanzigjährige Ex-Somalierin, äußerst attraktiv und eine so enthusiastische Bettpartnerin gewesen war, wie man sie sich nur wünschen konnte. Sein Gehirn hatte sich intensiv nach ihr gesehnt, sein Puls war in die Höhe gegangen, sein wichtigstes Körperteil in diesem Augenblick jedoch nicht. Es war zwecklos, so zu tun, als wüsste er nicht, warum. Nicht solange der geringste Gedanke an Dirty Cougar ihm sofort einen Stromschlag der Erregung versetzte. Tatsächlich hatte es auch bei den anderen beiden nur die eine Möglichkeit gegeben, die Augen zu schließen und an sie, Dirty Cougar, und ihren ungewaschenen Körper in dem beschissenen Loft, zu denken. (Natürlich hatte er diesen Trick auch bei der Somalierin versucht, aber anscheinend hatte sein Schwanz bis dahin gelernt, auf dem Echten zu bestehen, unbeeinflusst von Phantasien oder Erinnerungen.)

Blake hörte auf, über die Bilder auf dem Handy zu wischen, verzog das Gesicht, ging ins Bad, machte ein versautes Foto und schickte es Dirty Cougar. Er hatte seit fünf Tagen keinen Kontakt zu ihr gehabt, während sie ihm, ihrem gemeinsamen Ritual gemäß, einundzwanzig Mal geschrieben hatte, angefangen mit zwei Nachrichten am ersten Tag, was dann auf bis zu zehn am fünften Tag eskaliert war. Er »datete« sie jetzt seit fast sieben Monaten – zwei ganze Jahreszeiten lang! Damit war es die längste Beziehung dieser Art in seinem Leben. Und jedes Mal wenn er sie sah, ekelte er sich vor sich selbst und schwor, dass es das letzte Mal war. Wie oft hatte er ihr gesagt, es sei vorbei! Wenn sie sich bei ihm über irgendetwas beschwerte, egal wie unwichtig, ging er sofort. Wenn sie es wagte, sich negativ über die Qualität des Kaffees zu äußern, den er zubereitete, wenn sie sich zu sehr über seine Verspätung beklagte, drehte er sich auf dem Absatz um und ging. Er war ein Meister darin geworden, seinen Mantel zu packen und ohne ein Wort seine Schuhe anzuziehen. Doch sein Handy meldete sich, sobald er den Bürgersteig erreichte. Das Verlassenwerden bewirkte das bei ihr, weckte in ihr eine so krampfhaft verzweifelte Sehnsucht nach ihm, als würde sie ertrinken und nach Luft ringen. Je länger er wegblieb, desto mehr verstärkte sich ihre Verzweiflung, und desto mehr Nachrichten feuerte sie ab. Er versuchte unterdessen, die Verbindung sterben zu lassen. Diese »Beziehung« – oder wie auch immer man dieses groteske Ding zwischen ihnen nennen sollte – war wie eine watschelnde, schrecklich mutierte Bestie, der man so schnell wie möglich den Gnadenstoß versetzen sollte.

Er nannte sie Dirty Cougar, ein naheliegender Spitzname. Erstens, weil sie unbestreitbar schmutzig war in ihren häuslichen Messie-Gewohnheiten, und zweitens, weil sie ganze vier Jahre älter war als er (genau, über dreißig), eine Cougar auf der Jagd. Im Gegenzug belegte sie ihn nicht mit niedlichen Diminutiven, sondern nannte ihn Brutus, Humperdinck oder Dreamboat Eddy, je nach komödiantischer Laune. Was für eine Freiheit, sie einfach alles nennen zu können, weil sie sicher lachen würde, ihr beißendes, überlegenes Lachen war schließlich ihre Hauptstrategie, mit dem Leben umzugehen, und weil sie selbst sich überwiegend in Grausamkeiten äußerte, manchmal mit vorgetäuschter Ironie, als wären sie nicht wirklich grausam gemeint, und sie es ihm deshalb kaum verübeln konnte, dass er sich von ihrem schneidenden Sarkasmus anstecken ließ. Doch er wusste, dass ihr Gefühl der Überlegenheit gegenüber allem und jedem in Wahrheit eine fadenscheinige Illusion war. Sie war Büroassistentin eines niederen Managers in einem Vertrieb für Milchprodukte. Sie hatte nur die High School und eine einjährige Ausbildung gemacht, und ihr Wissen über die aktuellen Ereignisse sowie über grundlegende historische Fakten war erschreckend dürftig. Wäre sie nicht intelligent, nicht scharfsinnig, dann wäre sie sich ihrer intellektuellen Mängel gar nicht bewusst, doch sie besaß einen schnellen, pfiffigen Verstand, und ihr war klar (Blake wusste, dass sie es wusste), dass unter all ihrem Tamtam ein Vakuum der Unwissenheit und der verfehlten Ziele herrschte. Unfähig, sich dem Schrecken dieser inneren Leere zu stellen, verbrachte sie ihre ganze Zeit damit, sich davon abzulenken und ihre giftige Aufmerksamkeit nach außen auf andere zu richten. An ihnen sah sie all das, was mit ihr selbst nicht in Ordnung war. Ihr Gefühl der Überlegenheit war eine notwendige Täuschung. Blake wusste nicht genau, welcher kaputte innere Mechanismus in ihrer Psyche dafür verantwortlich war, aber er nahm an, dass dieser auf einem Trauma in ihrer frühen Kindheit beruhte und irreversibel war.

Er hatte ein paar Mal überlegt, ob er mit ihr darüber reden sollte, aber er hatte mit seinen eigenen psychischen

Störungen zu tun. Davon hatte er mehr als genug. Und außerdem hatte er nie die Absicht gehabt, sie wiederzusehen. Seit mittlerweile fast sieben Monaten.

Ein Grund dafür, dass es immer noch andauerte, abgesehen vom Sex, war die Freiheit, die er mit ihr zusammen empfand. Immer wenn er bei ihr war, fiel es ihm leicht, über alles Mögliche zu reden, und seine Hemmungen verschwanden – in dem Wissen, dass das, was er ausplauderte, niemals auch nur halb so verrückt sein konnte wie das, was sie gesagt hatte oder sagen wollte, und dass all dies ohnehin bald vorbei sein würde. »Schau dir mal diese kranke männliche Nutte an«, sagte sie einmal auf der Straße zu ihm, »tut so, als sei das ein freies Land. Wie kann er es wagen, so herumzustolzieren? Blake, los, geh rüber und hau dem widerlichen Trottel sofort eins auf die Schnauze, ja?«

»Mach du das, Cougar-Animal. Los, beiß ihn mit deinen dreckigen, keimverseuchten Fängen!«

»Ich werde diesen kleinen Dreckskerl zerfleischen. Ich werde seine Eier in einem Toaster rösten.«

Sie kicherte durch die Nase, er lachte leise und tief – ihr gemeinsames Vergnügen. In einem Toaster – wie kam sie auf dieses verrückte Zeug? Fast alle ihre »Unterhaltungen« bestanden aus so einem rasanten Austausch aberwitziger Pointen. Echte Gefühle kamen nur an die Oberfläche, wenn er von Samstag auf Sonntag bei ihr übernachtete, sonntagmorgens aufwachte und die Fellknäuel an seinen Fußsohlen leckten oder ihm ihre winselnden Schnauzen ins Gesicht steckten. Dann drehte sie sich um, sah ihn an und sagte mit ihrem Maschinenpistolenrattern (dann jedoch so, als wolle sie es rausbringen, bevor sie es sich anders überlegte):

»Blake-ich-liebe-dich.« Und starrte ihn ungerührt an, was bei ihr ein Zeichen der Aufrichtigkeit war, und er erwiderte schweigend ihren Blick, oder er sagte: »Lass das. Ich habe dir gesagt, du sollst das lassen.« Und dann sagte sie, es täte ihr leid, und er stand auf, zog sich an und verließ die alte Schweinefleischfabrik, und sobald er an der Straßenbahn-haltestelle stand, vibrierte und piepte sein Handy, oder sie erschien auf der Straße, einen Arm um die Taille, mit dem sie ihren viktorianischen Morgenmantel zusammenhielt, und mit der anderen Hand winkte sie ihm zu, und er ging zurück, ging zurück … jedes Mal.

Denn ihre Bedürftigkeit machte noch etwas anderes mit ihm, das spürte er. Sie hatte sein Selbstwertgefühl gepimpt und verlieh ihm eine arrogante Gewichtigkeit. Er spazierte protzig und breitbeinig mit dieser berauschenden, schwin-delerregenden Macht über sie herum, die er in sich trug, als hätte er ein Potenzelixier getrunken, das ihm schwer im Bauch und heiß im Blut lag.

Nun vibrierte sein Handy und kroch über die Arbeits-platte, als wollte es sich von ihm entfernen, wobei es syn-thetische Schreckensschreie ausstieß – wie lange war es her, dass er ihr sein Dick-Pic geschickt hatte, ganze zwei Minuten? Nachdem er sie fünf Tage lang völlig ignoriert hatte? Blake griff nach dem Handy, öffnete ihre Nachricht und fand ein Foto, das sie vor einer Minute auf der Toi-lette in der Arbeit gemacht hatte. Er stellte fest, dass sie ihre Schamhaare wieder wachsen ließ. *Heute um 17:30 Uhr?*

Ja, er schrieb zurück. *Ja, ja, du verdammte Schlampe, ja.*

Sie schickte ihm ein weiteres Foto, kommentarlos, aber dieses brauchte keinen. Es trocknete Blakes Mund aus und brachte seinen Puls zum Hämmern. Er benutzte es am Waschbecken stehend und schrie den Spiegel an, mit gebleckten Zähnen, wie ein wildes Raubtier.

Winter

Draußen herrschte trübes Spätvormittagslicht. Sein Kopf schwebte in der Fensterscheibe, als hielte ihn ein unsichtbarer mittelalterlicher Scharfrichter triumphierend in die Höhe. Sein Gesicht war voller Stoppeln, die Knochen traten scharfkantig hervor. Blake beobachtete, wie es verschwand, als es heller wurde und der angehäufte Schnee im Gartenrechteck, der inzwischen bis zur Hälfte des Holzzaunes reichte, deutlicher glitzerte. Ein kompakter Eispanzer umgab das Vogelhäuschen auf der Terrasse, wo die Kälte die Quecksilbersäule des Thermometers auf minus fünfzehn Grad Celsius, auf fünf Grad Fahrenheit heruntergedrückt hatte. Kein Lüftchen regte sich in den unbedeckten Zweigen der Ahornbäume. Von allen Blättern entblößt, zeigten sie dunkle Holzknochen und dünne, wie gehäutete Nerven verästelter Zweige in der Nacktheit ihres Leidens.

Er ging zurück zum Computer und öffnete die PetFace-Datei (nicht mehr PetMorph dot com), ignorierte sie dann aber, um zwei Stunden lang durch Reddit zu browsen und sich dann eine illegal gestreamte Folge von »The Walking Dead« anzusehen. Dann tappte er in die dunkle Küche und aß im Stehen drei Oliven und einen trockenen Kanten Roggenbrot mit dem letzten Rest Erdbeermarmelade. Er machte ein Nickerchen auf der Couch, hörte, wie sich die

Heizung im Keller ein- und ausschaltete, und beobachtete, wie die heißen Luftstöße aus der Heizung die Gardinensäume blähten. Er träumte, er sei der letzte Mensch auf Erden in einer Zombie-Apokalypse, der sich im Winter hier im dunklen Haus seiner Eltern versteckte und auf das Ende wartete, fast ohne Vorräte. Der Traum war so real, dass er sich sicher war, wach zu sein, und als er schließlich erwachte, dauerte es eine Weile, bis er erkannte, dass das beharrliche Klingeln des Festnetzanschlusses im Haus nicht Teil des Traums war. Dann klickte in der Küche der altmodische Anrufbeantworter seiner Eltern und die gemurmelte Ansage seines Vaters ertönte.

Blake ging bei seinen Eltern nie ans Telefon – entweder waren es Werbeanrufe, bei denen eine Kanalreinigung angeboten wurde, oder es waren Freunde seiner Eltern, die ihre Neugierde und höhnische Schadenfreude nur unzureichend hinter einer Maske aus angeblicher Sorge und Höflichkeit versteckten. Sie luden ihn gern zum Abendessen ein, um ihn zu verhören und öffentlich seinen Status als Taugenichts / Versager herauszustellen, im Vergleich zu ihren eigenen geliebten Sprösslingen, die ihren Abschluss gemacht hatten und als Buchhalter, Anwälte, Ärzte oder frisch gebackene Eltern von Enkeln Fortschritte im Leben machten.

Ein Piepton ertönte, und eine Frauenstimme begann zu zwitschern. Dann ein Klicken. Aber gleich klingelte das Telefon erneut. Ach, sei still, sagte Blake. Oder geh und brich dir schon mal die Hüfte. Krieg einen Herzinfarkt. Wieder nahm der AB die Nachricht auf, die vom Zischen der Lüftungsschlitze übertönt wurde. Nach dem Piepen wurde es still, und dann ertönte wieder dieselbe (anscheinend) weibliche Stimme, bis sie von einem weiteren Piepton unterbrochen wurde. Und wieder klingelte es. »Hergott nochmal!«, fluchte Blake. »Ich glaub's ja nicht!«

Als es ein fünftes Mal klingelte, stand er wütend auf und ging in Richtung Küche, aber dann, als er näher kam, stellte er plötzlich fest, dass es die Stimme seiner Mutter war, und beeilte sich. »Blake, mein Schatz, du bist doch zu Hause, oder? Wo solltest du sonst sein, Junge? Kannst du bitte mal drangehen? Ich brauche dich, Blake. Geh jetzt sofort ran!«

Es war ihre Stimme, aber sie hörte sich fremd an.

Mutter: Gibt es einen wichtigeren Klang für einen Menschen, diese erste Stimme, den Klang der Lebensspenderin? Aber ihre war jetzt atemlos, verzweifelt, klagend, so wie er sie in seinem ganzen Leben noch nie von ihr gehört hatte. Es lief ihm dabei kalt den Rücken runter, und er riss das Telefon von der Station. »Mom? Mom?«

»Oh, Gott sei Dank!«, stieß sie hervor. Sie hatte schon immer einen Akzent gehabt. Die Jahre in Kanada hatten die lyrischsten Kanten abgeschliffen; doch jetzt war die Melodie der Insel durchgedrungen und hatte die Oberhand gewonnen, als drehe ein innerer DJ einen Knopf am Plattenspieler in ihrem Inneren und schalte auf eine ältere Version von Dorothy zurück. Vielleicht die Dorothy, bevor sie Dorothy Morrow wurde. Dorothy Hume.

Einen Moment lang fragte er sich, ob er immer noch auf der Couch lag und träumte.

»Blake«, sagte sie, »komm mich sofort abholen, hörst du?«

»Was ist? Wo bist du, Mom?«

»Ich bin am Flughafen, Blake. Komm schnell, okay? Ich warte in der Ankunftshalle.«

»Welcher Flughafen, wovon redest du?«

»Ich bin in Pearson. Ich bin in Toronto.«

»Ist das dein Ernst?«

»Blake, ich habe keinen Saft mehr, hörst du? Der Akku in meinem Handy ist gleich leer. Komm und hol mich! Ich will nicht mit dem Taxi fahren oder so. Ich will nur … Kommst du bitte, Blakey?«

»Mom, bist du … weinst du?«

»Komm mich einfach holen, Blake, ja? Hörst du?«

»Wo ist Dad?«

»Ich brauche deine Hilfe, Blake! Du hörst mir nicht zu!«

Es trat eine Pause, eine Stille ein. Dann war ein kleines, würgendes Schluchzen zu hören. Nein, nicht klein, sie weinte richtig, das hörte er deutlich!

»Okay, ganz ruhig«, sagte Blake leise. »Beruhige dich einfach, in Ordnung, Mom? Was soll ich machen? Soll ich den Bus nehmen?«

»Nein, Blake! Du sollst mich natürlich mit dem Auto abholen! Ich warte in der Ankunftshalle.«

»Ich kann nicht, Mom. Das geht nicht, wegen der Versicherung, du weißt, dass Dad das Auto nur gegen Feuer und Diebstahl versichert, sonst nichts. Das ist ein paar hundert Dollar billiger. Wie oft habt ihr beide mir schon gesagt, dass ich nicht damit fahren darf – nicht mal auf der Auffahrt. Mom, wo ist Dad? Ist er nicht bei dir? … Mom?«

»Dein Vater ist nicht hier, Blake.«

»Wo ist er?«

»Komm mich holen, Blake.«

»Warum bist du allein aus Florida zurückgekommen?«

»Terminal drei, Blake. Ich kann nicht schon wieder mit dem Taxi fahren, nicht schon wieder einen Fremden ertragen ...«

»Ist Dad etwas passiert?«

...

»Mom!«

Der Anruf war beendet. Blakes Herz klopfte wie wild in seiner Brust. Was zum Teufel hatte sie hier zu suchen? Und was sollte dieses Geschwätz über irgendwelche Fremden? Und ihre Stimme – sie hatte doch nicht wirklich geweint, oder? *Irgendetwas ist mit ihm passiert.* Es gab keine andere Erklärung. Blake rannte eine Weile lang in fruchtloser Panik durch das Haus, suchte nach den Schlüsseln, seinen Socken, seinen Schuhen, fand nichts ... schließlich ermahnte er sich, sich zusammenzureißen, zog sich an und erinnerte sich, dass die Autoschlüssel im Werkzeugkasten in der Garage versteckt waren. Er benutzte sie, um den Motor einmal pro Woche zu starten und hochzudrehen, weil sie glaubten, dass die Batterie dann geladen blieb. Oder zumindest sollte er das tun. Normalerweise vergaß er es regelmäßig, und dann regten sich seine Eltern auf, wenn sie nach Hause kamen und ihr Auto nicht ansprang und sie Herrn Ajirath von nebenan holen mussten, um ihnen Starthilfe zu geben ...

Ein Glück, dass er diesen Winter ziemlich brav gewesen war – der alte Chevy sprang auf Anhieb an. Doch als sich das Garagentor mühsam hochruckelte, stellte er fest, dass die Auffahrt noch voller Schnee war. Auch das hätte eigentlich zu seinen Aufgaben gehört. Er sollte die Auffahrt und den Bürgersteig freiräumen, aber den ganzen Winter über hatte er keine Schneeschaufel angerührt, und inzwischen waren beide Bereiche mit einer Schicht bedeckt, die nach etwa anderthalb Metern feinstem kanadischem Pulverschnee aussah. Er fragte sich, ob der Chevy sich durchpflügen könnte, kam zu dem Schluss, dass das wahrscheinlich keine gute Idee war, und stieg fluchend aus dem Auto aus. Er machte sich nicht die Mühe, die hohen Gummistiefel seines Vaters anzuziehen, schnappte sich einfach die Schaufel und begann, den Schnee wütend zur Seite zu schieben. In kürzester Zeit waren seine Turnschuhe durchtränkt, seine Socken nass, seine Füße taub. Handschuhe hatte er auch keine, und seine nassen Hände begannen zu stechen wie nach dem Überfall eines ganzen Bienenschwarms, so dass er immer wieder innehalten und sie zum Aufwärmen in die Taschen stecken musste. Und offenbar war er auch nicht mehr in Form, denn schon bald stieß er schwer schnaufend Dampfwolken aus, sein unterer Rücken brannte, und seine Arme wurden steif vom aufgestauten Blut in den Muskeln, ein Gefühl, das er zuletzt gehabt hatte, als er noch ins Fitnessstudio gegangen war, mein Gott, wann war das denn gewesen? Vor Jahren. Ich muss in Form kommen, sagte er sich, weitere weiße Wölkchen ausstoßend.

Eines von den Dingen, die sich Blake schon immer vorgenommen hatte, war es, Muskeln aufzubauen, ernsthaft Bodybuilding zu betreiben. Aber wann wollte er endlich damit anfangen? Plötzlich hatte er das Gefühl, innerlich ins Taumeln zu geraten. Eine Backsteinmauer all jener Dinge, die er tun sollte, tun musste (ja, es war wie eine Backsteinmauer, aber es waren gar keine Backsteine, aus der Nähe bestand die Mauer aus Internetseiten, und auf jeder Seite, in jedem lebhaft zuckenden Pixel, war eine kleine Welt enthalten, und jede rief mit einer Art verzweifelter Dringlichkeit nach ihm), ragte über ihm auf und stürzte langsam auf ihn herab. Er lief zurück zum Chevy, zu seinen eigenen Augen im Spiegel, die wieder genauso körperlos waren wie an diesem Morgen.

Er fuhr das Riesenschiff von einem Auto rückwärts aus der Garage und bog mit Schwung auf die Straße ab. Ein Chevrolet Impala, Baujahr 1985. Hillary Crescent war so verlassen wie immer. Seine Eltern waren typische Impala-Fahrer, Hillary-Crescent- und Scarborough-Leute. Im Sommer ließ Dad den Wagen wachsen und polieren. Auf dem Liegestuhl im Keller lagen noch die Plastikplanen. Irgendwie hoffte er fast, die Polizei würde ihn anhalten und feststellen, dass das Auto mit ihm als Fahrer nicht versichert war, was rechtswidrig war, dann konnte er dieses eine Mal erwidern, dass er nicht anders handeln konnte: ein Notfall in der Familie. Er stellte sich vor, wie er Dad davon erzählen würde. Dad, der Versicherungsmann, der lieber sterben würde, als ohne Versicherung zu fahren.

Herrgott, Dad, Dad. Bitte, lieber Gott, mach, dass ihm nichts passiert ist!

Er wurde fast von einem Sattelzug abgedrängt, als er auf die 401 auffuhr. Er war schon seit einer ganzen Weile keine längeren Strecken mehr gefahren, vor allem nicht auf dem Highway. Dann verpasste er die Flughafenausfahrt und musste an der Dixie Road rausfahren und wenden, um wieder auf die 401 in Richtung Osten zu gelangen. Er erinnerte sich gerade noch rechtzeitig an die Terminalnummer und folgte der ansteigenden Betonfahrbahn, die sich wie eine

Schleife über die saubere Keramikplatte des Himmels wand. Das Parkhaus kostete ein Vermögen, aber er zog trotzdem ein Ticket und fuhr rein. Dad hätte Mom reingeschickt und bei laufendem Motor gewartet, »The Fan« im Radio gehört, eine Dose Limo getrunken – sprudelige Crush Orange oder Brio – und eine große Tüte All-Dressed-Ruffles oder eine Schachtel Timbits gefuttert und dabei einen dicken Finger nach dem anderen abgelutscht.

Blake eilte durch das hohe, weitläufige Terminal. Er brauchte fast zwanzig Minuten, bis er sie gefunden hatte. Sie saß mit verschränkten Armen neben ihrem Gepäck auf der unteren Ebene vor einem Tim Hortons. Sie schaute nicht auf ihr Handy, sie tat gar nichts, sondern starrte nur vor sich hin, was ihr gar nicht ähnlich sah, und wieder hämmerte ihm das Herz in der Brust, als er auf sie zurannte. Reisende aus aller Herren Ländern schoben Gepäckwagen oder zerrten Koffer über den stahlgrauen Teppich unter den schrägen, immens hoch aufragenden Fenstern voller weißem Himmel, und kaum einer von ihnen achtete auf Blake, zu konzentriert auf das eigene Ziel, und ein rennender Mann wie er, der sich beeilte, ein Gate zu erreichen, einen Flug zu erwischen, ein Rendezvous mit einem geliebten Menschen nicht zu verpassen, war ein zu gewöhnlicher Anblick, um Notiz von ihm zu nehmen.

»Mom!«

Sie erwachte aus ihrer Erstarrung, drehte ihm langsam den Kopf zu und sah ihn an, als wüsste sie nicht, wer er war. Alzheimer. Sein erster erbarmungsloser Gedanke. Jetzt hat es sie erwischt. Eine seiner schlimmsten Ängste als Einzelkind war schon lange, dass seine Mutter nach dem Tod seines Vaters, der mehr als zehn Jahre älter als sie war, an schwerer Demenz erkranken würde; dann würde er jahrzehntelang gezwungen sein, sich um sie zu kümmern und ihr den Sabber aus den Mundwinkeln wischen, während sie ihn fragte, wer er sei, und dabei ihren eigenen Kot an die Wände schmierte. Daher blickte er ihr mit schreckweiten Augen (so musste es sein) ins Gesicht und erkannte, dass sie ausgezehrt und seltsam verändert aussah. Ihre karamellfarbene Haut – in der ganzen Familie dafür berühmt, wie jugendlich, glatt, größtenteils faltenfrei und jung sie für eine Frau von zweiundsechzig Jahren aussah – hatte einen kränklich gelben Ton, der nicht nur dem blassen Flughafenlicht geschuldet war. Ihre Augen waren blutunterlaufen und eingesunken, die Wangenknochen noch ausgeprägter als sonst. Sie beide neigten dazu, ähnlich abgekämpft auszusehen, wenn sie gestresst waren, aber im Gegensatz zu ihm hatte sie auch sehr viel abgenommen, war abgemagert bis auf die Knochen. »Blake?«, sagte sie. Dann stand sie auf und fügte hinzu: »Gehen wir.«

Er fragte mindestens ein Dutzend, vielleicht sogar fünfzehn Mal, wo Dad war, als er neben ihr herging, während sie ihren Rollkoffer zum Aufzug zog. Aber sie sagte nichts. Alzheimer, dachte er immer wieder. Es ist so weit, es ist so weit. Ihm wurde übel, er schwitzte. Er drückte P2 im großen, doppeltürigen Aufzug, sie fuhren nach oben, und er bezahlte sein Ticket am Automaten. Sechs Dollar noch was – der reinste Wucher. Beim Chevy angekommen, sagte er, als er ihren Koffer einlud: »Du hast ihn in Florida gelassen? Du hast dir gesagt, es wäre Zeit, nach Hause zu fahren? Du bist allein in ein Flugzeug gestiegen?«

Sie schniefte und wartete vor der Beifahrertür. Er kam näher. »Mom, sieh mich an. Weißt du, wer ich bin?«

»Was? Was soll das, Blake? Warum schaust du mich so komisch an?«

»Sag mir, wie Dad heißt.«

»Wie er heißt?«

»Ja, dein Mann«, sagte er. »Du weißt doch, dass du verheiratet bist, oder? Sag mir, wer ich bin.«

»Ach, Blakey«, sagte sie, und dann begann sie zu weinen, wie er sie noch nie zuvor weinen gesehen hatte. Sie fiel regelrecht in sich zusammen, ihre Schultern sackten nach unten, sie neigte sich vor, und er fing sie auf und hielt sie in den Armen. Er spürte jeden einzelnen ihrer Wirbel unter seinen Händen, sogar durch ihren Mantel hindurch. »Alles gut, Mom«, sagte er. »Ich weiß, dass du durcheinander bist. Es wird alles gut. Ich werde dir alles erklären. Du warst in Florida. Du solltest jetzt eigentlich noch dort sein, bei Dad. Ich meine deinen Mann, Richard Morrow. Sein vollständiger Name lautet Richard Andrew Morrow. Genannt Richie. Wir fahren jetzt erst mal nach Hause, rufen ihn über FaceTime an und …«

Seine Mutter stieß ihn überraschend kraftvoll auf Armlänge von sich weg. »Was redest du da für einen Unsinn, Junge? Glaubst du, ich weiß nicht, wie dein Vater heißt? Meinst du etwa, ich wäre nicht mehr ganz richtig im Kopf?« Sie tippte sich an die Schläfe. »Ich will dir mal was sagen, Blakey, ich wünschte, es wäre so. Ich wünschte, ich könnte diesen Namen ausradieren. Für immer!«

»Mom, was ist denn bloß los?« Und dann, mindestens zum sechzehnten Mal, fragte er: »Wo ist Dad?«

»Dein Mr. Richie Morrow«, sagte sie. »Er wird immer dein Vater bleiben. Aber er ist nicht mein Mann. Nicht mehr.«

Sie schluchzte wieder und beugte sich nach vorn, so dass er nicht anders konnte, als sie zu umarmen. Schweigend fuhren sie los und sprachen auch unterwegs kein Wort. Erst als sie die Einfahrt zum Hillary Crescent Nr. 12 erreicht hatten, wo der Schnee so unordentlich weggeräumt worden war wie nirgendwo sonst in der ganzen Straße (sein Vater hätte es nicht bemerkt; sein entspannter, ewig gähnender Vater hätte gesagt, dass sei schon in Ordnung so, keine Sorge – er dachte natürlich an seinen Vater, die ganze Zeit über, genau wie während der schweigsamen Fahrt), begann sie zu sprechen. Sie erklärte, dass Richie Morrow sie verlassen hatte, um mit einer anderen Frau auf die Keys zu ziehen – einer Frau, mit der er offenbar schon seit Jahren zusammen war. All die Male, die sie dort unten nachmittags mit »den Mädels« beim Tennis- oder Bridgespielen war, hatte Richie es mit dieser anderen »sogenannten Dame« getrieben, die anscheinend nur aufs Geld aus war, da sie Vermögen und Häuser aus zwei Scheidungen besaß. Und sie hatte »Silikonmöpse«, von denen Mom hoffte, sie würden »platzen und dieser Hexe Höllenqualen bereiten«.

Für Blake hörte es sich an, als ob sie über Menschen auf einem anderen Planeten spräche. Nicht nur, weil er sich nicht vorstellen konnte, dass sein Vater nebenbei etwas laufen gehabt hatte, sondern auch, weil er nicht glauben konnte, dass Richard A. Morrow körperlich überhaupt zu so etwas fähig wäre. Schon allein der Aufwand, der damit verbunden war! Woher nahm er den Antrieb dazu? Sein

Vater, der gute, bequeme Richie mit dem großen Kopf und dem welligen weißen Haar, dem dicken Bauch und den Schlitzaugen über den breiten halb slowenischen, halb schottischen Wangenknochen, war einfach nicht imstande zu so etwas. Dieser Mann war auf dem Weg des geringsten Widerstands durchs Leben spaziert, hatte immer denselben Bürojob in der Versicherung ausgeübt und immer gespottet, was für Blödmänner die anderen waren, die sich ohne Ende den Arsch aufrissen. Und der sollte eine Affäre gehabt haben? Es war, als hätte man Blake erzählt, dass Richie eine geheime, verborgene Leidenschaft für Fallschirmspringen oder Triathlon hatte. »Das glaube ich nicht«, wiederholte Blake immer wieder.

»Das geht schon seit Jahren so, hat er mir erzählt«, sagte seine Mutter in der Küche. »Einfach so. O Gott! Oh, mein Gott!« Sie schaukelte vor und zurück und presste sich dabei ein zusammengeknülltes feuchtes Küchentuch auf die Augen.

»Es wird alles gut, Mom«, sagte er. »Es wird alles gut.«

Sie ging nach oben, um ein Bad zu nehmen, was ihm Zeit verschaffte, so gut wie möglich aufzuräumen und sauberzumachen, das schmutzige Geschirr in die Spülmaschine zu räumen, die verkrusteten Flecken von den Arbeitsplatten zu wischen und die Klamotten und andere Gegenstände, die wie Kot im Haus verstreut lagen, aufzuheben und alles in sein Zimmer zu werfen (nicht sein Kinderzimmer – das wie eine Science-Fiction-Kammer funktionierte und ihn mit unerträglichen Wellen von Schuldgefühlen und Depressionen überschwemmte –, sondern das Gästezimmer, das er immer benutzte, wenn er auf das Haus aufpasste;

ansonsten wäre er in einem dieser einsamen Vorstadt-Winter vielleicht in den Selbstmord getrieben worden, wenn er der Tatsache hätte ins Auge sehen müssen, dass er mit achtundzwanzig Jahren immer noch im selben Bett schlief wie als kleiner Junge, der Pipi machen musste und nach Mama und Papa rief).

Als die Sonne unterging und seine Mutter mit dem Auto die Straße hinunter zu Food Basics fuhr, versuchte Blake, seinen Vater in Florida zu erreichen. Sie kehrte mit Plastiktüten voller Gemüse, Hühnchen, Reis und anderen Lebensmitteln zurück, um den Kühlschrank aufzufüllen. »Ich weiß nicht, wie du hier überleben kannst, Blake, Schatz. Mit leerem Kühlschrank und so ganz alleine.« Sie fasste seine Rechte mit beiden Händen. Sie hatte so viel Gewicht verloren, dass sich sogar ihre Hände knochiger anfühlten als in seiner Erinnerung, aber sie waren noch genauso stark. »Blake, Blake – du verschwendest dein Leben. Du musst etwas tun, junger Mann. Jeden Tag, Blake. Solange du die Möglichkeit hast. Vergeude sie nicht, Blake. Und wirf dein Leben nicht für Leute weg, die deine Spucke nicht wert sind.«

Blake erstarrte. »Wie meinst du das, Mom? Leute wie wer?«

»Such dir ein nettes Mädchen, Blake.«

»Nicht das schon wieder. Herrgott nochmal.«

»Ja, aber hör mir doch mal zu. Mach nicht denselben Fehler wie ich. Binde dich nicht fest.«

»Darüber musst du dir keine Sorgen machen, Mom.«

Bald ging sie nach oben und legte sich schlafen. Blake versuchte weiterhin vergeblich, seinen Vater zu erreichen, und hinterließ ihm Nachrichten. Dann lag er auf dem Sofa und dachte darüber nach, wie sich seine Eltern kennengelernt hatten. Sein Vater war erst spät im Leben in die Karibik gezogen, um eine Stelle fernab des Hauptsitzes anzutreten, wo er sich den geringsten Arbeitsaufwand und den meisten Sonnenschein ausmalte. Aber der Job hatte sich doch als anspruchsvoll erwiesen, und so kehrte er nach einem Jahr zurück und brachte Dorothy mit nach Hause. Sie hatten dort geheiratet, kurz nachdem sie schwanger geworden war (nicht mit Blake – mit dem Ersten hatte sie in Kanada eine Fehlgeburt gehabt, und sie hatten Jahre gewartet, bevor sie es wieder versuchten), und Dorothy war nie wieder auf der Insel gewesen und hatte auch nicht Kontakt zu den Verwandten aus diesem Teil der Familie gehalten; Blake wusste nicht warum, er wusste nur, dass ihre Erinnerungen an die Heimat nicht liebevoll waren, dass sie nicht unglücklich darüber gewesen sein konnte, die Zuckerrohrfelder, die miesen Hotels und die »ordinären, bösen Leute« hinter sich zu lassen, ohne auch nur einmal zurückzuschauen.

Noch während er nachdachte, hatte Blake automatisch nach seinem Handy gegriffen und wischte über neue Frauengesichter. Auf der Suche nach Sex. Es war an der Zeit, andere zu finden und Dirty Cougar endlich hinter sich zu lassen. Ich bin nicht Richies Sohn, sagte er sich. Sein gutes Aussehen, seinen schlanken Körper hatte er von seiner Mutter, aber diese Faulheit – das war alles Richies Schuld. Dann begann er, alle Gründe aufzuzählen, warum er nicht wie sein Vater war, dass er zum Beispiel einer Frau niemals so etwas antun würde. Er sagte sich, dass er nie einer Frau etwas versprochen hatte. Jedes Mal, wenn Dirty Cougar an einem Sonntagmorgen Blake-ich-liebe-dich sagte, erwiderte er, sie solle das lassen. In Gedanken sah er ihr Gesicht auf dem Kissen neben seinem und wie sie ihn auf diese beunruhigende Art anstarrte, wenn sie (endlich mal) ernst war. Sie trafen sich jetzt schon fast – wie lange? – fast ein ganzes Jahr! Genug war genug. Aber er hatte den Schnitt gemacht, er hatte es geschafft.

Er war ihr jetzt die letzten dreiundzwanzig, nein vierundzwanzig Tage ausgewichen.

Zuerst waren die verzweifelten Nachrichten und das Klingeln des Handys dem üblichen Muster gefolgt und hatten täglich zugenommen, aber dann, nach etwa fünfzehn Tagen, hatten sie ihren Höhepunkt erreicht und – wie die wilden Zuckungen eines Erstickungsopfers – begonnen, weniger zu werden, immer weniger, um schließlich in unheimliche Stille zu münden. Es war nun eine ganze Woche her, dass er irgendetwas von ihr gehört hatte.

Als er sie zuletzt gesehen hatte, waren sie durch die Allan-Gärten spaziert und hatten ihre vier sogenannten Hunde wie wilde Pelzmuffe herumlaufen lassen, die ihre Pissesignaturen in die dünne Schneeschicht über das Unkraut krakelten. Wie immer war es ihm peinlich, mit ihr in der Öffentlichkeit gesehen zu werden – die Hunde waren ihm peinlich, dass sie so klein war, ihr puddingartiger Körper, ihr unattraktives Gesicht mit den dunkel-beflaumten Wangen und der unordentlichen Frisur waren ihm peinlich, ihr alberner Zigeunerrock mit den ekligen Suppenflecken ebenso. Er hoffte immer, die Leute würden merken, dass sie nicht seine Freundin war, weil er sich immer vorstellte, sein sozialer Status würde an ihr gemessen – denn je mehr

Erfolg ein Mann im Leben hatte, desto beeindruckender war seine Partnerin, ein unbestreitbares Naturgesetz –, und wie niedrig dieser Status sein musste.

Sie wollte gerade etwas sagen, doch er schnitt ihr das Wort ab. »Verlieb dich nicht in mich, okay?«

Und sie hatte gespottet: »Bild dir bloß nichts ein, Junior.«

»Ich meine es ernst. Ich habe keine solchen Gefühle für dich.«

»Du hast gar keine Gefühle«, hatte sie mit hohem, albernem Stimmchen geantwortet. Sie waren schweigend weitergegangen, und dann hatte sie die Hunde gerufen, sich für den Spaziergang bedankt und gesagt, sie gehe jetzt nach Hause und er könne sich verpissen. Sie schien es wirklich ernst zu meinen. Als sie sich umdrehte, hatte sie eine ihrer kleinen Hände über Nase und Mund gepresst. Er hätte sie gehen lassen sollen, aber er folgte ihr, nahm sie in den Arm, sagte nette Sachen zu ihr und fühlte sich schlecht, weil sie sich so fühlte, und dann waren sie zurück in ihrer Dachwohnung in der Schweinefabrik und hatten gevögelt. Der Sex war so unglaublich gewesen, dass er ihn fast lähmte, wie immer, und er munterte sie beide auf, wie immer, und dann ging er, in der Gewissheit, dass er sie wiedersehen würde. Aber das war nicht passiert. Irgendwie hatte er es diesmal geschafft, sich von ihr fernzuhalten.

Wie oft hatte er ihr am Frühstückstisch gegenübergesessen und beobachtet, wie sich ihr großer, witziger, sarkastischer, harter, schnell sprechender Mund in den Winkeln langsam nach unten zog und ihr dann die Tränen in die blinzelnden Augen traten und sie sie mit einer zerknitterten Serviette abtupfte? »Ich will nur wissen, woran ich bin«, sagte sie, und daraufhin sagte er: »Ich verstehe«, stand auf und ging. Doch während er sich von ihr entfernte, in der Straßenbahn stand oder auf dem Rücksitz eines Ubers hockte, klingelte sein Handy, und sie war dran und sagte: »Ich will nicht, dass du gehst, komm zurück!« Und er kehrte zurück, und sie hatten wieder Sex in ihrem schäbigen, stinkenden Loft, das sich niemals veränderte. Und manchmal drehte sie sich dann zu ihm um und sagte, dass sie ihn liebte, und er antwortete, sie solle das lassen, und am Ende schnappte er sich seine Hose und ging ... nur um einen weiteren Anruf zu bekommen, wenn er unten war.

Für sie war es (das fühlte er jetzt auf der Couch, als er sich die rosigen Gesichter, die Körper ansah), als wären sie beide die ganze Zeit durch ein starkes Gummiband verbunden gewesen. Wenn sie sich nahe waren, hielt sie nichts zusammen, aber wenn sie sich auseinander bewegten, dehnte und zog sich das Gummi, und je weiter sie sich voneinander entfernten, desto fester zerrte das gespannte Band an ihnen, bis sie schließlich in einer weiteren erotischen Kollision wieder zusammenstießen.

Ja, bestimmt war es für sie wie mit diesem Gummi, aber für ihn war es noch etwas anderes: die Unfähigkeit, mit anderen Frauen Sex zu haben. Damit war er nicht nur an Dirty Cougar gebunden, sondern stieß zudem noch überall auf emotionale Mistgabeln, wenn er vor ihr fliehen wollte, die ihre Zinken von Depression und Angst in ihn hineintrieben, sobald er den fruchtlosen Versuch wagte, mit einer anderen Person zusammen zu sein. Gefühle des Versagens, die durch die schmutzigen Berührungen von

Dirty Cougar unmittelbar und mühelos gelindert werden konnten. Es war, als sei sie die einzige Frau auf der Welt, mit der er als Mann funktionierte, und bei jedem Misserfolg eilte er zu ihr zurück, um sich sofort zu beweisen, dass sein Penis nicht versagte. Und dann wurde er in seiner Männlichkeit wiedergeboren, und er argumentierte sich selbst gegenüber, dass es vielleicht nur eine seltsame Form von erdrückender unterbewusster Schuld war, aber dass er sich nicht schuldig fühlen musste, denn er hatte ihr schließlich nichts versprochen! Und dann, wenn er innerlich wieder ruhig war, versuchte er erneut, mit einer anderen ins Bett zu gehen (über Monogamie hatten sie nie gesprochen – und er verheimlichte ihr ja nichts, erzählte aber ebenso wenig von sich aus, und sie fragte nie), und dann wurde er wieder von den Stacheln dieser gnadenlosen Mistgabeln in den unwiderstehlichen Zug des Gummibandes zurückgetrieben.

Gummi und Mistgabeln. PetMorph-Gesichter, Animalhumans. Ein halbtotes watschelndes, beschissenes Biest von einer Beziehung. Töte es! Lass es hinter dir!

Er hatte es nicht direkt töten können, aber er hatte es verhungern lassen, und jetzt wusste er, dass es vorbei war. Doch zur gleichen Zeit wallte die alte Arroganz immer noch in ihm auf. Das schwere, vollbäuchige Schwappen der Macht, die er über sie hatte. Die Verzweiflung in ihrer Stimme, wenn sie ihn anrief und ihn anflehte zurückzukommen. Vielleicht war das der Strom, der den Sex antrieb. Er wollte nicht genauer darüber nachdenken und über das, was das über ihn aussagte. Mann, war das eine beschissene Sache!

Aber jetzt war sie vorbei.

Blake setzte sich auf. Auf einmal dachte er, wie gut es in diesem Moment wäre, Dirty Cougars rauhe, leicht heisere Stimme zu hören, die ihm mit säuerlichem Mundgeruch Sprüche entgegenschmetterte. Mit ihr über die Sache mit Dad zu reden. Sie würden lachen, grausam und viel. Darüber, wie bizarr es war, seine Mutter im Winter zu Hause zu haben, und was, wenn sich die beiden jetzt plötzlich scheiden ließen? Nach wie vielen Jahren? Und wie dieses Florida-Flittchen wohl sein mochte, für das der alte Mann seine Frau verließ – denn Dirty Cougar hatte als Kind nicht nur eine, sondern drei Scheidungen miterlebt. Sie hasste ihren Vater und ihre leibliche Mutter, während sie ihre Stiefmütter nur milde verabscheute. Sie hatte acht Geschwister, halbe und ganze. Zusätzlich zu ihrem grausamen, ätzenden Lachen hätte Cougar ihm Ratschläge zur Scheidung angeboten, denn aufgrund ihrer Erfahrung würde sie wissen, ob es wirklich zur Scheidung kommen würde oder ob sich noch etwas kitten ließe …

Blake berührte ihren Namen auf dem Bildschirm und blickte auf den grünen Hörer, doch ohne ihn anzutippen. Dann dachte er, nein, sei mal besonders nett zu ihr – ruf sie nicht nur an, sondern überrasche sie mit einem Besuch. Wieder spürte er die Hitze seiner Macht, denn er wusste, dass sie in diesem Moment in einer Hölle der Einsamkeit und Verzweiflung lebte, die nur er lindern konnte. Und plötzlich wollte er weg von diesem Haus, diesem Schachbrettvorort, dieser verzweifelten, verletzten Mutter. Nachdem die Entscheidung gefallen war und er sich in Bewegung setzte, war es ein sich anbahnender Akt der Lust, als würde er einer süßen Sucht nachgeben – ein Spieler, der ins Kasino eilt, ein Junkie, der zum Dealer rennt –, und er zog seine Klamotten, seine Stiefel und seinen Mantel an, während er zum Garagentor stolperte. Er stieg in den Impala, drückte den Garagenöffner und fuhr rückwärts hinaus.

Es war gegen sieben, und all die braven kleinen kanadischen Familien – Chinesisch-Kanadier und Iran-Kanadier, Pakistani-Kanadier, Anglo-Kanadier, Franko-Kanadier, Jamaika-Kanadier, Serbo-Kanadier und Syrien-Kanadier – saßen an ihren Esstischen in den identischen Bungalows von Scarborough, während draußen das Uringelb der Straßenlampen auf den Schneehaufen schimmerte. Er fuhr die Victoria Park Avenue ganz hinunter und dann nach Westen durch The Beaches nach The Danforth. Als er Greektown (wo die Griechisch-Kanadier wohnten) durchquerte, vorbei an den beschlagenen Fenstern der vollen Restaurants und der Büste Alexanders des Großen, herrschte dichter Verkehr. Dann ging es weiter auf das Viadukt der Bloor Street, das auf beiden Seiten von den riesigen schiefen Kruzifixen der Selbstmord-Barriere gesäumt war. Auf die Sherbourne nach Süden und dann noch zwei Mal abbiegen, um auf die Bulwark Street und zu den Schweinefleischkonserven-Lofts zu gelangen.

Er parkte und ging die Treppe hinauf, wo es zur Abwechslung mal nicht nach Pisse stank. Der vertraute Aufstieg über die Treppe erinnerte ihn an ihren lustigen Trick, sich nach hinten zu lehnen und ihn zu zwingen, sie mit ihrem ganzen Gewicht vor sich herzuschieben, wenn sie betrunken oder bekifft hierher zurückkamen. Dann stand er vor der stumpfblau gestrichenen Stahltür, sah das Licht darunter und hörte leise Musik. Er hob die Faust und klopfte gegen den Stahl. Er starrte das Glasauge des Spions an. Zuerst geschah nichts, deswegen klopfte er noch einmal, hörte daraufhin die Dielen knarren und sah, wie ein Schatten auf das Glasauge fiel. Er grinste. »Hey«, sagte er. »C'est moi ici.«

»Was willst du?«, fragte sie, und ihre Stimme klang laut und scharf, sogar durch das Metall hindurch.

»Eine Lieferung«, sagte er. »Der Pizzabote. Sie haben was Heißes bestellt, stimmt's, Ma'am?«

Stille. Dann, noch einmal: »Was willst du, Blake?«

Er setzte seine dröhnende Samuel-Jackson-Stimme ein. »Was ich will? Hey, Schlampe, du weißt, was ich will!« Es war witzig ironisch, es war superlustig. Er wechselte zu einer hohen Fistelstimme. »Mann, ich bin der Crack-Head von oben!«, schrie er. »Gib mir mein Crack, du Crack-Hure!« Er kicherte und lehnte sich gegen die Tür. Er wartete – aber es kam keine Antwort, keine beißende Pointe, noch übertriebener als seine eigene. Die Stille dehnte sich aus. Er wischte sich mit dem Handrücken die Nase ab. »Komm schon«, sagte er. »Echt jetzt …«

»Was machst du hier, Blake?«

»Cougar«, sagte er. »Komm schon, Cougar. Komm schon, Dirty C. Jetzt sei nicht so …«

Jetzt hörte er eine andere Stimme, leise und tief, eine Männerstimme. Blake hörte sie sagen: »… sonst rufst du die Bullen …«

Und Cougar sagte: »Hör zu, Blake. Komm nie wieder her, okay?«

»Was ist los?«, fragte er erschrocken. Stille. »Was ist los? Was geht hier ab?«

»Verpiss dich, Mann«, sagte die Männerstimme durch den Stahl.

»Wer ist das?«, fragte Blake.

Er hörte sie beruhigend flüstern, und dann sagte sie: »Blake, Blake. Hörst du mich? Es ist vorbei, okay. Es ist vorbei. Geh weg.«

»Was sagst du da?«

»Sie sagt: Verpiss dich, Idiot!«, dröhnte die Stimme des Mannes.

»Mann, wer zum Teufel bist du?!«, schrie Blake.

Ihre Stimme sagte: »Ich bin jetzt mit jemand anderem zusammen, Blake.«

Ein anderer. Es traf ihn wie ein Vorschlaghammer auf die Brust. Ein anderer wollte Dirty Cougar. Das war kein Stiefbruder, Vater oder Freund, sondern ein anderer im Sinne von: ein anderer Liebhaber, ein anderer Mann, der seinen Platz am Gummiband einnahm. Jemand anderes wollte den Dreck, das Elend. In seinen Gedanken blitzten all ihre verzweifelten Botschaften auf – erst eine Woche war seit der letzten Nachricht vergangen! Eine Woche, und schon … das ergab doch überhaupt keinen Sinn! »Geht es dir gut?«, fragte er. »Alles in Ordnung mit dir?«

»Mir ging es gut«, sagte ihre Stimme, »bis du aufgetaucht bist. Und es geht mir wieder gut, wenn du weg bist. Also geh.«

»Ich will nur … Ist der Typ okay zu dir?« Plötzlich überfiel ihn eine Zärtlichkeit für sie, ein liebevolles, schmerzliches Gefühl, das er noch nie zuvor empfunden hatte.

Er hörte Gemurmel und dann ein schreckliches Geräusch: Es war Lachen, die beiden glucksten leise miteinander. Ein beißendes Lachen, das sarkastische, verletzende Lachen, das ihm und ihr gehört hatte.

»Bye bye, Blake, okay?«, sagte sie in einem Singsang. »Bye bye-eee.«

»Okay«, sagte er. »Gut. Cool. Bye.«

»Hau ab, Mann«, sagte die Männerstimme.

Er drehte sich langsam um – wie oft hatte er auf dem Absatz kehrtgemacht und war gegangen? Aber diesmal musste er bei der Bewegung gegen den Vorschlaghammer ankämpfen, der auf seine Brust eindrosch. Der Gedanke, der in seinem Geist pulsierte, war so ähnlich wie »Ich bin getroffen worden, ich bin getroffen worden«, nur nicht in Worten, sondern in Form eines Gefühls, der schrecklichen Erschütterung dieser Wahrheit, die in ihm nachvibrierte. Er fand sich auf der Straße wieder, wo er nach seinem Autoschlüssel wühlte. Ein Mann, der wie ein Indianer aussah, bat ihn um eine Zigarette. Er starrte in das runzlige Gesicht, hart und zäh wie die Straße selbst, und sagte nichts. »He, Kumpel«, sagte der Fremde, »du bist ganz schön fertig, was? Komplett stoned.« Er hob die Hand und wedelte damit vor Blakes Augen herum. Blake schüttelte den Kopf, schüttelte sich aus der schmerzhaften Trance, ging um den Chevy herum, stieg ein und fuhr los.

Er wurde von einem dumpfen Poltern geweckt – einem Knarren und Knirschen, das man in jedem kanadischen Standardhaus mit hohlen Rigipswänden und knarzenden Sperrholzböden kennt. Geräusche aus der Kindheit: jemand anderes im Haus, unten. Für einen Moment erstarrte er und dachte an Einbrecher – unwillkürlich kamen ihm auch Waffen in den Sinn, ein Messer – aber dann fiel es ihm wieder ein. Er zog sich ein T-Shirt und Shorts an und fand seine Mutter am Küchentisch sitzend, eine dampfende Tasse Kaffee in beiden Händen. Sie schaute hinaus in einen hellen Tag; die Sonne schien vom wolkenlosen Himmel, besprenkelte den Schnee mit gelbem Glanz und ließ ihn glitzern.

»Du bist früh auf«, sagte er.

»Hast du geschlafen?«, fragte sie ihn.

Er sah sie an. »Klar. Du nicht?«

Sie schnüffelte. »Da ist Kaffee, willst du?«

Er schenkte sich etwas in einen Becher mit der Aufschrift *Mom On Strike* und setzte sich ihr gegenüber. »Ich habe gestern Abend das Auto gehört«, sagte sie.

Er nickte. »Ja. Ich hätte es nicht tun sollen, tut mir leid, ich … Ich musste einfach raus.«

»Wo bist du hin?«

»Nirgendwo. Einfach nur rumgefahren.«

»Ich rufe die Versicherung heute noch an und lasse dich wieder eintragen.«

»Okay. Gut.«

Sie sah ihn an. »Du musst mich fahren.«

»Ach ja? Na gut.« Dann blickte er alarmiert auf. »Moment, was soll das heißen?«

Sie öffnete den Mund – so weit, dass er einen Moment lang glaubte, sie würde gleich anfangen zu singen, aber das Gegenteil war der Fall: Sie atmete tief und zittrig ein, und zum ersten Mal sah er Angst in ihr. »Es gibt einen Grund, warum dein Vater … getan hat, was er getan hat. Jetzt.«

»Ich werde mit ihm reden«, sagte Blake. Zwischen den Zeilen: Ich kann das klären. Er wird zurückkommen.

»Blake, hör zu. Konzentriere dich auf das Hier und Jetzt, ja?«

»Okay.«

»Du konntest dich nie konzentrieren. Das war schon immer dein Problem. Bist du jetzt bei der Sache, Blake?«

»Hey«, sagte er verletzt. Weil seine Mutter noch nie so mit ihm geredet hatte. Wieder fielen ihm ihre knochigen Hände und ihr ausgezehrtes Gesicht auf, genau wie bei ihrer Ankunft gestern, aber die Kanten schienen noch schärfer hervorzutreten als gestern und die Haut sich noch dünner darüber zu spannen. »Du musst etwas essen, Mom. Du hast bestimmt noch nichts gegessen, oder? Ich mache dir ein Omelett mit allem.« Er schob seinen Stuhl vom Tisch zurück.

»Immer dann, wenn man es am meisten braucht«, sagte sie.

Er stand auf und schaute sie mit zusammengekniffenen Augen an. »Was? Was sagst du da?« Die nackte Angst erfasste ihn wieder, wie eine zurückkehrende Flut – die Alzheimer-Angst. Ihm fiel ein, dass er ihre Geschichte mit Dad noch nicht überprüft hatte.

»Ich wollte dir noch etwas sagen, Blake. Es gibt einen Grund, warum dein Vater … es gibt eine Ursache.«

»Okay.«

Sie wollte anfangen zu reden, stockte dann aber: »Du musst mich ins Krankenhaus fahren, Blakey. Das Princess Margaret in der Innenstadt.«

Er sagte nichts.

»Ich habe morgen früh einen Termin. Bei Dr. Kirish. Es ist ernst, Blake, hörst du? Das ist wirklich kein Witz.«

»Was ist los?«

»In Florida bin ich gestürzt und habe mich an der Hüfte verletzt. Wir mussten in die Notaufnahme, und es wurde ein CT angeordnet.«

»Augenblick mal. Wann war das, Mom?«

»Ist noch nicht lange her. Vor einer Woche.«

»Du bist gefallen«, sagte er begriffsstutzig. »Wie bist du denn …«

»Jetzt hör mir zu, Blake! Um den Sturz geht es doch gar nicht!« Ihr Schrei war zu laut, zu schrill, ein vollkommen übertriebener Gefühlsausbruch, der sie beide erstarren ließ. Als hätte es ein verstecktes Ungeheuer, das lange Zeit hinter ihrem knochigen Gesicht ins Verborgene gepresst worden war, geschafft, für eine Sekunde einen Tentakel ins Freie zu bohren, bevor es wieder hineingezwängt wurde.

»Okay«, sagte er langsam. »Es tut mir leid, Mom.«

Erneut holte sie so seltsam schluckend und zittrig Luft. »Es geht um das, was bei dem CT festgestellt wurde. Und durch die Nachuntersuchung bestätigt wurde. Ich bin hierher nach Hause gekommen, um mit der Behandlung zu beginnen. Und zwar ab morgen.«

»Behandlung«.

»Es ist das, worum man betet, es nie zu bekommen, Blake. Verstehst du?«

»Oh, mein Gott. Wo? Wie … wie schlimm ist es?«

»Dein Vater konnte mit der Nachricht nicht umgehen. Dein Vater – ich habe das immer gewusst, ich erzähle es dir nur, damit du es weißt. Ich spüre keinen Hass oder so auf ihn, Blakey, es ist einfach nur die nackte Wahrheit, dass dein Vater ein Feigling ist. Ich habe es immer gewusst. Das ist der Grund, warum er diese – diese Frau die ganze Zeit hatte und es seiner Frau nicht ins Gesicht sagen konnte, nach siebenunddreißig Jahren, *siebenunddreißig Jahren,* der Grund, warum er bis jetzt gewartet hat. Ausgerechnet jetzt. Mein Vater, weißt du, er war kein Engel, aber er hat immer gesagt: Wenn du einen Riss im Fundament siehst, dann bau bloß nicht darauf.

»Wie schlimm ist es, Mom?«

»Ich wusste schon sehr früh, dass dein Vater diesen Knacks hatte. Er war immer schon da. Es ist also auch meine Schuld, Blake, weil ich mich, obwohl ich es von Anfang an wusste, selbst belogen habe. Aber dein Vater war für mich eine Chance, mein altes Leben hinter mir zu lassen. Kurz nachdem wir uns ineinander verliebten, hat mein Onkel einmal etwas zu mir gesagt, das mich zum Weinen brachte. Ich bin zu deinem Vater gegangen und habe gesagt: ›Rede du mit meinem Onkel und bring ihn zur Vernunft. Lass nicht zu, dass er mich so behandelt.‹ Und weißt du, was dein Vater stattdessen gemacht hat? Er hat mich auf ein Eis eingeladen. Schon damals hätte ich es wissen müssen. Nein. Ich wusste schon damals, woran es lag. Aber ich habe meine Augen davor verschlossen, und deswegen sind wir jetzt an diesem Punkt angekommen.«

Sie sah ihn an. »Verschließ niemals deine Augen, Blake.«

Hinter dem Princess-Margaret-Krankenhaus, das auf Onkologie spezialisiert war, gab es einen Parkplatz, so dass sie es von der Murray Street aus betraten anstatt durch den Haupteingang an der breiten University Avenue. Im Inneren herrschte ein Gedränge wie in einer U-Bahn-Station, und außerdem wurde gerade renoviert, so dass überall Planen hingen und Gerüste standen, was den Räumlichkeiten eine beengte und an Kriegszeiten erinnernde Atmosphäre verlieh. Sie gingen zu den Aufzügen in der Mitte, in denen sich überwiegend ältere Menschen drängten. An diesem Ort wurde eine Tatsache deutlich, die er zwar gewusst, aber verdrängt hatte, nämlich dass Krebs eine Krankheit der Alten ist. Je häufiger sich unsere Zellen teilen, desto wahrscheinlicher ist es, dass sich Fehler in die DNA einschleichen; sie mutieren und werden zu einer tödlichen Gefahr. Die Leute beäugten seine Mutter, und er beäugte sie. Die geisterhafte Blässe, die mobilen Infusionsständer. Man fragte sich, welche Art von Krebs sie hatten, wie ihre Prognose war, ob sie schlechter dran waren als man selbst. Der niedere menschliche Instinkt für Wettbewerb verwandelte sich hier in einen Wettlauf um das Leben selbst, um die Zeit – den verzweifeltsten Wettbewerb von allen.

Es waren viele Paare dabei, und Blake versuchte mit einem Blick auf ihre blassen Falten, ihre weißen Haare und ihre zitternden Hände zu erraten, wer Patientin oder Patient und wer Ehemann oder Ehefrau war. Es war nicht leicht, außer jemand hatte einen kahlen Kopf oder einen wackligen Gang. Der Aufzug war aus Glas, wie in einem Hotel. Sie fuhren damit bis in den vierten Stock, dicht zusammengedrängt mit acht anderen. Ein strenger Geruch stach ihm in die Nase, nicht wie Fürze, aber unangenehm, vielleicht chemisch.

Sie suchten nach dem Empfang, meldeten sich an und wurden in ein anderes Wartezimmer geschickt. Gepolsterte Stühle standen vor einem Fernseher – Anderson Coopers stechend blaue Augen –, und das Leuchten des Bildschirms wirkte besonders lebendig an diesem Ort, fast gleißend hell im Kontrast zu den stumpfen Wänden und der farblosen Atmosphäre des Raumes voller grauer Gesichter, grauer Wackelköpfe. Sie warteten zwanzig Minuten und begaben sich dann in einen kleineren Wartebereich, wo Blake half, einen Fragebogen auszufüllen und die Multiple-Choice-Fragen auf einem elektronischen Gerät zu beantworten, das man seiner Mutter gegeben hatte. Dann ging es in ein kleines Behandlungszimmer mit Waschbecken und Untersuchungsliege. Der Onkologe trat ein. Überraschend jung, mit Brille, dickem schwarzem Haar und einem Akzent, der irgendwie nach Indien, vielleicht auch Pakistan oder Bangladesch klang. In sachlichen Worten erklärte er die Fakten zum Tumor und die Aussichten über einen Zeitraum von fünf Jahren. Eine Operation war unerlässlich, aber vorausgehen musste eine erste Chemo, um den Tumor zu verkleinern. Der Ablauf der Chemo wurde erläutert. Blake war aus irgendeinem Grund fasziniert von der Form einer markanten spinnenartigen, himmelblauen Vene an der Schläfe des Mannes. Es schien eine gewisse Affinität zwischen ihm und Dorothy zu bestehen, die ein wenig über das Patientin-Arzt-Verhältnis hinausging, vielleicht weil auch sie einen ausländischen Akzent und braune Haut hatte. Sie scherzten ein wenig, lächelten. »Wir werden alles tun, was wir können, damit Sie wieder gesund werden«, versprach Dr. Kirish, und durch die Art, wie er es sagte, verließ ihn Blake mit einem Gefühl tiefer Erleichterung, als ob jetzt, nach der Sprechstunde, alles praktisch wieder in Ordnung wäre. Diese riesige Institution, die von den Steuerzahlern

Kanadas, der Nation selbst, finanziert wurde, hatte nun die Verantwortung für die Eingeweide seiner Mutter übernommen und würde sie sicher wieder ins Wohlbefinden zurückhätscheln.

Doch zunächst war eine kleinere Operation in einem anderen Krankenhaus erforderlich, wofür sie ein Stück an der breiten University Avenue entlanggehen mussten, acht Spuren mit einer parkähnlichen Insel in der Mitte, auf der manchmal Obdachlose ihre Schlafquartiere aufschlugen, da ihnen die Verkehrsmauern auf beiden Seiten ein wenig Schutz zu bieten schienen. Die Sonne hatte sich hinter Wolken versteckt, und es begann zu schneien. Es ärgerte Blake, dass seine Mutter sich so langsam bewegte – als ob sie bereits krank wäre, obwohl er sicher war, dass sie hätte joggen können. Sie ließ sich bereits in ihre Diagnose fallen, dachte er, spielte Symptome aus, die nicht existierten, erwartete sie, lebte ihre besiegte Zerbrechlichkeit aus. Ihre Haltung widersprach seinem eigenen Sprechstunden-Optimismus und irritierte ihn zwischendurch dermaßen, dass er regelrecht wütend wurde. Sie hing schwer an seinem Arm; sie waren zu langsam für die zweite Ampel und strandeten auf der Insel. Im Norden konnte Blake bis zu der Stelle blicken, an der sich die Avenue teilte, wie ein großer Fluss, der eine bergige Halbinsel umfließt – den Ausläufer des Queen's Park mit den schneebedeckten Grünanlagen, die sich bis zum dunklen Steinmassiv des Parlaments erstreckten. Im Süden führte die Allee hinunter zum Finanzbezirk, zu den Gebirgen aus Glas und Stahl auf beiden Seiten; zunächst vorbei an den Klinik-Komplexen und dann an den Versicherungsgesellschaften und den Gerichtshöfen, den Hotels und dem Opernhaus an der Ecke zur Queen Street.

Als er seiner Mutter entnervt ins Gesicht sah, in der Erwartung, ihren vertrauten dickköpfigen Schmollmund zu sehen, stellte er stattdessen überrascht fest, wie klein, knochig und verletzlich sie unter der Kapuze wirkte und wie geistesabwesend ihr Blick war. Nein, er fand keine Spur von Trotz, nur das müde, gezeichnete Gesicht einer Frau, die stark abgenommen hatte. Woher sollte er, Blake, eigentlich wissen, dass dieser schleppende Gang kein Symptom des in ihr wachsenden Tumors war? Er fühlte sich ausgehöhlt, seine Augen wurden feucht. Er musste den Blick von ihr abwenden. Sein Optimismus war plötzlich verschwunden. Wie klein und hässlich die Welt war! Dieses düstere Grau! Sie sollten nicht in Krebskrankenhäusern sein! Dad sollte bei ihr sein! Das alles war komplett falsch! Er hätte sich am liebsten mit beiden Händen gegen den Kopf geschlagen und in den kalten Wind gebrüllt. Die Ampel sprang um, und sie gingen weiter und suchten sich ihren Weg durch das schmutzige Eis am Straßenrand.

Ein weiteres Krankenhaus, eine weitere Runde des Anmeldens und Wartens auf harten Stühlen: Ein Mann sprach in ein Handy, es hörte sich an wie Italienisch, ein anderer mit weißem Bart und Kopfbedeckung betete laut mit einem Buch in arabischer Schrift, ein untersetzter Typ hatte seinen Gehstock an den Arm gehängt und rief auf Vietnamesisch in ein Handy, ein anderer, der so tat, als läse er eine Zeitung, wie es aussah, in Farsi, schaute sich aber in Wirklichkeit durch die Unterseite seiner Lesebrille eine vollbusige Latina im Leopardenlook mit offenherzigem Dekolleté an, die ihm gegenüber ihren Lippenstift nachzog und das Ergebnis mit geschürzten Lippen in einem kleinen Spiegel begutachtete. Ein weiteres Handy dudelte den synthetischen Beat eines Abba-Songs. Wer sind diese Leute? Gehören wir auch zu ihnen? Wir sind ein Dateiname. Unsere Körper sind hier, um verarbeitet zu werden.

Seine Mutter bekam zwei blaue Kittel zum Umziehen und verschwand in einer Kabine. Danach saß Blake neben ihr, während eine Krankenschwester sie vorbereitete und sagte »los geht's«, als sie eine Nadel in den schmalen Arm seiner Mutter steckte. Ihre Haut war so dünn, dass sie im Licht so porös wie Seidenpapier aussah. Er beobachtete, wie sie in den OP gerollt wurde, und war da, als sie wieder herauskam. Sie mussten eine Weile warten, um sicher zu sein, dass sie stabil war, bevor sie gehen konnten, und seine Mutter lag mit besorgtem Blick da und sagte nicht viel, während Blake ihr aus der Gratiszeitung vorlas, die er mitgenommen hatte. Auf der linken Seite ihrer Brust, direkt unter dem Schlüsselbein, befand sich nun ein weißes Pflaster. Als die Krankenschwester kam, um nachzusehen, zog sie es ab, und Blake sah, dass man seiner Mutter ein weißes hartes Plastikröhrchen eingesetzt hatte. Dies sei der Portkatheter, quasi die Steckdose für die Chemo, ein direkter Zugang zum Gefäßsystem seiner Mutter, ebenso wie auch er einst durch die Nabelschnur mit ihr verbunden gewesen war. »Du hast eine Steckdose, Mama«, sagte er lächelnd, nachdem die Krankenschwester gegangen war.

»Ja, die haben ganz viele verschiedene«, erwiderte Dorothy.

Für einen Moment dachte Blake an Cougar und all die

fiesen, bissigen Dinge, die sie über alte Leute auf Chemo-stationen sagen könnte, die mit dem großen K konfrontiert waren und denen Plastikschläuche in den Brustkorb ge-steckt wurden. Lustig, solange man nicht drinsteckt, oder? Doch bei dem Gedanken an Cougar fühlte er sich einsam und verzweifelt, und er zitterte, als hätte ihn die Grippe erwischt. Vielleicht hatte sie das sogar. In Krankenhäusern wimmelte es von Viren. Vorsichtig führte er seine Mutter durch den dicken Schnee draußen zurück zum Auto.

So fing es an. Der unerbittliche Treck in die anstrengende Einöde, das Königreich des Krebses in all seinen Gestalten, das niemand jemals freiwillig betreten würde. Selbst im Jahr 2019 hockt der Krebs unüberwindlich und angsteinflö-ßend jenseits der Reichweite der Zivilisation und all ihrer Computer und Laserstrahlen, ihrer Heilinstrumente und Infusionen. Die Betroffenen müssen Krankengewänder an-legen wie früher die Aussätzigen und in die ewige, unver-söhnliche Wüste hinausschlurfen, und keiner der Zurück-bleibenden, die mit Gesundheit gesegnet waren, kann es ihnen abnehmen. Die Karawane der Opfer muss durch das ausgetrocknete Ödland ziehen, wo die Chirurgenskalpelle und die Chemotherapie und die Strahlen auf sie warten wie eine Meute grinsender Hyänen. Und jeder weiß, dass nur wenige von ihnen zurückkehren werden. Die Wüste des Krebses verzehrt Jung und Alt, Männlein und Weiblein, Weiß und Schwarz mit gleicher Gnadenlosigkeit. Alles Blut ist rot, und alle Knochen bleichen im salzigen Gleißen der gnadenlosen Sonne.

Blake brachte sie hin und blieb bei jeder Chemo-Sitzung

bei ihr, fuhr sie wieder nach Hause, ging Lebensmittel und Vorräte einkaufen und erledigte alle notwendigen Besorgungen. Er war Stunde um Stunde bei ihr, während die Medikamente den Tumor schrumpfen ließen (so hofften sie), aber zugleich auch ihre zerstörerischen Nebenwirkungen entfalteten. Ihr wurde heiß, ihre Gelenke schwollen an, sie schwitzte und warf ihre Decken von sich, dann wieder zitterte und erblasste sie, und ihre Zähne klapperten. Ihr dickes Haar fiel aus, und er konnte zum ersten Mal die Form ihres Schädels erkennen, nur bedeckt von einem dünnen Flaum wie bei einem Vogeljungen. Ihre Hände zitterten, und ihre sonst so flinken Füße wurden unbeholfen, so dass er nach den ersten Stürzen wusste, dass er sie beim Gehen mit einer Hand am Ellbogen stützen musste. Die Chemikalien griffen die Nerven an, und ihre Zehen und Finger wurden taub, weshalb es lebenswichtig war, dass ihre Haut nicht der kalten Winterluft ausgesetzt wurde. Selbst auf dem kurzen Weg vom Parkplatz zum Krankenhaus mussten sie ihr Gesicht komplett mit einer Skimaske und einem dicken Schal einhüllen. Sie verlor sogar noch mehr Gewicht, weil jedes Essen für sie nach Metall schmeckte, und in ihrem Mund und um ihre Lippen herum brachen kleine Bläschen auf, die brennend schmerzten. Ihre rasch zunehmende Erschöpfung war förmlich ein Segen, da sie zwölf bis vierzehn Stunden am Tag tief in das betäubende Vergessen des Schlafes eintauchte. Wenn sie erwachte, bereitete er die Mahlzeiten zu – sie gab ihm von einem Stuhl am Küchentisch aus Anweisungen, da sie weder in den kalten Kühlschrank greifen noch längere Zeit auf den Beinen bleiben konnte. Zum ersten Mal in seinem Leben lernte Blake, die guten Suppen und herzhaften Eintöpfe zu kochen, mit denen sie ihn aufgezogen hatte, Ochsenschwanz und pürierte Kochbananen, Reis und Bohnen mit Ziegencurry. Er redete ihr gut zu, damit sie noch einen weiteren Bissen zu sich nahm und ihn bei sich behielt, obwohl sie so gut wie keinen Appetit verspürte. Er las ihr vor, wenn sie das Programm im Fernsehen zu deprimierend fand, holte Liebes- oder historische Romane aus der Bibliothek und setzte sich an ihr Bett, bis sie einschlummerte. Ihr Körper dünstete seltsame synthetische Gerüche aus, und ihr Atem ging schwer und pfiff durch die Nasenlöcher.

Dann kam der Tag, an dem sie die Nachricht erhielten, dass die Chemo gewirkt hatte und sie in die Praxis von Dr. Snyder überwiesen wurde, wieder in einem anderen Krankenhaus. Er war ein glatzköpfiger Mann, älter als Dr. Kirish, der ihr das minimalinvasive Verfahren zum Herausschneiden des Tumors erklärte. Um zwei Uhr nachmittags wurde sie in den OP gebracht, um sechs Uhr kam sie wieder heraus, und er war bei ihr in der halbprivaten Abteilung, als sie wieder zu sich kam.

Die fettleibige Frau im Nachbarbett hinter dem Paravent begann um Hilfe zu schreien, aber der Toilettenstuhl kam zu spät, und sie entleerte sich platschend über den ganzen Boden und schrie dabei o nein, o Gott, während sich das Zimmer allmählich mit einem unerträglichen Gestank füllte. Zu seiner Schande floh Blake aus dem Zimmer und ließ seine Mutter stöhnend in ihrem Bett zurück. Aber er konnte nicht bleiben; er hätte sich übergeben. Die Krankenschwester rief einen Pfleger, einen kleinen Philippino, der von dem Geruch völlig unbeeindruckt schien, als er die

Sauerei aufwischte (Blake sah von der Tür aus zu). Aber Blake beschloss daraufhin, seine Mutter für eine Gebühr von 400 Dollar pro Nacht in ein Einzelzimmer verlegen zu lassen, er unterschrieb die Papiere, und sie wurde entsprechend untergebracht.

Eigentlich sollte er zum Ende der Besuchszeit um einundzwanzig Uhr das Krankenhaus verlassen, aber sie ließen ihn bei ihr im Zimmer schlafen, wobei er zwei Stühle zusammenschob, um sich ein unbequemes Bett zu machen. Er wachte jedes Mal auf, wenn die Nachtschwester einmal pro Stunde nachsah. Die ersten Worte seiner Mutter nach dem Aufwachen aus der Narkose waren: »Warum bin ich hier?« Und viel mehr sagte sie nicht in den darauffolgenden Tagen. Ihr Gesicht unter dem kahlen Kopf lag klein und runzlig wie eine Sultanine auf dem Kissen. Die ganze Zeit über fühlte sich Blake wie betäubt, aber es war keine wirkliche Taubheit im Sinn von Gefühllosigkeit, denn er spürte zugleich einen immensen Druck, der ihn bis in die Knochen und Adern erfüllte, der seinen Kopf und seinen Darm ausstopfte, als presse jemand methodisch Watte in jeden Kubikzentimeter seines Inneren. Ihm wurde klar, dass er bis zu diesem Zeitpunkt nie wirklich geglaubt hatte, seine Mom sei in Lebensgefahr, aber als er sie jetzt auf dem Bett liegen sah, gebrechlich und ausgelaugt in einer Einrichtung, in der jeden Tag die Toten aus solchen Betten geholt wurden, wusste er, wie leicht sie sterben konnte – und nicht nur sie, auch er –, und es war das erste Mal in seinem Leben, dass ihm dies richtig bewusst wurde.

Sie blieben eine Woche lang dort. Sein Vater kam nicht. Irgendwie glaubte Blake die ganze Zeit, dass er irgendwann

auftauchen würde, wie im Film, einfach so. Die Operations-
narbe auf dem Bauch seiner Mutter war winzig. Jedes Mal,
wenn er ihr beim Toilettengang half, sie aus dem Bett hob,
sie halb auf die Toilette trug, sie hinsetzte und wieder hoch-
zog, ihr beim Abwischen half, für sie die Spülung drückte,
mit ihrem Körper hantierte und sie auf eine Weise sah, wie
er sie nie zuvor gesehen hatte, ihre dünnen Knochen spürte,
wurde Blakes Wut auf seinen Vater weiter angefacht. Eigentlich war es die Aufgabe von Richard Morrow, dies hier
zu tun. Der Feigling Richie mit seinem Flittchen in Florida.
Der faule Feigling Richie, der nicht ertragen konnte, was
mit seiner richtigen Frau geschah, mit der er seit fast vier-
zig Jahren verheiratet war. Blake schwor mit Tränen in den
Augen, dass er nie wieder mit diesem Mann reden würde.

Als sie entlassen wurden und nach Hause kamen, fand
Blake auf dem Anrufbeantworter Nachrichten von Drü-
ckeberger Richie. Sie waren kurz und knapp. Hallo, hier
ist Richie. Ich würde gerne wissen, wie es dir geht da oben.
Hier spricht Richard. Bitte ruf mich zurück. Danke.

»Ja, leck mich am Arsch«, sagte Blake und drückte die
Löschtaste.

Die Mahlzeiten, die er jetzt für Mom zubereitete, waren
einfacher – keine Gewürze, nichts Rohes. Er kochte Kar-
toffeln weich, dazu ein wenig gedämpfte Hühnerbrust
oder ein Stückchen Fisch und etwas gedünstetes Gemüse.
Er versuchte sie aufzupäppeln, kochte Hühnerbrühe und
-leber, gebratenes Knochenmark.

Und während der ganzen Zeit musste er ständig an Dirty
Cougar denken, unablässig wie sein Pulsschlag. Er fragte
sich, ob sie mit ihrem Neuen Schluss gemacht hatte oder

was sie jetzt gerade tat. Er erinnerte sich daran, wie sie jedes Mal *Blake-ich-liebe-dich* gesagt hatte, wenn er bei ihr übernachtet hatte. Und er hatte immer nur blöd gegrinst oder sich weggedreht. Dann wachte er eines Nachts auf – oder besser: schrak aus dem Halbschlaf hoch, der den echten Schlaf ersetzt hatte –, und ihm wurde klar, dass er bereit war, diese Liebe zu akzeptieren. Plötzlich und heftig wie ein Vulkanausbruch ergab alles einen Sinn. Es war keine Zeit, von einem Date zum nächsten zu hetzen, denn das Leben konnte plötzlich enden, wenn man um die nächste Kurve bog und in einer Sackgasse landete. Der Tod hauchte ihm ins Gesicht, und Blake erkannte, wie wertvoll das Leben war. Als er daran zurückdachte, wie er mit Dirty Cougar umgegangen war, errötete er vor Scham.

Die Temperaturen waren ein wenig milder geworden, so dass ein Großteil des Schnees unter der Sonne weggeschmolzen war. Ganz kribbelig vor Schmerz und Reue kramte Blake ein Paar alte Laufschuhe und eine Trainingshose heraus und ging joggen, was er seit Jahren nicht getan hatte, um sich auszupowern. Er rannte ein Stück den Crescent hinunter und bog dann auf einen kleinen öffentlichen Weg zwischen den Bungalows ab (er war nicht gekennzeichnet und schwer zu erkennen, man musste hier wohnen, um zu wissen, dass es ihn gab), der in die Schlucht hinunterführte. Schluchten: die geheimen schmalen Täler Torontos, dünne Furchen von Wildnis entlang der Bachläufe, die die Stadt wie ein Netz durchzogen. Der Weg führte steil einen Hang mit Kiefern und Fichten hinunter; der steinige Boden war mit einem Gespinst aus kristallisiertem Eis gemustert. Unterhalb des Straßenniveaus war es kälter. Das Wild wanderte entlang dieser Schluchten und äste im Schatten der darüber liegenden Apartment-Hochhäuser. Der Rand dieser Schlucht war von den Rückseiten der Bungalows gesäumt, aber als er tiefer hinunterlief, wurden sie von den Kiefern verdeckt. Unten sah er, dass der Bach größtenteils überfroren war, aber mit Lücken im Eis, durch die man das schwarze Wasser über die Steine wirbeln und sprudeln sah.

Der Weg daneben war von den schmalen Schnitten der Langlaufskier und den breiteren Spuren der Schneeschuhe markiert und hart genug, um seinen Joggingschuhen standzuhalten, ohne allzu rutschig zu sein. In einer solchen Schlucht spürte man noch das ursprüngliche Land unter der Haut der Stadt, und wie unerbittlich es immer schon gewesen war. Er bewegte sich unbeholfen und schwerfällig. Sein Bauch war weich. Alles schmerzte – nicht nur sein Geist und seine Seele, sondern auch seine Knie und seine Hüften. Er sang bei jedem Schritt ihren richtigen Namen und die Worte *liebe-dich liebe-dich liebe-dich.* Er übernahm sich, er hatte sich nicht richtig gedehnt. Das war dumm. Alles war dumm. Sein Herz raste, und seine Lungen brannten. Er beugte sich vor, räusperte sich und spuckte den Schleim aus, wobei ihm die bittere Galle auf der Zunge brannte. Plötzlich wallte die Liebe, die er für Dirty Cougar empfand, in einem wahnsinnig heftigen Schmerz auf, unerträglich. Sie war ihm treu ergeben, dachte er, dieser andere Kerl war nur ein Bluff – und als er dies erkannte, sehnte er sich danach, diese Hingabe mit einer Leidenschaft zu erwidern, die ihm den Atem raubte. Er brauchte sie. Er grub sein Handy aus der Tasche seiner Trainingshose. Als er ihre Mailbox mit der Ansage erreichte, wartete er auf den Piepton und hörte sich dann die Worte »Ich liebe dich« sagen. »Ich liebe dich, okay? Ich liebe dich. Ich gebe es zu. Ich liebe dich. Es ist Liebe. Ich liebe dich. Okay. Ich liebe dich.«

Nachdem er aufgelegt hatte, fühlte er sich erleichtert und voller Tatendrang. Er ging nach Hause. Das war alles, was nötig war – diese Worte zu sagen. Jetzt wusste sie es, und alles würde gut werden. In all den Monaten hatte sie ihm gesagt, dass sie ihn liebte, und er hatte es versäumt, es ihr ebenfalls zu sagen – nur weil er langsamer war als sie, aber jetzt war er da, er war da. Sie würde es natürlich verstehen. Denn sie liebte ihn, hatte ihn immer geliebt, und jetzt, da er wusste, dass er sie auch liebte, würde sie diese andere Dummheit sein lassen, diesen Mann, der nur eine Show war, um ihn eifersüchtig zu machen. Weil das wahre Band, das Liebesband, zwischen ihnen beiden bestand, und es war unwiderruflich und dauerhaft und vom Schicksal gegeben.

Doch seltsamerweise kam in den darauffolgenden Tagen keine Antwort von Dirty Cougar. Zuerst konnte er nicht verstehen, warum, aber dann dachte er, dass dieser Moment zu überwältigend für sie sein musste, weil sie endlich genau das bekam, wonach sie sich all die Zeit gesehnt hatte. Sie konnte nicht glauben, dass es geschah, sie war wie gelähmt. Ja, er verstand das. Er musste den ersten Schritt machen; das war in Ordnung. Also rief er sie bei der Arbeit an, bekam sie schließlich an den Apparat, und seine ersten Worte waren: *Ich liebe dich.* Und er wartete darauf, dass sie weinte und ihm dann dasselbe sagte, damit ihr gemeinsames Leben beginnen konnte.

Es dauerte eine Weile, bis er hörte und verstand, was

sie sagte, denn da weinte er schon Freudentränen. »Es ist vorbei, Blake«, sagte sie. »Verstehst du es nicht? Ich habe jemand anderen. Jemand, den ich wirklich mag. Ich bin glücklich.« Blake antwortete ihr, aber er war sich nicht sicher, was er sagte. Er wusste nur, dass sie versuchte, aufzulegen, aber er wollte das nicht, sie versuchte, sich zu verabschieden, aber er wollte nicht, nein, er würde es ihr nicht leicht machen. Dann schrie er ins Telefon, brüllte, fühlte, wie seine Adern schwollen: *»Glaubst du, ich will so ein Arschloch sein?«* Weil er wusste, wie verrückt er sich anhörte, aber wie sonst sollte er sie zur Vernunft bringen? Es war nur, weil sie dachte, er bluffte, aber er bluffte nicht, es war echte Liebe! Er liebte sie wirklich! Wie sollte er sie dazu bringen, ihm zu glauben?

Sie legte auf, trotz ihrer kanadischen Manieren. Er machte ihr keine Vorwürfe. Er hatte ihre Liebe so oft abgewiesen, dass sie dachte, es sei nur ein Trick. Aber nun, da er das Geheimnis seines Herzens geteilt hatte, gab es keinen Grund mehr, sich zurückzuhalten, er ließ seine Emotionen die inneren Mauern seiner Selbstkontrolle wegspülen. Er begann ihr verzweifelte Liebesnachrichten zu schicken, Liebes-E-Mails – er schickte sogar einige an ihre Freunde, Liebesbriefe, in denen er sie bat, für ihn einzutreten, um sie davon zu überzeugen, dass seine Liebe echt war.

Als er keine Antwort erhielt, schrieb er einen Brief von Hand – etwas, das er noch nie in seinem Leben getan hatte, außer als Aufgabe in der Grundschule –, rang sich mühsam Satz für Satz ab und schickte ihn mit Blumen an ihren Arbeitsplatz, so dass alle ihre Arbeitskollegen beeindruckt sein mussten. Der Brief war eine Erklärung seiner völligen Hingabe an sie. Ihr Atem, ihr Schmutz, ihre dummen Hunde, ihr asymmetrisches Gesicht, ihre fleckigen Röcke waren ihm egal – es war ihm egal, was man von ihr oder von ihm dachte, es ging ihm nur darum, dass er sie liebte. Er würde sie heiraten, erklärte er, er würde Kinder mit ihr haben (er hatte nie Kinder gewollt), er würde tun, was immer sie wollte.

Aber er erhielt keine Antwort. Nun trat er in eine schlimmere Phase ein, weil er überhaupt nicht mehr schlief. Ohne ein winziges Maß an Schlaf – die Ladestation des Nervensystems – verlor er die Fähigkeit, sich selbst auch nur für kurze Zeit zu entkommen und gesund zu werden, etwas Spannkraft aufzubauen, durch die er wieder auf die Beine kommen konnte. Was sich in ihm ansammelte, war eine neue Art von Schmerz. Es fühlte sich an wie ein Metallklumpen in der Brust, es war eine Steifheit in der Wirbelsäule und in der Taille, ein fieberhaftes Zittern; und sein Magen schnürte sich beim Gedanken an Essen zusammen. Manchmal schien es ihm, als würden sich die Symptome der Chemo seiner Mutter mittels eines unbekannten Empathiemechanismus auf ihn übertragen. Hinzu kam die unaufhörliche Selbstquälerei durch eine innere Stimme, die den ganzen Tag und bis in die endlosen Nächte hinein plapperte, schimpfte und schmeichelte, alles mit der Aufgabe, *ihn zu ihr zurückzubringen*.

Er stand um drei Uhr auf und ging durchs Haus, ging die Treppe hinauf und hinunter auf der Suche nach einem Ort, an dem er atmen konnte, in der Überzeugung, er habe eine Art Asthmaanfall, der ihn sehr bald töten würde. Er kniete auf allen vieren nackt im Keller. Was war das? Wie war das möglich? Sein ganzes junges Leben lang hatte er Frauen gehabt und sich nie darum geschert, ob sie ihn verließen oder er sie. Die Antwort konnte nur lauten, dass diese Frau die einzige war, die zu ihm passte. Diese bizarre, schrullige Frau mit ihren schmutzigen Gewohnheiten und Pelzhunden. Wenn er sie also verlor, verlor er alles. Seine einzige Chance. Der Schmerz war die Rechtfertigung für noch mehr Schmerz, weil er das Ausmaß des Fehlers, den er gemacht hatte, noch verstärkte.

In seinem wahnsinnigen Klammern (das frappierend der Art und Weise ähnelte, wie Dirty Cougar sich jedes Mal bei seinen Abgängen an ihn geklammert hatte, nur dass sein Klammern wie die Summe all ihrer Umklammerungen war, die sich auf irgendeinem karmischen Bankkonto angesammelt hatten, mit Zinsen, und nun in einem riesigen Pauschalbetrag zurückgezahlt wurden) konnte sein Gehirn nichts anderes tun, als immer neue Strategien zu entwickeln, um sie von seiner Liebe zu überzeugen. Denn das Problem, wie er immer wieder hartnäckig schlussfolgerte, war, dass sie ihm einfach noch nicht glaubte, und wenn er weitermachte, würde er einen Weg finden, ihr zu vermitteln, dass er absolut aufrichtig war, dass es zu hundert Prozent sein Ernst war, dass er jedes einzelne verdammte Wort meinte – und dann könnte alles wieder gut werden. Er war bereit, bis zum Äußersten zu gehen, um den Beweis anzutreten, alles zu tun, sich auf dem Boden dieses schmutzigen Dachbodens zu wälzen, wenn es nötig war, ihn mit bloßer Zunge abzulecken, ihren Dreck auf sich zu schmieren, es war ihm egal, nichts war ihm wichtig, außer sie zu haben, sie sie sie.

Und dann überlegte er, vielleicht würde Geld sie zurückbringen, und er schrieb ihr eine verrückte E-Mail, in der er behauptete, er sei Millionär, und ihr versprach, dass er mit ihr in Urlaub fahren und ihr Schmuck, Kleider und ein Auto kaufen würde, dass sie nie wieder arbeiten müsste, wenn sie ihm nur eine Chance gäbe, nur eine Chance, nur ein einziges Treffen. Er bräuchte nichts anderes zu tun, als ihr in die Augen zu schauen und ihre Wange zu berühren, das war alles, und dann würde sie wissen, wie richtig es war. Dass sie füreinander bestimmt waren, wie es in all den Liebesliedern hieß.

Nachdem er die Nachricht geschickt hatte, machte er sich Sorgen, weil er so dreist gelogen hatte. Nicht wegen der Lüge an sich, sondern wie es aussehen könnte, wenn sie wieder zusammenkämen, was ja bald geschehen würde. In Wahrheit war er natürlich noch kein Millionär, aber er hatte das Gefühl, dass er, wenn er sie zurück hatte, im Nu einer werden würde. Er würde das PetMorph-Projekt mit derselben wahnsinnigen Hingabe angehen, die er entwickelt hatte, um sie zurückzugewinnen und ihr Ehemann zu werden, ein Leben lang, für immer, mit Kindern, mit allem, bis dass der Tod sie schied, und wie konnte er also nicht erfolgreich sein?

Es gab einen winzigen, vernünftigen Teil von ihm – denselben Teil, der ihn dazu gebracht hatte, ins Telefon zu rufen: *Glaubst du, ich will so ein Arschloch sein?* –, der in der Lage war, zu erkennen, dass er nicht richtig denken konnte, dass der Druck der Krebserkrankung und der Scheidung noch dazu vielleicht zu viel für seinen Verstand war und er sich professionelle Hilfe suchen sollte, dass er im Grunde verrückt geworden war; aber es war wie eine Lichtblase in einem dunklen Schneesturm, die schnell im Strudel ausufernder Emotionen weggerissen wurde. Er überlegte ernsthaft, dass es vielleicht besser wäre, wenn er ihr einen Screenshot seines Bankkontos zeigen könnte, auf dem eine solide, volle Million Dollar oder fast eine Million Dollar war. Er überlegte – oder wie auch immer man den schlafmangelinduzierten Prozess der mentalen Aktivität nennen sollte, dort im Wirbel des dunklen inneren Schneesturms –, dass es nicht allzu schwierig sein dürfte, die Finanzierung seines Geschäftskonzepts zu sichern, er musste nur aktiv werden und es einigen wenigen ausgewählten Investoren offenbaren. Die Glücklichen.

Diese ganzen Gedanken über Geld und Bankkonten führten ihn zu etwas, das er seit vielen Jahren nicht mehr getan hatte: Blake überprüfte seinen Kontostand. Er hatte sein Leben finanziell so organisiert, dass das Kreditkartenkonto, das er für seine Einkäufe oder zum Abheben von Bargeld benutzte, immer ein Guthaben aufwies, das automatisch von dem Sparkonto abgebucht wurde, auf dem sein Erbe von 216 000 Dollar von Anfang an gelegen hatte und das praktisch keine Zinsen abwarf. Er hatte sich nie die Mühe gemacht, den Saldo des Kontos selbst zu überprüfen, da er wusste, dass er sehr sparsam lebte und er nur seine Kreditkartenauszüge sah. Er hatte sich so lange nicht online angemeldet, dass er die Bank anrufen musste, um neue Zugangsdaten zu erhalten. Als er sich eingeloggt hatte, betrug sein aktuelles Guthaben 4867 Dollar.

Blake rief die Bank erneut an. Es habe einen Fehler gegeben, sagte er. Es habe keinen Fehler gegeben, sagten sie.

Er müsse gehackt worden sein, sagte er, da müsse Betrug im Spiel sein. Die Kontobewegungen wurden detailliert nachgeprüft. Es hatte keinen Betrug gegeben. In manischer Panik ging er nun selbst die Kreditkartenabrechnungen der letzten Jahre durch und konnte am Ende nur bestätigen, dass der Saldo weder ein Fehler noch Schikane war – selbst eine Badewanne kann man über die Jahre hinweg nach und nach mit einem Teelöffel leeren. Er hatte das ganze Geld selbst ausgegeben. Hatte alles einfach laufen lassen, und jetzt stand er da.

Diese Erkenntnis knallte ihm wie ein Pflasterstein an den Schädel. Dabei zerbrach etwas. Er unterzog PetMorph.com einer sehr langen, sehr ehrlichen Betrachtung – was sollte man sonst in schlaflosen Nächten tun? –, und plötzlich fiel alles Manische von ihm ab, und stattdessen überspülte ihn eine kalte, sterilisierende Depression. Sie war katastrophal lähmend, heilte aber andererseits sein verrücktes Denken. Die Depression zeigte ihm die Realität, kalt, platt und wahr. PetMorph war Scheiße. Wertlose Selbsttäuschung. Seine Mutter würde sterben. Dad war ein hinterhältiges, faules und feiges Stück Scheiße und würde nicht zurückkommen, und er, Blake, war genau wie er, weil er ebenfalls faul war, allen Schwierigkeiten aus dem Weg gegangen war und sich sein ganzes Leben lang vor Verpflichtungen gedrückt hatte. Blake machte Bestandsaufnahme seines Vermögens und seiner Biographie: Er war praktisch pleite und lebte bei seinen Eltern – nein, nicht einmal das stimmte so richtig, denn offiziell wohnte er dort gar nicht, sondern war nur zu Besuch. Er besaß keine abgeschlossene Ausbildung, keine Berufserfahrung, keine vermarktbaren beruflichen

Fähigkeiten. Er hatte seine Zwanzigerjahre vergeudet. Erneut geisterte er in der Dunkelheit des frühen Morgens durch das Haus, auf der Suche nach einem Platz, an dem er Luft bekam. Bei einer dieser Attacken hätte er sich beinahe ein Küchenmesser in die eigene Brust gestochen, um etwas Sauerstoff zu bekommen, und zwar sofort! Er rief einen Krankenwagen, nur um eine Minute später wieder anzurufen, dass er doch keinen bräuchte. Er hatte Halluzinationen, weil er so lange nicht geschlafen hatte, Kreaturen aus Funken und Schatten an der Peripherie seiner Wahrnehmung. Tief in seinem Innenohr wirbelte ein Flüstern umher. Es war nicht zu leugnen, dass er inzwischen professionelle Hilfe brauchte, doch er wollte nicht darum bitten, nicht recherchieren – er wusste nicht, wo er anfangen sollte, hatte nicht die Energie, es zu versuchen.

Was er hatte, war seine sture Weigerung, zu akzeptieren, dass Dirty Cougar nie wieder zurückkommen würde. Diese letzte Illusion. Er hing daran wie ein Bergsteiger, der nach einem tiefen Sturz an einem dünnen Seil baumelt. Schwankend, sich sammelnd. Er wusste, dass seine Liebe zu ihr echt war. Er konnte geduldig sein. Er würde wieder hochkommen. Er würde einen Weg finden, damit sie ihm wirklich glaubte.

Wie betäubt kümmerte er sich um seine Mutter. Die Chemo nach der Operation war nicht so anstrengend wie die davor, aber sie musste trotzdem die Kälte meiden, und die Nerven in ihren Fingern und Füßen waren angegriffen, so dass sie Gegenstände fallen ließ und ihn an ihrer Seite brauchte, damit er sie auffangen konnte, falls sie stolperte. Er bereitete ihre Mahlzeiten zu, er las ihr aus den Hardcover-Romanen in den Bücherregalen vor, Geschichten aus vergangenen Zeiten, als Männer mit muskulösen Armen Frauen mit wallendem Haar in stürmischen Nächten umklammerten.

Er zwang sich dazu, in der Schlucht joggen zu gehen, trotz des toten Gewichts der Depression, die auf seinem Rücken lastete wie Felsbrocken. Ein Fuß nach dem anderen, ein flatterndes Einatmen und dann ein schnaubendes Ausatmen. Er versuchte sich vorzustellen, dass er das Gift Atemzug für Atemzug aus seinem Körper ausstieß, indem er es in einer Wolke von toxischem Gas aus seinem Blut filterte. Der unerbittliche Beat eines Leftfield-Dancetracks durch seine Kopfhörer. Ein Schritt, dann noch einer. Schlepp die Steine, die keiner sehen oder begreifen kann.

   In den langen schlaflosen Nächten saß er am Computer, dachte über seine kargen Mittel und seine nutzlosen Website-Dateien nach und suchte im Internet nach irgendeinem Trick, irgendeinem Köder, mit dem er Dirty Cougar irgendwie wieder einfangen könnte. Als ob Datenströme die Wiedervereinigung bewirken könnten, die ein Anruf, ein Besuch oder ein Brief nicht zustande brachte. Doch Computer waren bisher immer der magische Schlüssel gewesen, um egal welches Schloss zu öffnen, das ihm Probleme bereitete. Er wusste, dass sie ein FreshMail-Konto hatte und dass FreshMail unter Hackern für seine systemischen Schwächen berüchtigt war. Er verbrachte Stunden damit, in Hacker-Foren zu stöbern, und lud schließlich ein für FreshMail entwickeltes Cracker-Kit herunter. Er wusste, worauf sie reagieren würde, und nutzte geschickt ihre Liebe zu Mini-Zwergspitzen aus, indem er ihr eine fingierte personalisierte E-Mail eines angeblichen Vertreters des Tierschutzbunds schickte, der ein vermehrtes Aussetzen dieser Tiere anprangerte und sie um Hilfe bat. *Bitte lesen Sie das beigefügte Informationsblatt zu diesem wichtigen Thema, und informieren Sie sich darüber, wie Sie helfen können!* Der PDF-Anhang war lediglich eine Standardbroschüre des Tierschutzbunds; seine wahre Aufgabe lag in dem damit heruntergeladenen Code, und am nächsten Tag hatte er ihr Passwort und loggte sich in ihren Account ein.

E-Mail: Was könnte intimer sein? Wie ein Röntgenbild eines Lebens zeigten sich die Schichten des ihren in all ihren Masken und Manövern im Laufe der Zeit, quer durch das Netz ihrer engsten Verbindungen. Ihr Posteingang und Postausgang vibrierten von Klatsch und Tratsch, stets angetrieben von der unterschwelligen Angst, dass er sich gegen sie richten, sie verurteilen könnte. Probe-Posen versteckten sich in Entwürfen, die nie in den Papierkorb verschoben oder gelöscht worden waren, sondern immer noch existierten, um von ihm gelesen zu werden. Der Name ihres neuen Freundes (dieser Stimme durch die Tür) und der gesamte Verlauf ihrer Beziehung offenbarten sich in ihren wechselseitigen E-Mails, die mit langen, von zu viel Heiterkeit und Prahlerei gespickten Nachrichten begannen, mit denen sie sich gegenseitig zu beeindrucken versuchten, und die sich dann allmählich in den selbstverständlichen Beziehungs-Austausch verwandelten, mit dem die praktischen Dinge des Alltags wie Termine und Zeiten, Tickets, Mahlzeiten und Ausflüge arrangiert wurden.

Otto Berkwick. Diese Stimme durch die Tür. Blake war

ein paar Momente lang ruhig, doch dann brannte die Scham darüber auf seinem Gesicht, während ein Geysir heftiger Gefühle durch sein Innerstes strömte, ihn erschütterte und mit seiner Kraft überraschte. Zwei Worte stachen unter allen anderen hervor. Er zog eine Grimasse: Otto? Wie kindisch und albern war das denn? Dieser Name gehörte in ein Kinderbuch; er wirkte fast surreal. Das war doch nicht ernsthaft ein Name für einen Mann, das war ein Name, über den sie und er gemeinsam kichern und lästern würden.

Die Korrespondenz zwischen *Otto* und Cougar reichte Monate zurück, fast bis zu dem Zeitpunkt, als Blake in ihr Leben getreten war (da war auch er, Blake, noch immer ungelöscht im Posteingang – das wäre interessant, aber er sollte lieber die Finger davon lassen). Erst allmählich wurde ihm klar, dass sie sich mit ihnen beiden gleichzeitig getroffen hatte. Tatsächlich. An all den Tagen, an denen sie sich morgens umgedreht und zu ihm gesagt hatte Blake-ich-liebe-dich – da hatte sie auch etwas mit dem anderen gehabt, wenn Blake nicht da war.

Er zögerte und öffnete schließlich eine seiner Mails. Dann andere. Seine flehenden, verzweifelten, greinenden Worte voller verrückter Versprechungen und bescheuerter Lügen, die seine Scham nur noch vergrößerten. Ich bin Millionär, ich werde dich heiraten, wir werden Kinder haben, ich werde alles tun, ich schwöre es, ich bete dich an … Dann stellte er fest, dass sie diese armseligen Tiraden seiner schmerzenden Seele an andere weitergeleitet hatte. Durch das Zurücksetzen von Passwörtern erhielt er Zugang zu all ihren privaten Social-Media-Gruppen, und dort fand er heraus, dass seine E-Mails, erbärmlich in ihrer einsamen Nacktheit, an ihren boshaften Kreis von Freundinnen weitergeleitet worden waren, wo sie ihn so gnadenlos wie ein blutdürstiges Rudel Wölfe zerrissen hatten.

Ekel-Alarm hoch drei!

Er trägt echt eine Windel, oder? Du hast das beim zweiten Date rausgefunden. Eine echte! Windel!

Ich musste grade kotzen.

Heulender Kindmann = Musik in meinen Ohren!:)

Sie hatte ihn komplett zum Idioten gemacht, weil sie mit den E-Mails Fotos verschickte, damit das Rudel noch mehr rohes Fleisch zum Zerreißen hatte. Als er das alles mehrmals las, lernte er endlich ihren wahren Charakter kennen. Sie war ein Fähnchen im Wind, eine, die alles für die Anerkennung ihrer Freunde tun würde – und für die ihres augenblicklichen Freundes, wer immer er auch sein mochte. Sonst war da nichts, kein Sinn dafür, was richtig und was falsch war: nur Leere und die Angst vor dem Alleinsein. Das Schlimmste von allem war vielleicht, dass sie seine intimen Nachrichten ohne Umschweife auch an den neuen Mann weitergegeben hatte. Und er, Otto Berkwick, war wiederum der verletzendste Spötter unter ihnen allen, so ungeheuerlich, dass Blake es zunächst gar nicht glauben konnte. *Es überrascht mich, dass er das geschrieben hat. Er kann tatsächlich schreiben! Ich dachte, er müsste es auf der Buschtrommel klopfen …*

Das war ein wiederkehrendes Thema in allen E-Mails, wie er beim Weiterlesen feststellte, bis es krass wurde. *Macht der Dschungelboy immer noch weiter? … Hoffentlich wird er nicht gewalttätig, taucht mit seinen Hunden auf und quasselt davon, dass er Millionär wäre oder irgend so einen Scheiß, oder hat er Milliardär gesagt? Hört hört!*

Und sie hatte mitgespielt. *Oder er schwingt sich über den Balkon!*

Und dann schließlich, letztendlich, kam es, von Otto: *Meine Herrn, was für ein dämlicher Nigger!*

Diesen Typen hatte sie ihm vorgezogen. So eine war sie also. Es war eine Erleichterung, es senkte das Fieber seines Schmerzes, und eine kühle, reinigende Flut durchströmte ihn. Er machte sich eine Tasse grünen Tee, schlürfte ihn und schlief zum ersten Mal seit mindestens einer Woche tief und fest, zusammengerollt auf dem Sofa. Als er erwachte, war es ein neuer Tag, und er fühlte sich ruhig. Der Schmerz war immer noch da, aber er war so klar wie die letzte Zeile einer Gleichung, von der er wusste, dass sie richtig war. Er ging seine Dateien von ihr durch, alle Bilder, löschte methodisch jedes einzelne und leerte hinterher den Papierkorb. Aber dieser Schlussstrich genügte noch nicht. Er setzte sich wieder an den Computer und verfasste ein paar wütende E-Mails, in denen er ihnen sagte, sie sollten sich verpissen und auf kreative Art und Weise sterben usw. – aber dann, als er darüber nachdachte und seine Zeilen nochmal durchging, fand er die richtigen Worte. Nicht um sich auf ihr Niveau, auf das der beiden herabzubegeben, sondern um zu dokumentieren, dass er deutlich kultivierter war, um seinetwillen und um ihr und dem Rassisten Otto eins auszuwischen. *Ich fände es schön, wenn wir Freunde bleiben könnten*, log er in seiner letzten E-Mail an sie. *Ich bin da, wenn du das auch möchtest.*

Das war's. Er klickte auf Senden. Für ihn war es eine

Möglichkeit, zu beweisen, dass der Herzschmerz vorbei war, dass sie ihm nichts mehr bedeutete, und zu demonstrieren, dass sie bestenfalls eine Freundin sein konnte, falls sie dazu geeignet wäre.

Aber du bist nicht dazu geeignet, Dirty. Und das wirst du auch nie sein.

Frühling

Der Mai kam und brachte helle Tage und den süßen, fremdartigen Hauch warmer Windböen, wie seltsam tropische Strömungen, die die Beine eines Schwimmers im Wasser eines kalten Sees streichelten. Der letzte Schnee, der sich noch auf den Kiefernzweigen in der Schlucht hielt, wurde kristallin und durchsichtig, und Vögel zwitscherten plötzlich in dem aufsteigenden Harzgeruch, wo der Fluss nun gänzlich eisfrei über die dunklen Steine murmelte. Blake rannte, sprang über Pfützen und lief federnd über klatschnasse Kiefernnadeln; er bewegte sich jetzt nicht mehr unbeholfen, sondern geschmeidig und leichtfüßig. Er war schlanker und durchtrainiert.

Er tauchte aus der Schlucht auf und joggte an den Bungalows von Hillary Crescent vorbei. Die Rasenflächen waren matschig und vollgesogen mit Wasser. Ein chinesisches Windspiel klimperte leise, und in irgendeinem Haus bellte ein Hund. Das letzte Stück ging er, schnaufend und mit kribbelnden Gliedern. Er war verschwitzt und genoss das Gefühl, seinen Körper herausgefordert zu haben. Das Training hatte einen reinigenden Effekt, als liefe sein Blut durch einen Filter, um das tintenschwarze Gift zu entfernen, das ihm durch die verseuchten Fänge von Dirty Cougar injiziert worden war. Es war immer noch da, immer noch stark, aber mit jedem Tag, mit jedem Lauf sickerte ein wenig mehr davon aus seinem Körper. Als er die asphaltierte Auffahrt zur Nummer zwölf hinaufging, überlegte er, wann seine Mutter den CT-Termin hatte, und rief nach ihr, als er durch die Haustür trat. Sie antwortete nicht, und er sah in der Küche nach und dann in ihrem Schlafzimmer. Besorgt ging er wieder nach unten und fand sie im Keller, wo sie mit einer Decke um die Schultern dasaß.

»Was ist denn los?«, fragte er sanft.

»Dein Vater hat angerufen.«

Blake hielt inne, leckte sich über die Lippen. »Ja? Und?«

»Er hat gesagt, er wäre zurück in Toronto. Er kommt heute vorbei.«

»Wir haben aber den Scan heute«, erwiderte Blake steif.

»Ich weiß. Er hat gesagt, dass er um eins hier sein will.«

»Dann sind wir aber nicht da.«

»Er hat gesagt, er hätte ja einen Schlüssel.«

»Herrgott noch mal!«, sagte Blake. »Wehe, du lässt ihn hier rein!«

»Bitte beruhige dich, Blake.«

»Scheiße!«, fluchte Blake, drehte sich um und schlug so fest gegen die Wand – zu fest –, dass ihm ein schwindelerregender Schock durch den Kopf fuhr, als der Schmerz in sämtlichen Knochen seiner Hand zuckte. Die Kellerwand bestand aus Backsteinen, nicht aus Rigips wie der Rest des Hauses. Idiot. Er ging rauf, duschte und kühlte seine anschwellende Hand. Sie schien nicht gebrochen zu sein. Er aß etwas, ging hinunter und sagte Mom, sie solle sich fertig-machen. Es war ein wichtiger Scan – sie war inzwischen mit der Chemo durch. Wenn das Ergebnis des Scans zufrie-denstellend war, brauchte sie keine weitere Chemotherapie; wenn nicht, würde sie wieder in die schreckliche Einöde der Krebswüste zurückkehren müssen. Es stand viel auf dem Spiel.

Ausgerechnet diesen Tag musste er sich aussuchen, um hier aufzutauchen! Selbst wenn ein Mann seine Familie im Stich lässt, bleibt er doch irgendwie mit ihr verbunden, durch genetische oder irgendwelche anderen Schwingun-gen, die ihn in Krisenzeiten zurückziehen. Blake sagte: »Ich finde, wir sollten die Schlösser austauschen, Mom.«

»Blake.«

»Ich habe Angst, weißt du, ich habe echt Angst davor, was ich ihm antue, wenn ich ihm gegenüberstehe.«

»Nein, Blake.«

»Wieso? Empfindest du etwa nicht so?«

»Blake, schau mich an. Du weißt, dass ich mir das nicht leisten kann.«

»Ich weiß. Ich verstehe das. Du kannst diesen Stress nicht gebrauchen. Hör zu. Ich schreibe ihm einfach einen Zettel, dass er sich fernhalten soll, und klebe ihn an die Haustür oder so. Und du hörst einfach keine Nachrichten mehr ab.«

»Blake, ich kann Richard nicht einfach nicht sehen.«

»Ist das dein Ernst, Mom? Ich meine, was hast du ihm denn überhaupt noch zu sagen?«

Sie wandte den Blick ab, schüttelte den Kopf, verzog den Mund. Im Auto auf dem Weg in die Innenstadt zum Princess Margaret fiel ihr seine Hand am Lenkrad auf. Sie war inzwischen so dick wie ein Ontario-Pfirsich, obwohl er sie gleich gekühlt hatte. Die straff gespannte Haut färbte sich blau. »Wenn wir schon da sind«, sagte sie, »kannst du gleich nebenan ins Mount Sinai in die Ambulanz gehen.«

Er schnaubte. »Na klar. Und sechs Stunden oder weiß Gott wie lange warten. Auf gar keinen Fall.«

»Aber das sieht nicht gut aus, Blake.«

»Sie ist nicht gebrochen.«

»Woher willst du das wissen, ohne dass sie geröntgt wurde?«

Beinahe hätte er erwidert: Ich bin mir genauso sicher, wie ich weiß, dass du keinen Tumor mehr hast. Doch er hielt sich zurück. Es war dämlich genug, gegen eine Mauer zu schlagen, und doppelt so blöd wäre es, heute grundlos Tumorängste in seiner Mutter zu schüren. »Ich weiß es einfach«, sagte er. »Ich fühle es.«

Mom schaltete das Radio an, das auf die CBC-Nachrichten eingestellt war. Ein Politiker trat zurück, weil er einen sexistischen Witz erzählt hatte. Empörte First-Nations-Protestler blockierten den Verkehr und verlangten eine Entschuldigung für irgendetwas, das jemand veröffentlicht hatte. Ein Universitätsprofessor wurde wegen negativer Kommentare über den Islam entlassen. Man musste aufpassen, was man sagte im Jahr 2019, in dem jeder irgendeinen Groll in sich trug. Sie fanden einen guten Parkplatz am Straßenrand. Nicht nur sparten sie dadurch Parkgebühren, sondern für Blake war es zugleich ein gutes Omen. Auf Messers Schneide zwischen Leben und Tod werden alle zu Mystikern; jeder sucht nach Zeichen, nach Verbindungen. Blake hatte angefangen, in solchen Momenten zu beten, und zum ersten Mal in seinem Leben mit einem Gott gesprochen, dessen Existenz er trotz allem bezweifelte. Auch jetzt tat er es fast reflexartig, während er Mom vorsichtig am Oberarm geleitete, der sich hart und knochig anfühlte, selbst unter dem dick gepolsterten Parka, den sie genau wie die Skimaske trotz des Sonnenscheins und der Wärme immer noch trug. Die Blicke, die sie auf der Straße ernteten, ärgerten ihn nach wie vor, gaffende Idioten, die sich nichts dabei dachten, andere offen anzuglotzen oder sogar mit dem Finger auf sie zu zeigen. Es war die Maske; sie vermuteten darunter etwas Scheußliches. Aber es war nur Mom, und sie war vor ein paar Wochen noch ganz normal gewesen, genau wie sie, kapierten die das nicht? Wussten sie nicht, dass morgen sie diejenigen sein konnten, die mit einer Maske rumliefen? Oder in einem Rollstuhl saßen? Es bedurfte nur eines Fingerschnippens. Lass sie das endlich mal verstehen, lieber Gott da oben oder wo immer Du wohnst.

Die gläsernen Aufzüge. Bildgebende Diagnostik, dritter Stock, Warteraum A. Blake blieb dort sitzen, während sie hineinging, und stellte sich vor, wie sie erneut die unvermeidlichen blauen Kittel anzog, einer vorne und der andere hinten offen, und dann in Socken zu der großen weißen Röhre mit den wirbelnden Röntgenstrahlen geführt wurde – wie der offene Rachen eines Plastikungeheuers, das hungrig auf seine nächste Mahlzeit aus präpariertem Mensch wartete, die ihm auf dem Förderband seiner Zunge gefüttert wurde. Genug Bestrahlung, um das Krebsrisiko zu erhöhen – der Diagnostiker mit der Krankheit im Bunde. Blakes rechte Hand pochte und schmerzte auf vielfältige

Weise, und die geschwollenen Gelenke knackten, wenn er sie bewegte. Als sich das Wartezimmer füllte, versteckte er die Hand unter seinem Mantel und bediente das Handy mit der anderen. Getreu seinem Vorsatz, etwas Positives zu lesen, ging er auf ein Reddit-Forum namens Young Men's Self Improving Society, das den Verzicht auf Masturbation und Pornographie sowie die Vorzüge von kalten Duschen und anderen antiken Selbstdisziplinierungsmethoden anpries. Aber die Beiträge von Nutzern wie *Sinkinginchaos* oder *Needhelpbad73* oder *Lostboy!1008* mit ihren jammerigen, verzweifelten Rufen nach Führung zogen ihn nur runter. *Leute, ich fühle mich wie ein totaler Versager, weil ich Tag und Nacht nur Call of Duty und Warcraft spiele. Habe aufgehört zu lernen und in die Schule zu gehen, was soll ich machen, wie kann ich das ändern, bevor ich als Schulabbrecher ohne Abschluss ende?*

Es gab Hunderte solcher Einträge, und jeder wollte »endlich seinen Scheiß auf die Reihe kriegen« – lauter Kerle, die nicht erwachsen wurden und im Internet-Zeitalter auf einem Meer von Nichtwissen schwammen. Sie hatten keine Ahnung davon, was Frauen wollten, oder glaubten, dass Frauen sie als eine Art Schandfleck wahrnahmen. Vielleicht gab es das erste Mal in der Geschichte keine offiziellen sozialen Mechanismen, die es Männern und Frauen ermöglichten, sich zu treffen und zu vereinen, um die Menschen der nächsten Generation hervorzubringen. Wenn jeder das Spiel nach seinen eigenen Regeln spielt, gibt es kein Spiel, sondern nur Chaos.

Mom war still, als sie herauskam, und auch noch, als sie im Auto nach Hause fuhren. Er sah sie an und bemerkte eine Sorgenfalte auf ihrer Stirn. »Was ist los? Ist etwas passiert?« Sie antwortete nicht, und er sagte: »Es ist Dad. Du denkst an ihn.«

Sie überraschte ihn mit einem Kopfschütteln. »Der Gesichtsausdruck der Radiologin hat mir nicht gefallen. Ich habe gesehen, wie sie mich hinter der Glasscheibe angeschaut hat.«

»Lass das doch bitte, Mom. Du sollst nicht einfach etwas in eine Situation hineininterpretieren. Warte bitte erst mal ab, was Dr. K. zu sagen hat.«

»Ich hatte einfach so ein Gefühl«, erwiderte sie.

»Mom, hör auf damit«, sagte Blake. »Was sollen wir jetzt machen?«

Als sie nicht antwortete, stupste er sie an: Es war ihr Mantra geworden. »Was sollen wir machen?«, fragte er erneut.

»Wir machen einen Schritt nach dem anderen«, antwortete sie, und Blake stimmte zu. »Genau«, sagte er. »Einen Schritt nach dem anderen. Mehr können wir nicht tun. Wir lassen uns nicht auf Spekulationen ein. Wir schauen nicht in die Zukunft. Wir gehen mit der Situation um, wie sie ist. Wir treffen die Entscheidungen, wenn sie anstehen. Das ist die einzige Möglichkeit.«

Auf dem Don Valley Parkway war Stau, also bog er an der Don Mills ab und fuhr auf die 401 in Richtung Norden. Die Sonne stand hinter ihnen am wolkenlosen Himmel, und der Verkehr kroch bergauf. Am Straßenrand türmten sich Müll und Streugut – den ganzen Winter über warfen die Leute ihren Müll in den Schnee, unter dem er verschwand, und der Frühling brachte dann die große Offenbarung der Sünden, die im geheimen Dunkel der kalten Jahreszeit begangen worden waren, und zog die wässrige Decke über der Vergangenheit weg. Man sah nun die Missetaten der illegalen Müllentsorger, der Umweltverschmutzer und der Hundebesitzer, die die Scheißhaufen nicht weggeräumt hatten. Hohe, bleiche Wohnblöcke überragten den Parkway. Fußgänger auf dem Bürgersteig: leuchtend bunte Saris und schwarze Kapuzen, Bärte und Turbane, Dreadlocks, in eine riesige Mütze in Rastafari-Farben gestopft, wodurch der Träger aussah wie eine Figur aus den Kinderbüchern von Dr. Seuss. Einkaufszentren, Petro-Canada, Shoppers Drug Mart. Eine vielspurige Brückenüberführung mit dichtem Verkehr. Ein Honda Civic drängelte von hinten – das machte jeder in Toronto. Aber wo sollte er denn hin in diesem Verkehrsgewühl? Blake überlegte, seinen Vater zu schlagen – nur ein einziges Mal, mit einem harten Punch. Aber seine Hand auf dem Lenkrad schmerzte in heftigen Wellen. Mom hatte die Augen geschlossen und den Kopf zurückgelegt. Er fragte sich, wie Richie jetzt aussehen mochte, ein dicker Mann mit weißen Haaren und hohen Wangenknochen, von der Florida-Sonne gleichmäßig gebräunt. Er war überrascht, dass das Bild in seinem Kopf nicht sehr detailliert war; nur die Augen und einen bestimmten Gesichtsausdruck konnte er sich vorstellen. Wie lange war es her, dass er ihn zuletzt gesehen hatte, vier, fünf Monate? Je länger es dauerte, umso mehr verblasste sein Vater.

Als sie um die langgezogene Kurve des Hillary Crescent bogen, sah Blake ein unbekanntes Auto auf der Asphaltauffahrt stehen. Ein weißer Ford. Es ärgerte ihn, dieses fremde Auto, das ohne Erlaubnis in ihrer Einfahrt parkte. Er stellte sich daneben (ein Mietwagen, dem Kennzeichen nach) und griff nach dem Garagenöffner. Als das Tor summend und knarrend hochfuhr, sah Blake seine Mutter an und sagte: »Ich komme nicht mit rein, Mom.«

»Nicht, Blake.«

»Ich lass dich hier raus, okay, Mom?«

»Blake, bitte!«

»Ich bin noch nicht bereit, okay?«

»Glaubst du, ich bin es?«

»Es ist nicht richtig«, sagte er, »mich da mit hineinzuziehen. Ich will ihn nicht sehen. Ich muss ihn nicht sehen. Ich habe geschworen, nie wieder mit ihm zu reden. Wenn du das willst, na gut. Aber …«

Sie schaute weg. »Okay«, sagte sie nach einer Weile. »Ich verstehe dich, Blakey. Aber wohin fährst du denn jetzt?«

Seine Nerven waren gespannt wie Drahtseile, weil er befürchtete, dass sein Vater das Garagentor gehört hatte und jeden Moment rauskommen würde. Hier draußen war es zu hell, um in der dunklen Garage etwas erkennen zu können. Womöglich stand er bereits dort und sah sie aus seinen schlitzförmigen blauen Augen in seinem breiten Gesicht an. Was wollte er hier? »Hör mal, Mom. Wenn du willst, gehe ich rein und sage ihm, er soll abhauen. Ende.«

»Was soll denn das!«, erwiderte sie. »Jetzt fahr den Wagen in die Garage, und dann setzen wir uns alle zusammen an den Tisch und trinken eine Tasse Tee.«

»Nein«, erwiderte er. »Ich habe es dir gesagt. Tut mir leid. Nein. Ich habe mein Handy dabei. Ruf mich an, wenn du was brauchst, hörst du?«

Als er zurücksetzte, sah er sie einen Moment vor dem düsteren Eingang stehen. Dann drehte sie sich um, ging hinein und verschwand so plötzlich, als wäre ihr Bild ausgeschaltet worden, weggeklickt. Er machte sich auf den Weg zur Autobahn. Er fuhr schnell, auf der linken Spur, und bog dann nach Süden auf den DVP ab und folgte ihm bis zum Ende, wo er in den Gardiner Expressway mündete. Dort setzte er seinen Weg über einen Komplex von spinnenartigen Betonbrücken fort und hielt sich westwärts. Auf dem erhöhten Highway lag nun die ganze Stadt vor ihm, während sich der Ontariosee zu seiner Linken ausdehnte. Es war ein Panorama, das er schon immer als erhebend empfunden hatte: die Nadel des CN-Towers und die große Kuppel des Baseballstadions an seiner Basis, arrangiert wie Penis und Hodensack, und dann die glänzenden schwarz-silbernen Türme des Finanzdistrikts, die weißen Wolkenkratzer und das grün überdachte Royal York Hotel im Vordergrund. Dann folgten die smaragdgrün gefärbten Scheiben der Wohnblöcke mit Rippen aus Metall und Stahl, diese hoch aufragenden Rechtecke aus plastikartigen Blöcken – in jedem eine Person oder eine Familie. Der Verkehr floss nun schnell, und die Wölbungen und Wellen der Schnellstraße ließen den Impala auf und ab schaukeln, als paarte er sich behäbig mit dem Asphalt unter ihm.

Dann schob sich eine Wolkenbank beiseite, die die Sonne verdeckt haben musste, und helles Licht knallte wie eine Explosion vom Himmel herab. Das Gleißen war unerbittlich, fiel schräg auf die Windschutzscheibe und prallte in gelb-weißem Diamantbombenglanz auf die Stadt. Die Fenster der Wohnungen leuchteten auf und glänzten grell.

Die Frühlingspfützen blitzten auf wie Spiegel, und die gesamte Oberfläche des Sees wurde zu einer perfekten Ebene aus siedenden, glitzernden Flammen. Die ganze Welt war plötzlich entweder Glanz oder Schatten, brennend oder schwarz. Er hatte in Toronto noch nie solche Lichtverhältnisse erlebt. Seine Windschutzscheibe war mit Albinoflocken aus getrockneter Scheibenwischerflüssigkeit verkrustet, und selbst dort entzündete sich das Licht, so dass sie wie Magnesiumspäne brannten, während die silberne Haube des Chevys glänzte wie ein Schild. Blake wünschte, er hätte eine Sonnenbrille, und kniff die Augen zusammen. Die anderen Fahrzeuge wurden zu gespenstischen Schemen, Lastwagen zu dunklen Klippen, die grünen Ausfahrtschilder zu unleserlichen Tafeln.

Blake fuhr noch immer schnell und raste über die Stadt. Sie war so hell und kalt, dass es schien, als wäre alles aus unschmelzbarem Eis geformt. Gebäude, geschnitzt aus gefrorenem Wasser. Dies war sein Zuhause, dieser Ort. Von Fremden bevölkert, Schattenmenschen, aus allen Teilen der Erde zusammengewürfelt. Es erinnerte ihn an ein Hotel, ein riesengroßes, ganz aus Eis.

In der Kurve vor ihm lag eine Schattenfläche. Darin würde der Eisglanz verschluckt werden, und es würden wieder Menschen, Glas, Stahl, Worte auftauchen. Doch wie seltsam, dass die Illusion die Wahrheit enthielt, das Reale die Lüge. Solche Dinge lernt man, dachte Blake, wenn man erwachsen wird. Und fuhr weiter.

Kenneth Bonert
Der Löwensucher

Roman · Diogenes

Roman
Aus dem kanadischen Englisch von Stefanie Schäfer
800 Seiten
Auch erhältlich als eBook

Eine universelle Geschichte über einen jungen
Menschen auf der Suche nach Erfolg und seinem
Platz im Leben. Was steckt in dir? Hast du das
Zeug dazu, im Leben ein Löwe zu sein? Isaac
Helger, wilder, kluger Sohn jüdischer Einwande-
rer aus Litauen, ist hin- und hergerissen zwischen
Tradition und Aufbruch. In den späten 1930er
Jahren trifft er in seiner neuen Heimat Südafrika
eine schicksalhafte Entscheidung.

Auf **diogenes.ch/newsletter** erfahren Sie zuerst
von Neuerscheinungen und Neuigkeiten unserer
Autorinnen und Autoren.

Oder schauen Sie hier vorbei: